고슴도치

# 고슴도치

글 위기철

펴낸날 2021년 6월 1일 초판1쇄
펴낸이 김남호 | 펴낸곳 현북스
출판등록일 2010년 11월 11일 | 제313-2010-333호
주소 07207 서울시 영등포구 양평로 157, 투웨니퍼스트밸리 801호
전화 02) 3141-7277 | 팩스 02) 3141-7278
홈페이지 http://www.hyunbooks.co.kr | 인스타그램 hyunbooks
ISBN 979-11-5741-243-3  03810

편집 이경희 | 마케팅 송유근 | 영업지원 함지숙

위기철 소설

# 고슴도치

현북스

# 사랑니를 앓는 남자

사각사각, 사각사각, 사각사각, 사각사각……

쥐가 서까래를 갉는 소리에 헌제는 잠을 깼다. 아파트에 서까래 따위가 있을 턱이 없었다. 소리의 간격은 심장박동과 일치했고 이빨에 쏟아지는 통증의 간격과도 일치했다. 맥박이 뛰는 소리였다. 그는 베개로 머리를 덮어버렸지만 소리는 더욱 크게 울렸고 소리의 진동을 따라 이빨이 헐겁게 덜렁거리는 느낌이 들었다. 10분쯤 버티다 그는 진통제를 찾으려고 자리에서 일어났다. 오디오에 달려 있는 시계는 4시 41분을 가리키고 있었다. 약서랍 안에는 오래전에 돌아가신 아버지가 바르던 무좀 연고부터 이혼한 아내가 유진이를 가졌을 때 먹었던 칼슘 보강제까지 뒤죽박죽 뒤섞여 있었으나 진통제는 없었다. 어제저녁 잠자리에 들기 전에 마지막 남은 한 알을 먹어 치웠던 것이다. 이런 제기랄! 커다란 굴착기가 머릿골을 덜덜 덜덜 후벼내는 듯한 아픔을 느끼며 그는 어제저녁의 술자리를 저주하고 또 저주했다. 알코올이 며칠 잠잠했던 충치를 자극했던 것이다. 치통에 시달리느라 배가 고팠지만 음식을 씹을 엄두가 나지 않아 냉장고에서 우유를 꺼내 차가운 느낌이 충치에 닿지 않도록 조심조심 삼켰다.

욕실 거울을 들여다보니 머리카락이 마당비처럼 죄다 위로 뻗어 있었다. 머리카락이 곤두선다는 표현이 단순한 비유가 아니라 과학적인 근거가 있을지도 모른다고 그는 생각했다. 두피 신경이 긴장하며 모근을 안쪽으로 잡아당긴다면 머리카락이 위로 뻗을 수도 있지 않겠는가. 그러나 정작 우스꽝스러워 보이는 것은 머리카락이 아니라 뺨이었다. 왼쪽 뺨이 크게 부어올라 사탕을 물고 있는 것처럼 보였다.

그는 세면대에 찬물을 받아 왼쪽 뺨을 담갔다. 부르튼 발을 찬물에 담그면 더러 부기가 빠지기도 하니까. 그러나 발이 아닌 뺨을 찬물에 담그려니 자세가 여간 불편한 게 아니었다. 그는 두 손으로 세면대 가장자리를 잡고 고개를 오른쪽으로 돌려 코를 물 밖에 내놓고 있었는데, 그러고 있자니 어쩐지 세면대 속에서 허우적거리고 있는 기분이 들었다.

"아빠 뭐 해?"

유진이 목소리에 급하게 고개를 들다가 그는 그만 수도꼭지에 머리를 부딪히고 말았다. 만화책에서처럼 눈앞에 별이 오락가락하는 기분이었다. 그는 얼굴을 심하게 찡그리며 유진이를 돌아보았다. 유진이 잘못이 아니었다.

"너 벌써 깼니?"

그렇게 말하며 머리를 어루만지는데 어느새 조그만 혹이 만져졌다. 젠장, 오늘은 일진이 나쁘군.

"아빠 뭐 하고 있었어?"

"왜 더 자지 않고."

"밖에서 소리가 나서 깼어. 뭐 하고 있었는데?"

"아직 유치원 갈 시간 멀었어. 가서 조금 더 자."

"잠 다 잤어. 방금 뭐 하고 있었냐구."

유진이는 속시원한 대답을 들을 때까지 끈질기게 물을 것이었다.

"충치 때문에 뺨이 부어서 찬물로 식히고 있었어. 너도 단 것만 먹으면 아빠처럼 아야 하게 되는 거야."

"아빠도 쪼꼬렛 많이 먹었어?"

"아냐, 아냐. 어제 술을 마셨거든."

유진이는 조그만 손으로 입을 가리고 아웅 하품을 했다.

"술도 달아?"

"아니 써. 그것도 무지무지 써."

그는 머리와 뺨을 동시에 어루만지며 욕실을 나왔다.


유진이를 유치원 버스에 태워 보낸 뒤 그는 상가에 있는 약국에 들렀다.

"이빨이 아프신 모양이군요. 볼이 많이 부었어요."

약사가 진통제를 꺼내주며 말했다. 눈이 조그맣고 머리카락이 머리 꼭대기까지 벗겨진 약사는 태어나서 단 한 번도 웃어본 적이 없는 사람처럼 늘 우울한 표정을 하고 있었다. 헌제는 그 약사를 실내 수영장에서 사귀었다. 벗겨진 머리 때문

에 열 살쯤 위이리라 짐작했지만 그보다 겨우 한 살 많을 뿐
이었다.

 ─ 결혼을 너무 일찍 했기 때문이죠.

하고 약사는 자신이 나이보다 늙어 보이는 이유를 설명한 적
이 있었다.

 ─ 머리카락을 키울 양분을 모두 소진한 겁니다. 믿어지지
않으시겠지만 저는 겨우 스물두 살에 결혼을 했답니다. 스물
두 살! 정말이지, 미친 짓 아닙니까? 그리고 제 인생은 그 시
점에서 성장을 멈추고 만 것이죠. 제 머리카락처럼 말입니다.

 농담처럼 들렸지만, 대머리 약사는 웃음기 없는 얼굴로 진
지하게 말했다. 사실 그 약사에게 유일하게 본받을 만한 점
은 바로 조금도 웃음을 머금지 않은 채 대화를 나눌 수 있다
는 점이었다. 타인을 의식하지 않는 초연함. 헌제는 그것이 부
러웠다. 그는 하루에 최소한 열 번 이상은 웃어야 한다는 사
실을 늘 못마땅하게 여기고 있었다. 진짜 즐거워서 웃는다면
몰라도 그가 일상생활에서 웃어야 하는 대부분의 웃음은 사
교적인 웃음이었다. 즐거운 일이라곤 쥐뿔도 없었다. 그저 상
대방의 말에 호의를 보이려고, 상대방에게 불쾌한 인상을 주

지 않으려고, 또는 상대방에 대한 무관심을 감추기 위해 입가에 웃음을 띠고 있어야 하는 것이다. 그는 그런 것이 싫었다. 남들과 대화를 나눌 때 되도록 사교적인 웃음 따위는 띠지 않도록 애써본 적도 있지만, 자신의 의지와는 무관하게 얼굴 근육이 먼저 꿈틀대어 웃는 표정을 만들어버리는 것이었다. 그런데 대머리 약사는 선천적으로 얼굴 근육이 마비된 사람처럼 조금도 웃지 않은 채 자기 할 말을 할 수 있었다. 헌제는 그 점에서만큼은 대머리 약사가 부러웠고 존경스럽기까지 했다.

그들은 수영 강습 시간의 지진아들이었다. 함께 수영을 배우기 시작한 동료들은 성인 풀장에서 연습하고 있었지만, 두 사람만 따로 격리되어 물이 무릎까지 차는 어린이 풀장에서 풍덩풍덩 물장구를 쳐야 했다. 사내처럼 어깨가 떡 벌어진 수영장 강사 아가씨가 그렇게 하라고 지시했기 때문이었다. 대머리 약사가 턱으로 강사 아가씨를 가리키며 먼저 말을 건넸다.

- 저 여자 말이죠, 자세히 보면 약간 팔자걸음으로 걷잖아요? 그게 왜 그런지 아십니까? 치질 때문입니다. 자꾸 탈항이 되니까 걸음걸이가 삐뚜름해지는 겁니다. 치질에 걸린 여자가 수영복을 입고 수영 강습을 하려니 마음고생이 심할 거예요.

그들은 두 마리의 자라처럼 물 밖으로 고개만 쏙 내민 채 대화를 나누었다.

– 저 여자한테 치질이 있다는 걸 어떻게 알죠?

– 지난번에 치질 연고를 사러 왔거든요. 저는 저 여자를 대뜸 알아보았지만 저 여자는 저를 알아보지 못했어요. 혹시 뒤늦게 알아보았는지도 모르죠. 저를 어린이 풀장에서 물장구나 치게 한 것도 그 때문이 아닐까 의심하고 있답니다.

약사는 웃음기라곤 전혀 없는, 그래서 심각하게까지 보이는 표정으로 무뚝뚝하게 말했고, 헌제는 이 사내가 어린이 풀장으로 격리되었다는 사실에 큰 충격을 받은 게 아닐까 생각했다.

– 아, 약국을 하시는군요.

– 네, 약국을 합니다.

그렇게 해서 그는 대머리 약사와 사귀게 되었다.

"진통제로는 소용없어요. 치과에 가셔야 합니다."

대머리 약사는 뚱한 표정으로 고개를 저었다.

"사랑니 때문이에요. 사랑니를 뽑지 않았더니 그놈이 썩기 시작했어요."

"원래 사랑니란 오래 지나면 썩기 마련이지요."

대머리 약사는 웅얼거리는 말투로 그렇게 대꾸했는데, 헌제는 그가 '사랑니란'이라고 발음했는지 '사랑이란'이라고 발음했는지 언뜻 구분할 수가 없었다. 사랑 또한 오래 지나면 썩기 마련이니까.


그의 동네에는 치과 병원이 김치과, 정치과, 부부치과, 소망치과, 이렇게 네 곳이 있었다. 가장 가까운 치과는 아파트 상가 건물에 있는 김치과였지만 그곳에 가고 싶은 마음은 조금도 없었다. 딱 한 번 유진이 이빨을 뽑으러 김치과에 들어간 적이 있었는데, 유진이를 다른 치과에 데리고 가는 편이 낫겠다고 결정하는 데에는 단 2초도 걸리지 않았다.

접수창구에는 마흔은 족히 넘었을 법한 간호사가 반쯤 눈이 감긴 표정으로 여성지를 뒤적이고 있었고, 진료실에는 김씨 성을 가졌을 게 뻔한 의사가 환자용 진료 의자에 누워 이발소에서 방금 면도를 끝낸 사람처럼 늘어지게 잠을 자고 있었던 것이다. 어쩌면 주삿바늘에 녹이 슬어 있을지도 몰라.

13

그는 간호사에게 들킬세라 재빨리 유진이를 챙겨 병원 밖으로 나와버렸다.

큰길 건널목 맞은편에 있는 속셈학원 건물 2층에는 정치과가 있었다. 그는 건널목에 서서 신호등이 바뀌기를 기다리며 정치과에 가리라 결심했다. 왠지 정치과에는 '정수희'나 '정다혜' 같은 이름을 가진 여자 의사가 있으리란 느낌이 들었기 때문이다. 5년 전 오른쪽 사랑니를 뽑을 때는 남자 의사한테 갔었다. 그 의사는 만년필처럼 생긴 드릴로 사랑니 둘레를 드르륵 갈아낸 다음, 조그만 정(丁)처럼 생긴 공구를 이에 대고 망치로 쾅쾅 두들겨 이뿌리를 들어내려 했다. 그러고는 펜치로 사랑니를 붙잡아 으드득 뽑으려고 했는데, 그게 잘 되지 않자 무릎을 환자의 가슴팍에 대고 자세를 고정시키더니 으라차차 힘을 주어 뽑아냈다. 그 바람에 펜치가 살짝 빗나가 입천장이 찢어졌다. 의사는 눈물 콧물로 범벅이 되어 있는 그에게 방금 뽑아낸 이빨 조각을 보여주었다.

– 이뿌리가 비스듬히 박혀 있어서 정말 애먹었습니다.

망치와 정으로 이를 뽑다니! 그는 그때부터 남자 의사한테는 두 번 다시 가지 않으리라고 결심했다.

정치과가 있는 건물은 허름했고 입구에는 자전거와 상자 따위가 잔뜩 쌓여 있어 술집 뒷문처럼 음침하게 느껴졌다. 만일 2층으로 올라가는 계단이 비좁고 가파르지만 않았다면 그는 별 망설임 없이 건물 안으로 들어섰을 터였다. 그러나 쌓여 있는 물건들 틈을 비집고 좁은 계단을 올라가야 한다는 사실이 성가시게 느껴졌다. 귀찮고 번거로운 일들은 되도록 피하고 싶었다. 치과는 어디든 있거든. 그는 정치과 건물을 지나치며 그렇게 생각했다.

자동차 영업소 건물 2층에 있는 부부치과는 유진이 단골병원이어서 그도 몇 번 가본 적이 있었다. 병원 이름 그대로 부부가 함께 진료를 맡아보고 있었는데, 나중에야 알게 되었지만 이들 부부는 그의 집 바로 맞은편 동에 살고 있었다. 현제가 작업실에 출근하는 시간에 그들 부부는 하얀 운동복 차림으로 테니스를 치고 돌아오곤 했다. 크고 마른 편인 남편과 작고 통통한 아내가 나란히 걸어오는 모습이 매우 인상적이어서, 현제는 그들 부부의 인상을 기억해두었다가 오이와 토마토가 등장하는 그림책 캐릭터로 써먹은 적이 있었다. 그다음부터는 부부치과에 가는 일은 물론 그들 부부와 마주치는 일조차 왠지 꺼림칙하게 느껴지곤 했다.

병원에는 손님들이 많았다. 의자 위에 올라가 벽을 기어오르려고 버둥대는 아이, 손톱을 물어뜯으며 만화 잡지를 읽는 아이, 벽에 머리를 기대고 눈을 지그시 감고 있는 노인, 가끔씩 진료실 쪽을 할금할금 쳐다보며 여성지를 뒤적이는 아가씨, 그 아가씨를 곁눈질로 슬그머니 쳐다보는 중년 사내…….
이빨 때문에 고통을 겪고 있는 사람들이 그토록 많다는 사실에 그는 새삼 놀랐다.

"치료를 받으려면 얼마나 기다려야 하죠?"

그는 접수창구에 앉아 있는 하늘색 가운을 입은 간호사에게 물었다.

"글쎄요. 오늘은 손님이 많아서 한 시간쯤은 기다려야 할 것 같네요."

치료실 안을 힐끗 들여다보니 청색 마스크를 쓴 의사가 유진이 또래의 여자아이를 치료하고 있었다. 오이처럼 생긴 남편이었다.

"접수하시겠어요?" 하고 간호사가 친절하게 웃으며 물었고, 그는 조금 머뭇거리다가 "아뇨. 한 시간 뒤에 다시 오죠."

하고 대답했다.

"그래도 미리 접수를 해두시는 편이 나을 텐데요. 보시다시피 손님이 많거든요."

"아닙니다. 다시 오겠습니다."

그는 재빨리 부부치과를 빠져나왔다. 소망치과는 그의 화실이 있는 건물에서 200미터쯤 떨어진 곳에 있었다. 헌제는 화실에 올라가서 커피 한잔 마시고 가야겠다고 생각하고 건물 안으로 들어섰다. 그가 화실로 쓰고 있는 열두 평짜리 사무실은 5층에 있었는데, 건물에 승강기가 없어서 아침마다 등산하는 기분으로 헉헉거리며 계단을 올라가야 했다. 그럴 때마다 그는 운동 부족을 절감했고, 수영을 배우리라 결심한 것도 바로 그 때문이었다. 내 건강에는 내 인생뿐만 아니라 유진이의 인생까지 걸려 있으니까. 그는 그렇게 생각하고 새벽 강습에 등록했으나 첫날부터 후회하기 시작했다. 아침 7시에 자리에서 일어나는 일부터가 쉽지 않았던 데다가, 수영장에 가면 온통 여자들뿐이어서 창피한 생각이 들었던 것이다. 아침부터 수영복 차림으로 동네 여자들과 만나는 것은 그리 유쾌한 일이 아니었다.

그는 화실에 들어서자 난로부터 피웠다. 3월 중순이어서 난로를 피울 만큼 추운 날씨는 아니었지만, 날씨보다는 썰렁한 분위기가 싫었던 것이다. 그의 화실은 건물 꼭대기 층이었기 때문에 가뜩이나 옥상에서 냉기가 내려오는 데다가 옆 건물로부터 일조권 침해까지 받고 있어서 화실 안은 늘 썰렁한 느낌이었다. 그는 난로 앞에 앉아 커피를 마시다가 문득 재킷 주머니에 CD 음반이 들어 있음을 떠올리고는 자리에서 일어났다. 무소르그스키라는 글자가 금박으로 박혀 있는 CD 음반 위에는 뭉크의 그림 「절규」가 그려져 있었고 그 밑에 '사랑받는 일이 끔찍하다!'라고 적혀 있었다. 헌제는 무소르그스키의 「전람회의 그림」과 뭉크의 「절규」와 "사랑받는 일이 끔찍하다!" 사이에 도대체 어떤 연관이 있는지 어리둥절했으나, 그 해답은 CD 음반 껍데기에 적혀 있었다.

 ─오늘 그이로부터 미술 전람회에 가자는 전화를 받았다. 그러나 거울을 들여다보고 나는 절규했다. 부석부석한 피부, 까칠한 입술, 눈가의 잔주름은 왜 그렇게 많이 눈에 띄는지…….

그리하여 ○○화장품을 바르고는 그 문제를 해결했다는 것이다. 불쌍한 뭉크……. 그는 그렇게 중얼거리며 CD 음반을 오디오에 넣었다. 자신의 그림이 화장품 광고에 이용되고 있다는 사실을 안다면 뭉크는 진짜 공포에 얼어붙어 절규했을 것이다. 무소르그스키의 음악이 「전람회의 그림」을 지나 「민둥산 위의 밤」으로 넘어갈 때, 그러니까 대략 30분쯤 지났을 때 전화벨이 울렸다. 전화 목소리 주인공이 누구인지 알아차리자 헌제는 다급하게 오디오 음량을 줄였다. 그러나 한발 늦었다.

"너 내가 준 CD 듣고 있었구나!"

송세진. 어제저녁 먹기 싫은 술을 억지로 먹임으로써 치통을 유발시킨 장본인. 그 목소리를 듣자 헌제는 잠시 멎었던 치통이 재발하는 느낌이 들었다. 그는 음악 따위에는 신경도 쓰지 않고 있었다는 듯이 시치미를 떼고 말했다.

"네가 준 CD? 아, 이 음악?"

"그래, 네 느낌에는 어떤 것 같니?"

"뭐가? 무소르그스키?"

"아니, 아이디어 말이야, 아이디어."

"뭐, 그럭저럭 괜찮은 것 같은데……."

뭔가 의견을 내세우면 휘말려 들 것 같아 두루뭉술하게 대꾸했으나, 세진은 포기하지 않았다.

"솔직한 네 느낌을 말해줘."

"글쎄, 조금…… 뭐랄까, 화장품 홍보용 CD로는 기괴한 느낌을 주지 않을까? 게다가 뭉크 그림은……. 어쨌든 내 느낌은 그래."

"기괴하다? 기괴한 것은 괜찮아. 그건 참신하다는 뜻도 되니까. 내 말은, 진부하지 않느냐는 거야."

"뭐, 이런 CD가 다 그런 거 아냐?"

세진은 수화기가 진동할 만큼 크게 한숨을 쉬었다.

"결국 진부하다고 생각한다는 뜻이구나."

"아니, 난 그저 이런 홍보용 CD들이 그렇다고 말했을 뿐이야. 일반적으로."

"이봐, 기업들은 그저 그렇고 그런 홍보 물품을 원하지 않아. 이건 내 밥줄이 걸려 있는 문제라구."

드디어 징징거리기 시작이군. 헌제는 상대방이 볼 염려가 없으므로 마음껏 얼굴을 찌푸렸다.

"글쎄, 나는 홍보에 대해 아무것도 몰라. 그저 내 느낌을 말했을 뿐이지. 화장품 광고와 뭉크의 그림이 안 어울린다는 생각은 누구나 할 수 있잖아? 르누아르나 드가라면 또 모를까. 뭉크는…… 뭐랄까…… 그저 치통 앓는 사람을 연상시킬 뿐이지."

세진은 "치통?" 하고 말을 잠깐 끊더니 이내 큭큭큭 웃었다.

"너 치통 재발했구나? 그치?"

"그래. 역시 술을 마시지 말았어야 했어."

"미안해. 하지만 우린 오랜만에 만난 거였잖아? 좋아, 좋아, 이렇게 하자. 내가 지금 그곳으로 갈게. 우리 만나서 얘기하자고."

"네가 여기 온다고 해서 내 치통이 사라질 턱이 없어."

"치통 얘기를 하자는 게 아냐. 사업 얘기를 하자는 거지."

세진은 회사나 단체에서 홍보용으로 고객들에게 나눠주는 사은품 CD 음반 만드는 일을 하고 있었다. 그는 견본들을 몇 개 보여주었는데, 이를테면 비발디의 「사계」가 담긴 생명보험회사의 음반에는 "○○생명이 당신의 사계를 책임져 드립니다"라고 적혀 있고, 베토벤의 「영웅」과 「황제」를 담은 자동차 영업소 음반에는 "파워는 영웅, 승차감은 황제"라고 적혀

있는 식이었다. 대놓고 말은 안 했지만, 헌제는 어쩐지 낯간지
러운 느낌이 들었다. 세진은 CD 음반의 외관을 장식할 그림
들을 그려달라고 부탁했고, 헌제는 거절했었다.

"어제도 말했지만 그 일은 내가 할 만한 작업이 아냐. 그건
그쪽 전문가들한테 맡겨."

세진은 한바탕 늘어지게 하품을 했다.

"어쨌든 만나서 얘기해. 난 네 그림은 그림책에 실려 있는
것밖에 보지 못했어. 거기 가서 다른 그림들도 보고 싶어. 네
가 내 일을 맡든 안 맡든 그 정도는 친구로서 할 수 있는 일이
잖아? 난 너한테 관심이 많아."

"난 치과에 가야 해."

"나도 같이 가지, 뭐."

"어디를? 치과를? 나 대신 충치 치료를 받아주겠다는 거
야?"

"아니, 네가 얼마나 소리를 지르는지 감상해주겠다는 거야.
가만있자…… 여기서 얼마 멀지도 않으니까 열한시까지는 도
착할 거야."

"그럴 필요 없어."

서둘러 말했으나 세진은 "그럼 기다려!" 하고는 전화를 끊어버렸다.

전화를 끊고 난 뒤 그는 오디오에서 흘러나오는 무소르그스키를 신경질적으로 꺼버렸다. 이럴 바에는 차라리 부부치과 대기실 의자에서 여성지나 뒤적이며 차례를 기다리는 편이 나았겠군. 신경을 곤두세웠던 탓인지 다시 이빨이 욱신욱신 쑤셔오기 시작했다.

그와 세진은 고등학교 2학년 때 같은 반이었지만, 한 해 동안 대화도 몇 번 나눈 적이 없을 만큼 소 닭 보듯 하던 사이였다. 두 사람의 성격은 그야말로 소와 닭만큼이나 달랐다. 무엇보다 세진은 눈에 잘 띄는 학생이었다. 훤칠한 외모에 학급 반장이었고 성적은 늘 상위권을 유지했으며 무슨 일에든 앞에 나서기를 좋아했다. 수학여행 갔을 때는 3박 4일 동안 어찌나 설쳐댔던지, 마지막 날 밤에는 선생님들과 학생들 만장일치로 '미스터 광분'으로 뽑힐 정도였다. 그런 반면에 헌제는 투명 인간이나 마찬가지였다. 미술 선생의 관심을 조금 끌었던 점을 빼놓고는 거의 눈에 띄지 않는 학생이었다. 그랬던 헌제에게 그랬던 세진이 어느 날 느닷없이 "얼마 전에 그림책에서 우연히 네 그림을 봤어.”하며 전화를 했고, 마치 하노 이 함락 때 생사를 함께 한 전우라도 만난 듯이 호들갑을 떨 며 만나자고 했다. 그리고 그 만남의 결과는 치통이었다.

세진이 오기로 한 이상 화실을 비우고 치과에 갈 수도 없었 다. 작업대 위에는 그리다 만 그림책 삽화들이 널려 있었다. 출 판사와 약속한 마감날이 겨우 일주일 남았는데 아직 반도 못 그린 셈이었다. 이번 그림책 삽화는 골판지를 잘라 붙이는 방 법을 쓰고 있어서 붓으로 그리는 것보다 시간이 훨씬 많이 걸 렸다. 게다가 글 작가가 화면구성 따위는 아예 염두에 두지도 않은 듯 주절주절 제 설교만 늘어놓고 있어서 도무지 장면 연 출을 할 수가 없었다. 그림책 한복판에다 작가의 수다스러운 입이나 큼지막하게 그려놓으면 딱 알맞을 내용이었다. 그려야 할 삽화들과 세진을 생각하니 이빨이 더욱 쑤셨다.

－통증을 도저히 참을 수 없어서 치과에 간다. 네거리 쪽 으로 200미터쯤 가다 보면 일식집 건물 2층에 소망치과가 있 는데 나는 거기에 있다.

그는 화실 문 앞에 쪽지를 붙여놓고는 볼을 감싸 쥔 채 치 과로 갔다.

대기실 의자에 앉아 기다린 시간에 비하면 치료는 허망할 정도로 금세 끝났다. 이뿌리가 어떻게 내려져 있는지 X레이 사진을 찍은 다음 간단한 신경 치료를 받은 정도였다.

"아니, 이 지경이 되도록 어떻게 참고 지냈어요? 치과 가기가 그렇게 싫던가요?"

의사는 한참 동안 질책을 늘어놓고는 앞으로 얼마나 더 치료를 받아야 될지는 자기도 모르겠다고 말했다.

약을 받기 위해 대기실 의자에 앉아 기다리고 있을 때 세진이 병원 문을 밀치고 들어섰다. 그는 황록색 양복 안에 빨간 조끼를 입고 있었는데, 운동선수처럼 키가 크고 가슴이 다부진 몸집이어서 양복이 썩 잘 어울렸다. 접수창구에 앉아 있던 간호사도 이 귀공자풍 사내를 관심 어린 눈길로 힐끔 쳐다보았다. 헌제가 보호색을 가진 동물처럼 좀처럼 눈에 띄지 않는다면, 세진은 경계색을 가진 동물처럼 어느 장소에서든 눈에 확 띄었다. 그래서 그는 세진과 같이 있기가 싫었다. 아니나 다를까, 세진은 병원에 들어서기가 무섭게 큰 소리로 떠들기 시작했다.

"뭐야, 충치 환자한테까지 병문안을 와야 되는 거야?"

간호사가 입을 가리고 쿡 웃었다. 헌제는 큰 소리로 떠드는 세진이나, 별로 우습지도 않은 농담에 웃는 간호사나 똑같이 못마땅했다.

"치료 끝났어. 약만 받으면 돼."

"주차장이 없어서 애먹었어. 이 건물 사람들은 도대체 차를 어디다 세워놓는 거지?"

"목소리 낮춰. 여기는 병원이야."

"아니, 주차장 확보도 않고 건물을 지어? 그러고도 건축 허가가 나오나? 정말 원칙이 없다니까. 이 건물만 해도 그래. 일식집에 치과에 경양식집에, 게다가 사 층은 학원이잖아. 그런데도 주차장이라곤 건물 뒤편에 차 넉 대 세울 공간밖에 없더라구. 아니, 도대체 그 일식집 손님들은 자동차를 신발장에 집어넣고 들어가나?"

"그건 일식집에서 알아서 할 문제야."

헌제는 목소리를 한껏 낮춰 말했지만 세진은 더욱 큰 소리로 떠들었다. 그의 태도는 늘 과장되게 느껴졌다.

"치과도 마찬가지야. 보아하니 아무리 적게 잡아도 하루에 손님이 오십 명은 올 텐데 도대체 차를 어디다 세우라는 거야?"

"차에 실려 올 만큼 위독한 충치 환자는 없어. 그리고 제발 목소리 좀 낮춰."

그렇게 말하며 헌제는 힐끔 간호사 눈치를 살폈다. 간호사는 접수창구에서 뭔가 끼적끼적 적고 있었다.

"그런데 내 말을 왜 그렇게 신경질적으로 받아들이지?"

"난 신경질 내지 않았어."

"알았어. 이빨 때문에 신경이 날카로워졌을 뿐이다, 이런 말이지?"

세진은 호기심 어린 눈빛으로 병원 내부를 휘휘 훑어보더니 진료실 입구에까지 가서 의사가 진료하는 모습을 기웃거렸다. 그러고는 간호사에게 말을 걸었다.

"여긴 건물 임대료가 얼마쯤이나 하죠?"

간호사는 고개를 들더니 "네?" 하고 되물었다.

"평수는 대략 사십 평. 맞나요?"

"아마 그쯤 될 거예요."

"아까 밖에서 보니까 치과 간판이 눈에 잘 띄지 않더라구요. 일식집 간판이 워낙 커서 거기에 눌려버렸어요. 일식집 네

온 간판이 치과 간판을 덮고 있는 꼴이거든요. 일식집이 먼저 생겼던가요?"

"아뇨, 우리가 먼저예요."

"그건 곤란한걸." 하고 그는 혀를 찼다. "똑같이 영업하는 입장에서 자기네 간판만 눈에 잘 띄면 그만이라는 수작이 아니고 뭡니까. 그건 영업 침해예요. 항의하지 그랬어요."

맙소사! 헌제는 그의 목덜미를 와락 잡아채서 자리로 끌고 오고 싶은 생각이 간절했다.

"글쎄요……."

간호사는 어물어물 대꾸해주고는 있었으나 대체 이 남자가 원하는 게 뭔지 모르겠다는 표정을 짓고 있었다.

"이건 그냥 넘어갈 수 없는 문제예요. 대개 광고효과는 구체적으로 느껴지지 않기 때문에 무시하기 쉽지만, 그것 또한 세일즈와 마찬가지로 구체적으로 현금이 왔다 갔다 하는 문제라구요. 만일 그 간판 때문에 치과에 올 손님이 한 달에 열 명쯤 줄었다고 생각해봐요. 그 열 명 몫의 돈은 어디서 보상받아야 하는 거죠? 만일 일식집 주인이 치과에 올라와서는 느닷없이 한다는 소리가 오늘부터 나한테 무조건 한 달에 십

만 원씩 내시오, 한다면 어쩌겠어요? 어이구 알겠습니다, 그러면서 내나요? 그런 짓은 안 할 테죠? 제 판단으로 이 치과는 저 일식집 간판 때문에 적어도 한 달에 십 만 원어치 이상은 피해를 입고 있어요. 그런데도 항의 안 해요?"

"저는 그런 문제는 잘 모르겠어요."

헌제는 간호사가 화내지 않을까 조마조마한 심정이었으나, 그 여자는 상냥한 웃음을 머금고 꼬박꼬박 세진의 말에 대꾸해주고 있었다. 간호사는 세진에게 호감을 갖고 있는 게 분명했다. 그래서 헌제는 간호사한테까지 화가 났다. 저 녀석은 자기하고 아무 상관도 없는 문제를 갖고 왜 저렇게 열을 올리지? 저 여자는 어째서 저런 쓸데없는 참견쟁이한테 화를 내지 않는 거지? 도리어 재미있다는 표정이군. 더구나 저 여자는 '이봐요! 여기는 병원입니다. 진료하는 데 방해가 되니 조용히 해주세요!' 하고 냉정하게 말할 의무가 있는 간호사가 아닌가 말이야! 그는 짜증과 함께 세진과 간호사에게 심한 혐오감을 느꼈다.

약을 받은 뒤 헌제와 세진은 병원을 나왔다. 세진이 일식집 간판을 올려다보며 중얼거렸다.

"나라면 저런 간판을 걸도록 내버려 두지는 않았을 거야."

그는 짜증이 나서 별다른 대꾸를 하지 않았다.

"이 사회에는 남의 권리를 침해하는 행위가 너무 만연되어 있어. 사람들은 자신의 권리를 침해받으면서도 침해받았는지 조차 모르고 있다구."

"일식집에 들어가서 따지지 그래?"

헌제는 자꾸 비틀어져서 나오는 말들을 가다듬으려 애썼다.

"내가? 내가 무슨 권리로? 이건 내 문제가 아니야."

"그럼 자기 문제도 아니면서 왜 그렇게 열을 올리는 거야?"

"그야 답답해서 그러지. 쳇! 나는 말도 못 해?"

"만일 일식집에 들어갔다면 너는 그 집 주인아주머니한테 치과 욕을 퍼부었을 거야. 아주머니는 치과로부터 심한 권리 침해를 당하고 있으니까 어서 가서 항의하세요, 하고 말이야."

"물론 그렇게 해야지."

"뭐?"

"일식집에 가서 일식집 욕을 할 수는 없는 노릇이잖아?"

세진이 눈을 동그랗게 뜨고 그렇게 말하자 헌제는 어이가 없어 그만 피식 웃고 말았다.

"도대체 너는……."

그는 뭔가 말하려다가 귀찮은 생각이 들어 입을 다물어버렸다.


세진은 화실에 들어서자마자 현장검증 나온 강력계 반장처럼 화실 안을 구석구석 뒤지고 다녔다.

"이봐, 정신 사나우니까 제발 자리에 좀 앉아."

항의해도 들은 체 만 체였다. 세진은 가스레인지 위에 놓인 작은 냄비를 집어 들고는 지문 채취라도 하려는 듯이 요리조리 돌려 보았다.

"아예 여기서 사는 거야?"

"아냐. 그건 점심때 라면 끓여 먹는 냄비일 뿐이야."

"라면은 좋지 않아. 위장을 버리기 십상이지. 게다가 끼니마다 라면을 먹으면 영양실조에 걸릴 거야."

"나는 무쇠처럼 튼튼하니까 그런 염려는 안 해도 돼."

"건강은 아무도 장담 못 해. 서른이 넘으면 특히 그렇지. 지난번에 우리 회사 영업부장이 갑자기 심근경색으로 죽어버

렸어. 겨우 마흔둘인데 말이야. 이건 대체 뭐에 쓰는 물건이
지?"

세진은 음식 창고에 들어온 생쥐처럼 분주하게 오락가락했
고, 헌제는 그런 세진을 막대기로 탁 때려 자빠뜨리고 싶은
충동을 느꼈다.

"그건 항아리야. 항아리를 처음 본단 말이야?"

"그게 아니라, 항아리가 왜 필요하냔 뜻이지."

"된장을 담가 먹지."

"된장을? 여기서?"

"이봐, 항아리 따위는 어디에나 있어. 꽃을 꽂으면 화병이
되고, 물을 담으면 물통이 되고, 담배꽁초를 담으면 재떨이가
되고, 오줌을 싸면 요강이 되지. 너는 도대체 나를 보러 온 거
야, 아니면 항아리를 보러 온 거야?"

세진은 항아리를 내려놓고 서양 사람처럼 어깨를 으쓱해 보
였다.

"나는 화가 작업실에는 처음 와보거든. 그 사람은 결혼을
늦게 해서 아들이 겨우 초등학교 이 학년이야. 그 밑에는 다
섯 살짜리 딸이 있고. 마누라는 서른여덟인데, 자식 둘 데리

고 재혼이 쉽겠어? 그렇다고 모아둔 재산이 있나, 친정이 잘

사나. 정말 딱한 일이야."

"지금 무슨 소릴 하는 거야?"

"영업부장 얘기야."

"영업부장? 영업부장이 어쨌다는 거야?"

"심근경색으로 죽었다고."

"그런데 그 얘기가 항아리와 무슨 관계가 있지?"

"누가 항아리와 관계가 있대?"

"그럼 지금 왜 뚱딴지같이 그 얘기를 하고 있어?"

세진은 입술을 옆으로 실룩거리며 혀를 끌끌 찼다.

"너는 도대체 내 말을 귀로 듣는 거야, 발로 듣는 거야? 너

랑 얘기를 하고 있으면 꼭 벽하고 대화를 나누는 것 같아. 너

는 분명히 내 앞에 앉아 있는데 어느 순간 '어, 이 친구가 어

디 갔지?' 하는 느낌이 든다고."

아내도 종종 그런 식의 말을 하곤 했었다. 어떤 때는 결혼

을 하고도 꼭 나 혼자 살고 있는 기분이야. 얘기를 해도 벽에

대고 하는 기분이고. 이혼한 아내를 생각하니 헌제는 갑자기

마음이 씁쓸했다. 그는 난로에 불을 피우려고 의자에서 일어

났다. 실내가 썰렁한 느낌이 들었기 때문이었다.

"원 세상에!"

세진은 이번에는 냉장고 안에서 은박지 뭉치를 꺼내고는 코를 싸쥐고 소리를 질렀다.

"대체 이게 뭐야? 구더기 양식이라도 하는 거야? 썩은 닭고기는 뭣 땜에 냉장고 안에 모셔두었지? 맙소사, 이 사과는 썩다 못해 아예 곰팡이가 슬었어."

헌제가 다가가 보니 냉장고 안에서 음식 썩은 역한 냄새가 진동을 하고 있었고, 냉장고 불은 꺼져 있었다. 냉동 칸을 열어보니 그곳은 한술 더 떠서 아이스크림이 녹아 바닥에 죽처

럼 흥건히 고인 채 썩어 있었다. 작년 여름에 유진이가 먹다 남긴 것이었다. 썩은 아이스크림의 고약한 냄새에 우욱 구역 질이 났다.

"전기 코드가 빠졌던 모양이야."

"잘했군! 나는 손을 씻고 와야겠어."

세진은 들고 있던 닭고기 뭉치를 휴지통에 처넣고 후다닥 밖으로 나갔다. 음식이 심하게 상한 것으로 보아 전기 코드가 보름 이상 빠져 있었던 모양이었다. 보름 전쯤 먹다 남은 닭 튀김을 넣어둔 뒤 한 번도 냉장고 문을 열어보지 않았던 것이다. 그런데 이게 왜 갑자기 빠졌지? 냉장고 뒤쪽 벽에 손을 넣어 콘센트를 더듬어보았으나 플러그는 제대로 꽂혀 있었다. 막 손을 빼내려 하는 순간 몸이 와지직 흔들렸고, 그는 자리에 털썩 주저앉고 말았다. 220볼트의 전압이 그의 손을 물어뜯었던 것이다. 그는 얼이 빠져 얼마 동안 그대로 주저앉아 있었다. 하마터면 죽을 뻔했다고 생각하니 머리털이 곤두서면서 세진에게 불끈 짜증이 치솟았다. 저 자식은 왜 남의 화실에 와서 사람을 귀찮게 구는 거야! 정신이 어느 정도 추슬러지자 냉장고 문을 열어보았다. 얼결에 플러그를 꽂았던지 불이 켜져 있었다. 냉장고는 차라리 가동시키지 않는 편이 나았다. 냉장 칸의 썩은 음식들이야 버리면 될 테지만, 냉동 칸에 흥건하게 고여 있는 아이스크림은 녹아 있을 때 닦아내지 않으면 바닥에서 꽁꽁 얼어붙어 버릴 것이었다. 그렇다고 다시 냉장고 뒤쪽에 손을 집어넣어 플러그를 뽑을 엄두는 나지 않았다. 휴지를 한 움큼 뜯어 녹은 아이스크림을 닦아내려 했으나 그 역한 냄새 때문에 욱, 욱 구역질이 났다.

"나 같으면 그놈의 냉장고를 통째로 창밖으로 집어던져 버리겠어."

손을 씻고 돌아온 세진이 손바닥으로 코를 틀어막고 화실의 창문들을 활짝 열어젖혔다. 그 바람에 창틀에 놓여 있던 꽃병이 세진의 팔꿈치에 부딪혀 바닥에 떨어지면서 파삭 깨졌다. "이런! 꽃병이 깨졌네." 하고 세진이 중얼거렸고, 헌제는 일부러 모른 척 그쪽을 돌아보지도 않았다. 그러나 그의 표정은 '그래, 다 때려 부숴라!' 하고 툴툴거리고 있었다.

"아무래도 네 사무실에는 급사가 하나 필요할 것 같아. 냉장고 안 음식은 죄다 썩어 있고, 그릇은 씻지 않아서 잔뜩 쌓여 있고, 책장에 덮인 먼지 하며…… 나는 이런 분위기에선 단 한 시간도 일할 수 없을 거야. 이건 도대체 수건이야, 걸레야?"

"걸레야."

헌제가 세진이 방금 손 닦은 수건을 가리키며 말했다. 그건 수건이 분명했지만 세진이 얄미워서 그렇게 말한 거였다. 세진은 '하느님 맙소사!' 하는 표정으로 눈동자를 한 바퀴 빙그르 돌렸다.

"원한다면 내가 착실한 급사아이를 하나 소개해줄게. 월급은 그리 많이 줄 필요 없을 거야. 아침에 출근해서 간단히 청소를 하고 나머지 시간 동안 공부나 하라고 하면 되니까. 네가 그림을 그리는 데 방해가 된다면 시간제 파출부를 쓰든가."

헌제는 썩은 아이스크림을 닦아낸 휴지 뭉치를 세진의 입에 물려놓았으면 좋겠다고 생각했다. 그러면 두 가지 골칫거리가 한꺼번에 해결될 텐데.

"나는 혼자 먹고살기에도 수입이 빡빡해."

"그러니까 내 일을 맡으란 말이야. 나는 네가 왜 내 일을 안 하겠다고 하는지 이해할 수가 없어. 그림책에 그림 그리는 것이나 CD 음반에 그림 그리는 것이나 무슨 차이가 있지? 그저 동그란 그림책을 만든다고 생각하면 되잖아?"

"나는 내가 감당할 수 없는 일은 안 해. 이유는 그것뿐이야. 커피 한잔 하겠어?"

"싫어. 썩은 닭고기 냄새를 맡았더니 토할 것 같아. 너는 그림 그리는 사람이지만, 나는 사업하는 사람이야. 사업적인 안목으로 볼 때 네가 그 일에 적합하다고 판단해서 너한테 일을 맡기려는 거야."

"원한다면 내가 다른 삽화가들을 소개해줄게."

"다른 삽화가들?"

세진은 잠시 머뭇거리다가 가볍게 한숨을 내쉬었다.

"솔직히 말할게. 나한테 필요한 건 그림이 아니라 착상이야, 참신한 착상. 내가 준 CD 봤지? 우리 직원들 수준이 다 그 모양이야. 나도 마찬가지고. 너도 알다시피 내가 음악이나 미술에 대해 쥐뿔이나 아냐? 책이라고는 교과서밖에 읽은 게 없고, 문화적 소양이라고는 통신판매로 오십 장짜리 고전음악 음반을 들여놓은 게 전부야. 그런 주제에 내가 무슨 배짱으로 이런 일에 뛰어들었는지 몰라."

"나라고 해서 너보다 나을 것도 없어."

"그냥 옆에서 조언만 해줘. 서점에서 우연히 네가 그린 『행복한 고슴도치』를 보고 소리라도 지르고 싶은 심정이었어. 나를 도와줄 사람은 권헌제 너밖에 없다고 말이야."

그는 커피를 타며 『행복한 고슴도치』를 떠올려보았다. 그러나 어떤 그림이었는지 떠오르지도 않았다. 3년 전에 그린 삽화였는데, 출판사 쪽에서 무슨 까닭인지 원화를 돌려주지 않았을 뿐만 아니라 그림책마저 보내주지 않았다. 그가 요구하지 않았기 때문에 출판사 쪽에서도 신경 쓰지 않고 흐지부지 넘어간 모양이었다.

"대체 고슴도치 그림 따위가 왜 필요하지?"

"고슴도치가 아니라 그걸 표현하는 감각에 반한 거야. 기발하고 참신하면서 눈에 확 띄는…… 음, 커피 향기가 좋군. 나도 한잔 주겠어?"

"물을 조금밖에 얹지 않았어. 내 걸 마셔."

헌제는 마시고 있던 커피를 세진에게 건넸다.

"이런 그림을 그리는 사람이 도대체 누군가 약력을 봤더니, 바로 내 친구잖아!"

친구? 헌제는 소름이 오싹 돋는 느낌이었다.

"저건 누구 솜씨지?"

세진은 책장 옆면에 붙여놓은 그림을 가리켰다. 헌제는 신경이 바짝 곤두섰지만, 모른 척하고 다시 주전자를 가스레인지에 올려놓았다.

"흠, 화가의 딸이라 역시 다르군. 아빠를 그린 모양이지? 그 옆에는 할머니인가?"

".........."

세진의 다음 질문을 기다리며 그는 방어 태세를 갖추었다. 어째서 엄마 그림은 없지? 보통 사람들과 다름없이 그렇게 물을 것이다. 그러나 세진은 말을 돌렸다.

"너 학교 다닐 때 내 초상화 그려주기로 약속했던 거 기억나?"

"뭐? 뭐라고?"

갑자기 무장해제를 하느라 헌제의 말은 반은 신경질적인 투로 반은 멍청한 투로 튀어나왔다.

"내 초상화 그려주기로 한 약속 아직 기억하고 있냐고 물었어."

"그, 그런 일이 있었어?"

헌제의 얼굴이 약간 붉어졌고, 사사건건 피해 의식을 드러내는 스스로에게 짜증이 났다.

"젠장! 물론이지. 사실 나는 그때부터 네 그림이 좋았어. 그때가 아마 백일장 날이었을 거야. 네가 경복궁 한쪽 구석에…… 그래, 화장실 뒤쪽이었어. 네가 거기 처박혀 뭔가 그리고 있기에 살금살금 뒤쪽으로 다가가 보았지. 아니, 하필 저런 곳에 앉아 뭘 그리고 있는 거야? 그런 호기심이 생겼거든. 기가 막혀! 그런데 네가 그리고 있었던 게 뭔지 기억나? 그건 깨진 쓰레기통이었어."

세진은 헌제가 무슨 심오한 뜻이 있어서 쓰레기통을 그리고 있었던 것으로 생각하는 모양이지만, 진상은 그게 아니었다. 그도 다른 학생들처럼 정자나 연못 따위의 우아한 풍경을 그리고 싶었다. 그러나 연못가 벤치에 앉아 그림을 그리면 지나가던 사람들이 등 뒤에 옹기종기 모여 서서 자신이 그리고 있는 그림을 구경하게 될 터였고 그는 그것이 싫었다. 그래서 사람들 발길이 미치지 않는 곳을 찾아다니다가 화장실 뒤쪽으로 갔고, 마침 그곳에 깨진 쓰레기통이 있기에 그것을 그렸을 뿐이었다. 그때 세진이 불쑥 나타났던 것이다.

"흠, 나는 그때부터 네 재능을 알아봤지. 이 녀석은 뭔가 있는 놈이구나."

그러고 보니 기억이 났다. 그때 세진은 제발 자기를 모델로 삼아 그림을 그려달라고 간청했고, 헌제는 오직 세진을 얼른 떼어놓고 싶은 마음에서 그러겠다고 약속했던 것이다.

"그러고 보니 너는 벌써 그때부터 나를 귀찮게 굴고 있었던 셈이로군."

헌제가 기억이 난다는 듯이 말하자 세진은 더욱 의기양양해졌다.

"자, 권헌제 씨! 이래도 내 일을 거절할 테야? 너는 내게 묵은빛이 있는 셈이지."

헌제는 한숨을 푸욱 내쉬었다.

"이봐, 제발 그 탁자 위에서 내려와 의자에 앉아줬으면 좋겠어. 너는 지금 내가 기껏 작업해놓은 그림을 깔고 앉아 있잖아."

세진은 그제야 탁자 위에서 내려와 엉덩이 밑에 깔려 있던 그림을 들여다보았는데, 그가 애써 붙여놓은 골판지들이 납작해져 있었다.

"앗 뜨거!"

세진이 별안간 외쳤다. 그의 손에 들려 있던 커피잔이 바닥에 떨어져 산산조각이 났고, 그는 바지 무릎께를 흥건히 적신 뜨거운 커피물을 털어내려고 팔짝팔짝 뛰고 있었다. 그 바람에 작업대 위에 놓인 그림에까지 커피 물이 튀어 얼룩을 묻히고 말았다.

헌제는 「절규」에 나오는 사람처럼 손바닥으로 얼굴을 감싸쥐었다. 맙소사! 내가 어쩌자고 저 녀석을 작업실에 불러들였지?

# 침입자들

중국집에서 볶음밥을 시켜 먹은 뒤 식곤증을 느낀 헌제는 소파에 누워 잠을 잤다. 얼마쯤 지났을 때 누군가 시끄럽게 문을 두드렸다. 자리에서 일어나려고 했지만, 소파에 등이 달라붙은 것처럼 꼼짝도 할 수 없었다. 거의 발버둥을 치다시피 간신히 몸을 일으켜 문 쪽으로 비틀비틀 걸어가다가 갑자기 이상한 생각이 들어 문득 뒤를 돌아보았다. 방금 그가 일어났던 소파 위에서 누군가 잠을 자고 있었다. 어? 저건 나잖아? 그는 자신이 꿈속에 있음을 깨닫고 소파로 되돌아와 잠을 잤다. 잠시 뒤에 또 시끄럽게 문 두드리는 소리가 들렸고, 그는 다시 일어나 문 쪽으로 걸어갔고, 뒤를 돌아보니 소파 위에는 여전히 자신의 몸뚱이가 누워 있었다. 젠장, 또 꿈이었군. 그는 돌아와 다시 잠을 잤다. 영혼이 그의 몸을 벗어나고 싶어 한 것일까? 꿈과 현실의 경계를 넘나드는 왕복을 여러 차례 한 다음 그는 진짜 잠을 깼다. 전화벨이 시끄럽게 울려댔기 때문이었다.

— 김병칠 씨 바꿔주쇼.

노인으로 느껴지는 목소리는 다짜고짜 김병칠을 바꾸라고 했다. 김병칠? 김병칠이 누구더라? 그는 아직 꿈과 현실의 경계를 또렷이 구분하지 못한 채 머뭇거리다가 잠꼬대처럼 흐리멍덩한 목소리로 중얼거렸다.

"잘못 걸었습니다."

— 여기 군산인데, 김병칠 없어요?

"여기 그런 사람 없어요."

— 김병칠 없어?

"네, 없어요."

— 그럼 어디 갔어?

"모르겠는데요."

무심결에 그렇게 말해놓고는 말이 뭔가 잘못되었다는 느낌을 받았지만 크게 개의치 않았다. 어쨌든 김병칠이 어디 갔는지 모르는 것은 사실이니까. 그는 전화를 끊고 다시 소파에 쓰러졌다. 그러나 곧바로 다시 전화벨이 울렸다.

－여기 군산인데, 김병칠 바꿔주쇼.

"여기 그런 사람 없단 말입니다."

－당신 대체 누구야?

수화기 속 사내가 억양을 높여 빽 소리를 질렀다. 헌제는 그제야 잠이 깼고, 상대가 대체 왜 자기한테 화를 냈는지 곰곰이 생각해보았다. 자신이 혹시 엉뚱한 사무실에 와서 낮잠을 자고 있었던 것이 아닐까 하고 주위를 둘러보았지만 그곳은 분명 그의 화실이었다. 그렇다면 '당신 대체 누구냐'고 물어야 할 사람은 바로 그였다. 헌제는 소파에서 몸을 일으켜 앉았다.

"여기, 김병칠이라는 사람 없습니다. 그러니까 아저씨는 엉뚱한 곳에 전화를 걸었고…… 제 생각에는…… 전화번호를 확인하고 다시 전화를 거시는 게 좋겠군요."

그는 최대한 정중하게 말했다.

－있으면서 없다고 하는 거 아냐? 여기 군산인데, 그놈이

내 돈 칠백만 원을 떼먹고 달아났어.

그러고 보니 사내의 목소리는 얼큰한 술 냄새를 풍기고 있었다.

"어쨌든 아저씨는 전화를 잘못 걸었기 때문에…… 그러니까 제 말은…… 그 사람이 있는 곳에 전화를 걸어서 얘기를 해야 한다는 겁니다. 왜냐하면 여기는 김병칠이라는 사람이 없기 때문이죠. 그 사람이 없는 곳에 전화를 걸어 그 사람을 찾는다면…… 어쨌거나 제 말이 무슨 뜻인지 아셨죠?"

그는 딸깍 전화를 끊었다. 그러나 이내 또 전화벨이 울렸다.

— 김병칠 바꿔!

그는 등에 열꽃이 돋는 기분이었다. 화를 내야 할 때라고 그는 생각했다.

"이봐요. 김병칠이라는 사람 없단 말입니다."

— 당신 그러는 게 아니야. 김병칠 거기 있지?

"없어요!"

— 그럼 어디 있어?

"그걸 내가 어떻게 알아요?"

— 당신도 한편이야?

화를 내야 해, 헌제의 목소리는 와들와들 떨리고 있었다.

"아저씨, 술 먹었어요?"

─ 술이야 먹었지. 그놈이 내 돈 칠백만 원 떼먹고 달아났어. 여기 군산인데, 내가 그놈 못 잡을 것 같지? 나, 밤낮없이 거기다 전화할 거야. 그러니 좋은 말 할 때 김병칠 바꿔.

"없는 사람을 어떻게 바꿉니까?"

─ 없어? 그럼 어디 갔어?

"그러니까 내 말은…… 그런 사람은 애당초부터 여기 없단 말입니다."

─ 거기가 어딘데?

"여기는…… 아무튼 그런 사람 없어요."

─ 그놈이 잡아떼라고 시켰지?

"이봐요! 없으니까 없다고 그러는 거 아닙니까?"

─ 있지?

"없어요."

─ 여기 군산인데…….

"없어! 없어! 김병칠인지 김병팔인지 그런 자식 여기 없단 말이야! 없어! 없어! 죽어도 없어!"

그는 악을 쓰며 전화를 끊었고, 전화 코드를 잡아 뽑아버렸으며, 그래도 성이 안 풀려 전화기를 통째로 쓰레기통에 처넣어버렸다. 머리가 지끈지끈 쑤시면서 까닭 없이 눈물이 쏟아졌다. 모르는 사람이 모르는 사람한테 전화를 걸어 시비를 걸고, 나는 모르는 사람을 대신해 모르는 사람과 싸우고…… 대체 다들 왜 그러는 거야? 왜 이렇게 사람을 못살게 구는 거야! 그는 소파에 얼굴을 파묻고 훌쩍훌쩍 울다가 마침내는 엉엉 통곡을 했다.

그렇게 10분쯤 울다가 그는 울음을 뚝 멈췄다. 잠깐만, 그런데 내가 지금 왜 울고 있지? 울 이유가 없잖아? 그는 그만 싱거운 생각이 들어 자리에서 벌떡 일어났다. 잠이 덜 깨어 멍하던 머리가 실컷 울고 나니 개운했다. 그는 세수하러 화장실에 가려다가 내친 김에 머리나 깎아야겠다고 생각하고 가까운 이발소로 갔다.


이발을 하니 기분이 더욱 개운해졌다. 그는 커피를 한 잔 타서 마시며 세진이 준 CD 음반을 오디오에 넣었다. 「소녀의

기도」「로맨스」따위의 귀에 익은 클래식 소품들이 담긴 증권
회사 사은품이었다. 기분 잡칠 것 같아 일부러 광고 문구는
읽지 않았다.

　－ 소녀는 오늘도 간절히 기도합니다. 하느님, 제발 주가 좀
오르게 해주세요!

　아마 그렇게 써 있을 테지. 그는 세진의 발상을 비웃으며 커
피잔을 들고 소파에 앉았다. 음악은 「타이스 명상곡」부터 시
작되었다. 좋아하는 곡부터 흘러나오자 그는 기분이 좋아졌
다. 『타이스』는 대학 다닐 때 문고판으로 읽은 적이 있는 소
설이었다. 옛날 타이스라는 아름다운 무희가 살고 있었는데,
거룩한 사명감을 가진 수도승이 그 여자의 음탕함을 꾸짖으
러 갔다가 도리어 사랑에 빠지고 만다는, 그렇고 그런 내용이
었다. 그러게 뭐 하러 쓸데없이 남의 일에 참견하나, 그때 그
는 그렇게 생각했었다.

　그제야 아까 홧김에 뽑아버린 전화 코드 생각이 났다. 집에
서 전화가 올지도 모르는 일이었다. 유진이만 아니었다면 전
화 따위는 아예 없애버렸을 것이다. 그러나 갑작스레 무슨 일
이 터질지 모르는 노릇이었다. 이혼한 뒤로 그는 늘 아슬아슬

한 벼랑 끝에서 살아가고 있는 느낌이었다. 집에 있는 어머니와 유진이로부터 단 한 순간도 신경을 끌 수가 없었다. 갑작스레 쓰러진 할머니 곁에서 어쩔 바를 모르고 삐약삐약 울고 있는 유진이…… 그런 상상이 늘 그를 의기소침하게 만들었다.

전화 코드를 꼽자마자 전화벨이 울렸다. 아니, 이 작자가 여태껏 전화를 걸고 있었단 말이야? 그는 전화를 받을까 말까 잠시 망설이다가, 받기로 했다. 유진이한테서 걸려온 전화일 수도 있기 때문이었다. 그러나 수화기에서는 전혀 예상하지 못한 목소리가 흘러나왔다.

─오빠, 저 연화예요.

그 목소리가 수화기 속에서 튀어나와 그의 얼굴에 푹 꽂혔다. 연화? 최연화……? 그는 턱이 마비된 듯 한동안 아무 말도 할 수 없었다.

─잘 지내셨어요?

연화의 목소리는 밝고 명랑했다. 내 방패, 내 투구, 내 갑옷…… 어디다 두었더라? 느닷없이 급습당한 늙은 장수처럼 방어 태세를 갖추려고 했지만 적은 이미 성 한복판까지 들어와 있었다. 그는 간신히 정신을 가다듬고 더듬더듬 말했다.

51

"여, 연화구나."

그날 저녁 헌제는 연화를 만나기로 한 약속 장소에 30분이나 일찍 도착했다. 그는 여태껏 약속시간을 어겨본 적이 거의 없었다. 늦은 듯싶어 택시까지 타고 부랴부랴 약속 장소에 가면 상대방은 30분쯤 지난 뒤에야 어슬렁어슬렁 나타나곤 했다. 공연히 서둘렀다고 번번이 후회하면서도 그는 늘 약속 시간보다 일찍 약속 장소에 도착했다.

한참 기다려야겠군. 그는 그렇게 생각하며 '혼돈'이라는 이름의 술집으로 들어갔다. 그런데 뜻밖에도 연화가 먼저 와서 맥주를 마시고 있었다. 낮잠 잘 때 걸려온 전화 때문에 일진이 사나우리라 믿고 있던 터였는데, 연화를 보자 그 생각이 단숨에 바뀌었다. 여태껏 자기보다 먼저 와서 기다리는 사람은 거의 본 적이 없기 때문이었다.

그는 2년 만에 연화를 다시 만났다. 연화는 검은색 터틀넥 스웨터를 입은 데다가 화장까지 짙게 하고 있어서 얼굴이 더욱 뽀얗게 보였다. 나비 모양 장식을 매단 금색 목걸이가 검은색 스웨터와 썩 잘 어울렸다. 연화는 이제 완연히 성숙한 여인의 모습을 하고 있었고, 그는 눈이 부셔서 그녀 얼굴을 똑바로 쳐다볼 수가 없었다.

연화가 내민 명함에는 '진보미디어개발부 최연화'라고 적혀 있었다. 그는 별로 할 말이 없었기 때문에 명함을 오랫동안 들여다보았다. 헌제는 회사 이름의 진보를 '進步'로 생각했으나 연화는 '眞寶'라고 설명해주었다.

"진주와 보배, 우리 사장님 두 딸 이름을 합성한 거래."

그렇게 설명하며 연화는 쿡쿡 웃었으나 그는 웃지 않았다. 그가 웃지 않자 연화는 부연 설명을 달았다.

"꼭 만화 주인공 이름 같잖아? 어떻게 딸 이름을 그렇게 짓고 싶은 마음이 났을까 몰라."

명함을 건넨 사람한테마다 똑같은 얘기를 했을 텐데도 연화는 정말 우스워서 못 견디겠다는 듯이 계속 쿡쿡 웃었다. 혼자 웃다가 얼마 뒤에 혼자 웃음을 거두었다. 헌제는 맥주잔을 만지작거리고 있는 연화의 손을 바라보았다. 희고 도톰한 손에 손가락은 갸름했으며, 예전과는 달리 손톱에 분홍색 매니큐어가 곱게 칠해져 있었다. 겨울철이면 연화는 곧잘 그의 오버코트 주머니 속에 손을 집어넣곤 했었다. 그 꼼지락거리던 감촉이 너무 생생하게 떠올라 헌제는 새삼 가슴이 아렸다. 그는 자신의 감정이 노출되지 않도록 조심하며 맥주를 한 모금 홀짝 들이켰다.

"어쨌든 취직한 건 잘한 일이야."

그는 교장 선생님이 졸업생에게 훈화하는 말투로 말했다.

"취직이라기보다는 동업이야."

"동업?"

"사실은 나, 그동안 프랑스에 유학 다녀왔어. 그때 아르바이트 삼아 관광 가이드 하다가 우연히 우리 사장을 만났어. 내가 컴퓨터그래픽을 전공한다니까 대뜸 나하고 동침하고 싶다는 거야."

"동침?"

그는 얼굴이 빳빳하게 굳어지는 것을 느끼고 재빨리 고개를 숙였다. 연화는 그런 그의 표정 변화를 놓치지 않았다.

"같은 배를 타고 함께 침몰하자고⋯⋯."

"아, 그렇군."

그는 맥주를 한 모금 마셨다.

"그 사람 나쁜 사람 아니야. 도리어 순진한 사람이지. 게다가 지 마누라를 얼마나 끔찍이 사랑하는지 몰라."

"누가 뭐래?"

연화가 쿡쿡 웃었다.

"오빠 얼굴은 거의 칠판이나 다름없어. 거짓말하면 코가 늘어나는 피노키오처럼 말이야. 아까 오빠 얼굴에 뭐라고 적혀 있었는지 알아?"

"몰라."

"흠, 시치미 떼도 소용없어. 연화 손을 잡았으면 좋겠다, 그렇게 적혀 있었어."

"나, 나는 그렇게 생각하지 않았어."

"어? 어떡하지? 오빠 코가 오 센티 늘어났어."

그는 무심결에 코를 만져보았다. 코가 늘어나지는 않았지만 대신 얼굴이 빨개졌다. 연화는 까르륵 웃음을 터뜨렸다.

"자! 잡고 싶으면 잡아봐."

연화는 장난꾸러기 요정처럼 눈알을 반짝거리며 '앞으로 나란히' 하는 동작으로 두 손을 내밀었다. 그는 고개를 저었고, 연화는 머쓱한 표정으로 손을 내렸다.

"오빠는 정말 하나도 변하지 않았어."

"그래?"

"나는 많이 변했지?"

"별로 못 느끼겠는걸."

"나 화장한 모습 처음 봤지?"

"음. 좋아 보여."

"머리도 잘랐어. 프랑스에 있을 때는 미장원 가기 싫어서 길렀는데, 서울에 오자마자 잘랐어."

"………."

"유진이는? 초등학교에 다녀?"

"아니, 내년에 가."

"보고 싶어."

"………."

"요즘은 무슨 일 해?"

"그냥 늘 똑같은 일."

"그림책?"

"음."

대화가 자주 끊겼고, 얼마 뒤에는 두 사람 모두 머쓱한 표정으로 입을 다물었다. 연화는 창밖을 바라보고 있었고, 그는 식탁보의 꽃무늬를 조합하여 머릿속으로 여러 가지 형상을 그려보았다. 잠시 뒤에 그가 고개를 들었다.

"저녁은 먹었어?"

"아니."

"뭐 시켜 먹을래?"

"됐어."

"그럼…… 밖에 나갈까?"

연화는 대꾸 없이 창밖만 바라보더니 고개를 휙 돌려 그를 바라보았다.

"오빠, 나, 사귀는 남자 있어."

"그래?"

"그러니까 내 말은…….."

연화는 무슨 말을 해야 좋을지 모르겠다는 표정으로 허공에서 손가락을 뱅뱅 돌렸다.

"그러니까, 그렇게 나하고 애써 거리를 두려고 할 필요가 없다는 말이야. 나는 그저 오빠가 어떻게 살고 있나 궁금했고…… 또 설사 오빠한테 사귀는 여자가 있다고 해도 상관없다고 생각했어."

그는 눈을 동그랗게 떴다.

"나는…… 사귀는 여자 없어."

"그건 오빠 얼굴을 보는 순간 벌써 알아봤어."

연화는 한숨을 쉬었다.

"아무래도 내가 괜히 전화했나 봐."

"아냐, 나는 그저…….."

"지금 무슨 기분이 드는 줄 알아? 꼭 오빠를 납치해서 내 앞에 억지로 꿇어앉혀 놓은 기분이야. 물론 내가 오빠 마음에 상처를 입혔다는 건 알아."

"그건…… 전혀 그렇지 않아…….."

"나는 아무 생각 없이 그냥, 오빠 만나서 예전처럼 농담도 하고, 맥주도 마시고, 그리고 내가 얼마나 잘 살고 있는지 보여주고 싶었을 뿐이야. 그게 오빠 마음을 홀가분하게 해줄 거라는 생각도 들었고. 그런데 오빠는 나를 무슨 빚 독촉하러 온 사람처럼 대하고 있잖아? 그렇게밖에 대할 수 없는 거야?"

"사실 나는…….."

헌제는 손톱을 물어뜯었다.

"이빨을 뽑았어."

"이빨?"

"음, 사랑니가 썩었어. 만일 내가 얼굴을 찌푸리고 있었다면, 아마 틀림없이 이빨 때문일 거야. 정말이야."

연화가 어이가 없다는 듯이 픽 웃었다.

"오빠는 얼굴을 찌푸리고 있지 않았어."

"그래?"

그는 술집 이름처럼 '혼돈'에 빠졌고, 연화는 의자 등받이에 푹 기대며 "이빨 때문이라……." 하고 되뇌었다.

그는 억지로 히죽 웃어 보였다.

"충치는 아주 성가신 거잖니?"

연화는 '까짓것!' 하는 태도로 고개를 끄덕였다.

"좋아! 이빨 때문이라면 용서해주지. 오빠 주변머리에 그정도 변명을 생각해낸 것만 해도 가상하니까. 하지만 한 번만 더 내 말에 시큰둥하게 대꾸하면 나 그냥 가버릴 거야."

"내가 언제 시큰둥하게 대꾸했다고 그래?"

"내 앞에 앉는 순간부터 지금까지."

"나는 그러지 않았어."

"좋아, 좋아. 그건 이빨 때문이었으니까."

연화는 손을 내저으며 웃었다.

그날 저녁 두 사람은 호텔 꼭대기 층에서 저녁을 먹었고, 신촌에서 가장 시끄러운 음악이 나오는 술집에서 맥주를 마셨고, 길거리에서 떡볶이를 먹었고, 선물 가게에서 인형을 샀고, 노래방으로 가서 노래를 불렀다. 거의 연화 혼자 논 것이나 다름없었지만 헌제는 연화가 가자는 대로 가고, 하자는 대로 했다. 그러나 노래방을 나서자 찬바람과 허탈감이 동시에 몰려들었다.

"오빠, 오늘 참 재미있었어."

연화가 옷깃에 뺨을 파묻고 말했다.

"그래? 그렇다면 다행이고."

두 사람은 차도에 서서 택시를 기다렸다.

"집까지 바래다줄까?"

"아냐, 그럴 필요 없어."

그는 더 권하지 않았다. 2년 전이나 지금이나 자신 없기는 마찬가지였다. 더구나 연화는 사귀고 있는 남자가 있다고 하지 않았던가. 그래서 그는 연화에게 또 연락하라는 말조차 꺼내지 못했고, 연화 또한 다시 연락하겠다는 말을 하지 않았다. 연화는 택시가 지나갈 때마다 삼성동, 삼성동, 하고 외치다가 마침내 방향이 맞은 택시가 오자 냉큼 올라탔다.

"오빠, 잘 지내."

"너도……."

개포동, 신림동, 상계동, 반포, 구의동……. 집으로 돌아가려는 사람들의 택시 잡는 소리를 들으며 그는 한동안 거리에 우두커니 서서 사랑니가 뽑혀 나간 자리를 혀끝으로 어루만지고 있었다. 술을 마셨기 때문인지 이빨 뽑은 자리가 몹시 근질거렸던 것이다. 심야 버스를 타려면 30분 이상 기다려야 했지만, 택시 잡는 무리에 끼어들고 싶지 않아 그는 버스 정류장 쪽으로 걸어갔다. 술이 어정쩡하게 깨어버렸고 기분도 어정쩡했다. 빨리 집에 가고 싶었다. 가서 잠버릇이 나쁜 유진이의 이불을 바로 덮어주고 싶었다.


그는 새벽녘에 잠을 깨어 화장실 변기 앞에 쪼그리고 앉아 먹은 것을 죄다 토해냈다. 연화와 함께 마신 술이라야 고작 맥주 한 깡통 분량이었지만, 그 정도를 이겨낼 주량도 되지 못했다. 그는 술을 좋아하지 않았고 많이 마시지도 못했다. 술이 약해서 사교적이지 못한 것인지, 아니면 사교적이지 못해서 술이 약해진 것인지 알 수 없었지만, 어쨌든 술은 그의 사교적이지 못한 성격과 어느 정도 관련이 있었다. 술을 마시면 골치가 아팠고 새벽녘에는 꼭 토하고 말았다. 그래서 그는 술을 겁냈고 술꾼들을 겁냈으며 술자리를 겁냈다. 연화와 마실 때는 그런대로 술이 받는 편이었는데도 그 모양이었다. 그는 이빨이 부식되는 게 아닐까 염려될 만큼 시고 쓰고 떫은 물들을 연거푸 게워냈고, 더 토해낼 것이 없게 되자 명치끝이 콕 틀어막히는 통증을 느끼며 헛구역질을 했다. 눈물 콧물로 얼굴은 엉망이 되었다. 세수를 한 뒤 잠자리로 돌아와 누웠는데, 이번에는 흐린 날의 신경통 환자처럼 무릎 관절이 욱신욱신 쑤셔 잠을 이룰 수가 없었다. 며칠 전 세진과 마신 술은 이빨을 들쑤셔 놓더니 어제 연화와 마신 술은 관절을 들쑤셔 놓은 것이다. 나는 왜 이 모양이지? 그는 스스로를 한탄했고, 그제야 연화를 그냥 보낸 것을 후회했다.

그와 연화는 여덟 살 차이였다. 그는 서른여섯 살이었고 그녀는 스물여덟 살이었다. 그는 연화를 3년 전, 그러니까 그녀가 대학원에 다니고 있을 무렵, 출판 디자인 회사에서 만났다. 연화는 그곳에서 아르바이트하던 중이었고, 그는 표지 일러스트레이션 관계로 그곳을 들락거리고 있었다. 그림 원고를 들고 사무실에 들어서면 연화는 상냥한 웃음을 머금고 눈인사를 하곤 했는데, 그는 혹시 자기한테 관심이 있는 게 아닐까 하고 며칠 동안 궁리했다. 그는 일부러 그림을 괴발개발 그려 가기도 했다. 퇴짜를 맞아야 한 번이라도 더 그녀를 만날 수 있었기 때문이었다. 그런데 학교 후배인 사장은 남의 속도 모르고 "선배님 그림은 갈수록 좋아지는데요." 하고 퇴짜 놓을 생각을 않는 거였다.

그는 오랜 기간 동안 오줌 마려운 강아지처럼 낑낑거리다가 어느 날 연화에게 원고를 보여주는 척하면서 귓속말로 같이 저녁 식사를 하지 않겠느냐고 물었다. 여자에게 먼저 데이트 신청을 한 것은 그의 일생 동안에 처음 있는 일이었다.

'만일 거절당한다면 이 일은 온 세상에 소문이 날 것이고, 그렇게 되면 나는 수치심을 견디지 못해 이민 갈 도리밖에 없을 거야.'

그는 그렇게까지 각오하고 있었다. 그러나 연화는 거절하지 않았을 뿐만 아니라, 그의 수줍은 성격을 십분 배려하여 그가 보여준 원고 위에 연필로 "물론 좋아요!" 하고 적어 보여준 다음 재빨리 지우개로 지워버렸다. 누가 보아도 그림 밖으로 삐쳐 나온 연필 자국을 지우고 있다고 여길 동작이었다. 그가 연화와 사귀는 동안 늘 감탄해 마지않았던 점이지만, 그녀는 남의 심정을 꼼꼼히 배려해주는 본능적인 재치를 가진 여자였다. 이를테면 저녁 내내 노닥거리다가 헤어질 때면 연화는 마치 당연하다는 듯이 이렇게 말했다.

― 제가 내일 선배님 화실로 전화 드릴게요.

연화는 그가 전화 거는 일을 얼마나 어려워하는지 잘 알고 있었다. 사실 그는 어떻게 연화를 불러내느냐는 문제 때문에 늘 고민을 하곤 했었다. 디자인 회사 직원들이 그의 목소리를 알아차릴 것 같았기 때문이었다. 공중전화 박스에 가서 다른 사람한테 걸어달라고 할까? 추리 영화에서처럼 입을 수건으로 막고 전화를 하면 어떨까? 그가 그렇게 혼자 끙끙거리고 있을 때면 거의 반드시 연화에게서 먼저 전화가 왔다.

― 선배님, 저한테 전화 걸고 싶었죠?

또 그가 원고 마감일에 쫓기고 있을 때 연화를 만나면, 그녀는 적당한 시간쯤에 시계를 들여다보며 이렇게 말했다.

　– 어떡하죠? 저 오늘은 일찍 집에 들어가 봐야 해요.

　연화는 마치 그의 얼굴이 진짜 칠판이어서 그걸 들여다보고
행동하는 사람 같았다. 그래서 그는 연화를 만날 때마다 '아
아, 행복해! 너무 행복해!' 하는 감탄이 절로 나왔고, 여태껏
여자들에게 품고 있던 편견들까지 어느 정도 깨뜨릴 수 있었
다. 아내와 함께 있을 때에는 전혀 그렇지가 않았던 것이다. 연
애 시절에도, 결혼 시절에도 늘 훈련소에서 부동자세로 서 있
는 듯한 기분이었다. 눈깔 돌리는 소리가 들린다! 조교들은 그
렇게 고함을 지르며 훈련병들 기를 꺾어놓곤 했는데, 조교의
말 그대로 아내와 있을 때에는 눈알조차 마음대로 움직이지 못
했다. 언제 무슨 트집을 잡힐지 몰라 그는 늘 전전긍긍했다.

　– 왜? 왜 그런 눈으로 쳐다보는 거야? 불만이 있으면 말을
해. 나는 초능력자가 아니야! 뭐가 어떻게 잘못되었다고 말을
해야 알지.

　아내는 그렇게 말하곤 했다. 얼마쯤 뒤에는 아내를 쳐다보
는 일조차 두렵게 되었고, 그러자 아내는 또 따졌다.

　– 이제 나 따위한테는 관심도 없다, 이거지?

이혼한 뒤 그는 깊은 절망감을 느꼈지만, 한편으로는 해방감을 느끼기도 했다. 이제 다 끝났다. 그야말로 시원섭섭했다. 그는 여자들을 두려워하고 기피했으며, 가까이 다가오는 여자가 있으면 고슴도치처럼 가시를 날카롭게 곤두세웠다. 날 귀찮게 하지 마! 나는 나 혼자로 족해. 얼마든지 잘 살 수 있어. 나한테 다가오지 마. 내가 모를 줄 알고? 나한테 다가와 또 나를 괴롭히려고 그러는 거지? 나를 그냥 내버려 둬! 누구든 가까이 오면 찔러버릴 거야.

그러나 연화는 조금도 가시에 찔리지 않고 공기처럼 가볍고 물처럼 유연하게 그의 곁으로 다가왔다. 다가와 간지럼을 먹였다. 고슴도치조차 간질일 수 있는, 연화는 그런 여자였다. 그에게 너무 잘 맞고, 너무 과분한, 그런 여자를 그냥 보냈던 것이다. 바보, 머저리, 숙맥…… 무릎 관절이 더욱 쑤셨다.

그는 문득 수영장에 가야겠다는 생각이 떠올랐다. 수영장에 가서 운동을 하면 무릎 관절의 통증이 어느 정도 풀릴지도 모르는 일이었다. 수영 강습비를 한 달치 내놓고는 겨우 네 번 남짓 수영장에 갔을 뿐이었다. 그는 유진이 방에 가서 이불을 바로 덮어주고는 수영복을 챙겨 들고 집을 나섰다.

대머리 약사는 여전히 어린이 풀장에서 퐁당퐁당 발장구를 치고 있었다. 이미 강습이 시작된 시간에 어슬렁어슬렁 걸어 들어오는 그를 발견하자 약사는 마치 '반갑소, 동지!' 하는 얼굴로 눈을 반짝였는데, 그 눈빛을 보자 헌제는 별안간 물속에 휙 뛰어들어 멋진 동작으로 버터플라이를 해 보이고 싶은 충동을 느꼈다. 그러면 저 작자가 몹시 실망할 텐데……. 그는 대머리 약사 곁에 엎드려 퐁당퐁당 발장구를 시작했다.

　"충치는 다 치료했습니까?"

　대머리 약사가 머리를 물 밖으로 쏙 내민 채 물었다.

　"예, 그럭저럭."

　"뽑았습니까?"

　"예?"

　"사랑니 말입니다."

　"아, 예…… 뽑았습니다."

　"아프던가요?"

　"예, 몹시."

　"사랑니란 뽑을 때가 아프지, 뽑고 나면 개운할 거예요."

　대머리 약사는 이번에는 거의 '사랑이란'에 가깝게 발음했지만, 그는 모른 척했다. 맞는 말이었다. 사랑도 뽑을 때가 아플 뿐, 뽑고 나면 개운하다.

이번에는 헌제가 물었다.

"예전에 사랑니를 뽑은 적이 있으신 모양이죠?"

"저요? 저는 사랑니가 나본 적도 없는걸요. 단지 개운할 거란 생각이 든다고 말했을 뿐입니다."

"그나저나 그동안 수영장에 열심히 나오신 모양입니다."

"그럴 수밖에요."

대머리 약사는 물속에 얼굴을 처박고 몇 차례 음 ― 파! 음 ― 파! 연습한 뒤 '푸아' 하며 고개를 들었다.

"수영장에 안 오면 약수를 뜨러 가야 해요."

"약수요?"

"우리 마누라가 새벽마다 물통을 두 개 들려 밖으로 내쫓거든요. 내 배가 지나치게 나왔다는 구실을 들먹이지만, 실은 생수값을 아끼려는 속셈이에요. 배는 그 여자가 더 나왔거든요. 어쩔 수 없이 몇 차례 약수터에 가기는 했지만, 새벽부터 그게 무슨 궁상입니까? 차라리 수영장에 다니겠다고 했죠. 하지만 다음 달부터는 약수터에 갈 수밖에 없어요."

“왜죠?”

“우리 마누라가 다음 달부터 수영을 배우겠다고 했거든요.”

“아, 예⋯⋯.”

그는 약사의 얘기가 스포츠 신문 ‘오늘의 유머’ 칸에 실리는 우스갯소리 같다고 생각했으나, 약사 표정이 진짜 침울했기 때문에 웃지는 않았다. 그는 약사의 얘기를 더 듣고 싶지 않아서 호흡 연습을 하는 척하며 고개를 물속에 처박았다. 음 — 파! 음 — 파! 음 — 파! 얼마 뒤 고개를 드니 다시 약사가 말을 걸었다.

“그런데 말입니다, 저 여자는 무좀까지 있나 봐요.”

“예?”

“우리 수영 강사 아가씨 말입니다. 얼마 전에 저희 약국에

와서 무좀 연고를 사 갔거든요.”

“아, 예…….”

“치질에 무좀까지! 고생이 여간 아닐 거예요.”

약사는 차마 눈물겨워 못 보겠다는 듯이 강사 아가씨를 향해 혀를 끌끌 찼고, 헌제는 약사를 향해 속으로 혀를 끌끌 찼다.

“강사 아가씨가 여전히 성인 풀장에 못 들어가게 하던가요?”

그는 무심결에 그렇게 물었는데, 약사는 정색을 하며 눈을 동그랗게 떴다.

“천만에요! 저는 저기 들어가고 싶은 생각은 조금도 없어요. 지난번에 강제로 끌려 들어갔다가 엄청나게 물을 먹었어요.”

그때 검정색 수영복을 입은 강사 아가씨가 어린이 풀장 쪽으로 천천히 걸어왔고, 두 사람은 재빨리 물속으로 고개를 박았다.

“이봐요, 두 사람!” 하는 날카로운 소프라노 소리에 헌제는 번쩍 고개를 들었다.

“아, 안녕하세요.”

그는 마치 이제야 알아보았다는 듯이 인사를 했고, 강사 아가씨는 집게손가락으로 까딱까딱 이리 오라는 신호를 했다.

"대체 언제까지 어린이 풀장 신세만 질 거예요?"

"하지만……."

그는 물 밖으로 나가지 않고 힐끔 옆을 돌아보았는데, 대머리 약사는 두꺼비처럼 물 밖으로 눈만 빼꼼 내민 채 살금살금 눈치를 살피고 있었다.

"자, 저쪽 풀로 들어가요. 그동안 얼마나 열심히 연습했는지 봐야겠어요."

"하지만 저는……." 하며 그는 무엇인가를 찾는 사람처럼 두리번거렸다. "아시다시피 오랫동안 수영장에 오지 않았거든요. 게다가 저는 어제……."

"물 밖으로 나온다. 실시!"

강사 아가씨가 큰 소리로 외쳤다. 헌제가 미적미적 일어서자 대머리 약사도 엉거주춤 따라 일어났다.

"자, 어서 들어와요."

강사 아가씨는 먼저 물속으로 들어가 한 바퀴 부그르르 물을 휘저은 다음 두 사람을 향해 손짓했다. 헌제는 대머리 약사와 마찬가지로 그쪽 풀에는 별로 들어가고 싶은 생각이 없었다. 수영 강습 받으러 오자마자 하마터면 물에 빠져 죽을 뻔했던 것이다. 첫날 강사 아가씨는 풀장 바닥에 바둑알을 던져 넣고 사람들에게 그것을 건져 오라고 했다. 말하자면 물에 겁을 내지 않도록 하는 연습이었는데, 그에게는 완전히 정반대의 효과를 내고 말았다. 바둑돌을 줍느라 물속에서 더듬거리고 있을 때 몸집 큰 사내가 그에게 부딪쳤고, 그는 깊은 물 쪽으로 떠밀려 넘어졌다. 뒤집힌 거북이처럼 허우적거리다가 간신히 자리에서 일어섰으나 물 밖으로 머리가 내밀어지지 않았다. 그는 더럭 겁이 났지만 풀장 가장 깊은 곳이라야 2미터라는 데 착안해 그 자리에서 깡충 뜀뛰기를 했다. 물 밖으로 얼굴이 내밀어졌다. 헙! 하고 숨을 들이쉬기는 했으나 이내 다시 꼬르륵 가라앉았다. 그는 계속 깡충깡충 뜀뛰기를 하며 숨을 들이쉬었다. 헙! 꼬르륵…… 헙! 꼬르륵…… 헙! 꼬르륵……. 물이 얕은 쪽으로 되돌아가야 한다는 생각이 들었지만 어떻게 몸을 움직여야 할지 갈피를 잡을 수가 없었다. 코와 입으로 물이 마구 쏟아져 들어오면서 언뜻 유진이 얼굴이 떠올랐다. 이대로 죽을 수는 없어! 그는 뜀뛰기를 포기하고 마구 손을 휘저었다. 운 좋게도 풀 가장자리에 손이 닿았다.

불과 2, 3미터쯤 떨어진 곳에 사람들이 옹기종기 모여 있었다. 그는 창피한 생각이 들어 얼른 물 밖으로 나왔지만, 다행히 그가 물에 빠져 죽을 뻔했다는 사실을 아무도 눈치채지 못한 모양이었다. 그런 다음부터는 물속에 들어가기만 하면 이상하게도 턱관절이 욱신욱신 쑤셨다.

"자, 여기까지 와봐요."

10미터쯤 앞에서 강사 아가씨가 손을 흔들며 소리쳤다. 그는 목욕탕의 나무 깔판처럼 생긴 고무 킥판을 붙잡고 푸두둥 푸두둥 발장구를 쳤다.

"머리를 집어넣어요!"

강사 아가씨가 꽥 소리를 질렀다. 아주머니들이 풀장 바깥에서 흥미롭게 구경하고 있었기 때문에, 그는 그렇지 않아도 머리를 집어넣고 싶은 참이었다. 이제 다 왔을까. 고개를 들어보니 여전히 제자리였다. 그는 그만 맥이 빠져 일어섰다.

"누가 일어서라고 했어요!"

강사 아가씨가 다시 꽥 소리를 질렀고, 구경꾼 아주머니들이 저마다 한마디씩 참견을 하고 나섰다.

"다리를 굽히면 안 돼요. 그러면 힘만 들어요. 쭉 펴요, 쭉!"

"먼저 물에 뜬 다음 발장구를 쳐야 해요."

"그보다 힘을 빼야 해. 그래야 몸이 가벼워지지."

그는 풀장 바닥에 바위라도 놓여 있다면 가재처럼 쏙 들어가 숨어버리고 싶은 심정이었다. 제발, 하고 그는 속으로 외쳤다. 가서 당신들 할 일이나 해요! 거의 발버둥을 치다시피 해서 강사 아가씨가 서 있는 곳까지 갔는데, 균형을 잡느라 휘저은 손이 그녀 앞가슴을 때렸다. 뭉클한 느낌에 그는 화들짝 놀라 재빨리 손을 움츠렸으나, 강사 아가씨는 조금도 개의치 않고 손바닥으로 그의 등짝을 찰싹 내리치며 방긋 웃었다.

"잘했어요."

그러나 그는 뭐라 대꾸할 수가 없었다. 턱관절이 빠져 입을 다물 수가 없었기 때문이었다. 그는 손바닥으로 입을 가리고 얼른 물 밖으로 나가려 했으나, 강사 아가씨가 "자, 보세요!" 하며 그의 팔을 잡았다.

"아예 발끝을 쳐다본다는 기분이 들 정도로 고개를 깊숙이 숙이세요. 그러면 뜨기 싫어도 저절로 뜨게 되죠. 그렇게 완전히 물 위에 떴을 때 발장구를 시작하는 거예요. 무릎을 구부리지 말고 발을 완전히 뻗은 다음, 마치 인어 공주가 하늘하

늘 꼬리를 휘젓는 듯한 기분으로 아주 천천히, 이렇게……."

그녀는 두 팔로 발동작을 연출해 보이며 "헛, 둘, 헛, 둘……." 하고 구령을 붙였다.

"왼쪽, 오른쪽, 왼쪽, 오른쪽, 하고 노를 젓는다는 기분을 가지세요. 잠깐만 더 들어요. 왜 자꾸 빠져나가려고 그래요? 뭐 바쁜 일이라도 있어요? 그리고 절대로 다리가 물 밖으로 치솟으면 안 돼요. 그건 바로 무릎을 구부렸다는 증거예요. 두 다리는 가지런하게 모으세요. 아저씨는 다리를 이렇게 쩍 벌리고 발장구를 치더라구요. 무슨 대단한 양반댁 자손이라고 물속에서까지 팔자걸음을 하는 거예요? 다리는 양 허벅지가 서로 스치는 기분이 들 정도로 가지런히 모아서…… 대체 왜 그래요?"

그녀는 그제야 상대방이 뭔가 의사표시를 하고 있음을 알아차렸는데, 그는 손가락으로 자기 턱을 가리키며 얼굴을 찌푸리고 있었다. 그녀는 그가 입을 다물지 못하는 것을 보고 깜짝 놀라 소리쳤다.

"어머나! 턱이 빠져버렸어요?"

그 목소리가 너무 컸기 때문에 그는 순간적으로 주위를 둘러보았다. 다행히 구경꾼 아주머니들은 10미터 저쪽 편에서 대머리 약사를 붙잡고 뭔가 한마디씩 참견을 하고 있었다. 그는 그들이 눈치챌까 봐 냉큼 물 밖으로 올라갔다.


그가 수영장을 나와 아파트 단지 쪽으로 걸어가고 있을 때 뒤에서 강사 아가씨가 "아저씨, 같이 가요!" 하고 그를 불렀다. 물기도 닦지 않고 쫓아왔는지 머리카락에서 물방울이 뚝뚝 떨어졌다. 반면에 그의 머리카락은 뽀송뽀송하게 잘 말라 있었다. 수영을 다녀오는 사람처럼 보이지 않도록 하려고 턱이 아픈 와중에도 헤어드라이어로 말끔하게 말리고 나왔던 것이다. 강사 아가씨가 헉헉 숨을 고르며 물었다.

"턱은 좀 어떠세요?"

그는 '턱이라뇨? 도대체 지금 무슨 말씀을 하시는 거죠?' 하고 되묻고 싶은 심정이었다.

"아, 예…… 이제 아무렇지도 않아요."

'실은 아까 제가 장난을 한 것뿐입니다.' 하는 투로 말했으나, 아직도 턱 부위가 얼얼했다. 강사 아가씨는 검정 바탕에

노란색 해당화 무늬가 그려진 원피스를 입고 있었는데, 남자처럼 떡 벌어진 어깨 때문에 어쩐지 촌스럽게 느껴졌다. 그들은 나란히 걸어가며 얘기를 나누었다.

"아까는 정말 깜짝 놀랐어요. 여태까지 수영 강습 받다가 턱이 빠진 사람은 한 번도 본 적이 없거든요."

"놀라게 해드려 죄송합니다. 제 체질이 워낙 특이하다 보니……."

"죄송할 것까지는 없지만, 아까는 어떻게 대처해야 좋을지 정말 막막하더라구요."

두 사람은 수영장 구석에서 턱뼈를 맞추느라 한참 동안 쩔쩔맸는데, 그녀가 남자 강사들한테 도움을 요청하려고 하는 순간 거짓말처럼 정상으로 돌아왔다.

그녀가 턱 빠진 얘기를 더 이상 못하게끔 그는 슬그머니 화제를 돌렸다.

"그런데 오늘 수영 강습은 다 끝나신 모양이죠?"

"아니에요. 보통 새벽반이 끝나면 집에 가서 아침식사를 해요. 그리고 점심을 먹고 와서 오후에 또 어린이반을 가르치죠."

"아, 그렇군요."

여자와 나란히 걷게 되자 그는 자꾸 두 발이 엇갈렸고 양 팔 또한 따로 놀고 있는 듯한 기분이 들었다. 그러나 강사 아 가씨는 계속 조잘대면서도 다박다박 잘도 걸었다.

"초등학교 오 학년 때던가, 제 짝이 공부 시간에 하품하다 가 턱이 빠져버린 적이 있었어요."

또 턱 빠진 얘기였다. 저 여자는 아마 적어도 쉰 살이 될 때 까지는 수영하다 턱 빠진 사내 얘기를 매일같이 떠벌리고 다 닐 거야. 그는 이렇다 저렇다 대꾸하지 않았다.

"애가 갑자기 제 옷소매를 잡아당기며 '아가가, 아가가' 하 더라구요. 그래서 돌아보니까 눈을 동그랗게 뜨고 자꾸 자기 턱을 가리키는 거예요."

이제 그런 얼간이를 두 번째 본 셈이겠군. 그는 큰길에 다 다르면 화실 쪽으로 가야겠다고 마음먹었다. 대머리 약사네 약국으로 약을 사러 갔던 것으로 미루어 짐작하건대 그 여자 집이 아파트 단지 안에 있을 것 같았기 때문이었다. 그는 조 금 빨리 걸었다.

"저는 손을 번쩍 들고 선생님께 그 아이를 빨리 양호실로 데려가야 한다고 말씀드렸죠. 왜, 공부 시간에는 짝꿍이 혹시 코피라도 흘려주지 않을까, 그런 궁리를 하기 마련이잖아요?
그래야 그 애를 데리고 양호실로 갈 수 있으니까요. 아저씨는
학교 다닐 때 그런 생각 해본 적이 없나요?"

"글쎄요. 저는 별로……."

"저는 그랬어요. 마침내 제게도 행운이 찾아왔던 거죠. 그
런데 상태가 너무 심각하다고 판단했는지 아니면 선생님도 저
처럼 농땡이 칠 궁리를 하고 있었는지 모르지만, 선생님이 직
접 제 짝을 양호실로 데리고 가지 않겠어요?"

"저는 저쪽 길로 가야 합니다만……."

그는 우뚝 걸음을 멈추고 아파트 단지와 반대 방향을 가리
켰다. 그쪽은 주택가가 아니어서 강사 아가씨는 이상한 생각
이 든 모양이었다.

"댁이 어디신데요?"

"집은 단지 안에 있습니다만…… 사무실로 바로 출근하려
구요. 제 사무실이 저쪽에 있거든요."

"운동복 차림으로요?"

"아, 그건……."

그는 거짓말을 들킨 기분이어서 얼굴이 후끈 달아올랐다.

"저는 그림을 그리거든요. 그러니까 운동복 입고 출근해도 된다, 그런 뜻이죠. 화가들은 보통 운동복을 입고 출근하죠. 아니, 화가라서 운동복 입고 출근하는 것은 아니지만…… 어쨌든 운동복을 입죠. 그러니까 제 말은……."

그는 말이 뒤엉켰음을 깨닫고 뭔가 부연 설명을 하려고 했으나 더욱 뒤죽박죽이 되어버렸다. 강사 아가씨는 잠시 어리둥절한 표정을 짓더니 쿡 웃었다.

"아저씨, 화가예요?"

"화가라기보다는…… 그림을 그리죠."

그는 긴 더듬이를 가진 딱정벌레처럼 더듬거렸다. 그러나 강사 아가씨의 다음 말이 그를 더욱 참담하게 만들었다.

"가요. 저희 집도 저쪽이에요."

강사 아가씨는 그의 화실 방향으로 다박다박 걸음을 옮겨놓았고, 그는 걸음걸이가 더욱 어긋나는 것을 느끼며 그녀의 뒤를 쫓았다.

"댁이 아파트가 아닌가 보죠?"

"저희 집은 단독주택이에요. 아마 이 근방에서 가장 오래 묵은 집일걸요. 거의 흉가나 다름없죠. 수영장에서 네 정거장쯤 떨어져 있지만 저는 늘 걸어다녀요. 저는 걷는 걸 좋아하거든요."

"아, 예……."

그는 강사 아가씨에게 들키지 않도록 나직하게 한숨을 쉬었다. 이제 화실에 올라가는 척했다가 저 여자가 지나가기를 기다려 되돌아오는 도리밖에 없다고 생각했다. 강사 아가씨는 계속 조잘거렸다.

"얼마쯤 뒤에 그 아이가 돌아왔는데, 턱은 바로잡혀 있었지만 얼마나 아팠는지 눈물을 뚝뚝 흘리고 있더라구요."

"네?"

"아까 턱이 빠졌다는 제 짝꿍 말이에요."

"아, 그 얘기군요."

"그다음부터 그 아이 별명은 '아가가'가 되어버렸어요. 친구들이 제 짝꿍을 볼 때마다 입을 이렇게 쩍 벌리고 '아가가, 아가가' 하고 놀려댔거든요."

강사 아가씨는 턱 빠진 아이의 흉내를 내느라 입을 커다랗게 벌렸고, 그는 그녀의 입이 악어처럼 큰 것을 보고 턱이 빠질 염려는 없으리라 생각했다.

"하도 놀려대니까 그 아이가 집에 가서 일렀나 봐요. 그 아이 부모가 학교에 찾아왔고, 선생님은 우리한테 으름장을 놓았죠. 다음번에는 누가 턱이 빠지고 싶지? 한 번만 더 이 아이를 놀리면—갑자기 그 아이 이름이 생각나지 않네요—바로 그 녀석의 턱을 쏙 뽑아버리겠어. 그러면서 이렇게, 병마개 따는 시늉을 해 보이는 거예요. 아마 그분은 사람 턱을 병따개로 딸 수 있다고 생각한 모양이에요. 어쨌든 우리는 두 번 다시 그 아이를 '아가가'라고 부르지 않았어요. 대신에 '으그그'라고 불렀죠. 이렇게 이빨을 꽉 다물고, 으그그, 으그그……."

헌제는 어쩐지 그 불쌍한 아이가 되어 조롱당하고 있는 듯한 기분이 들었다.

"자, 잠깐만요……."

"네?"

"얘기는 물론 재미있었습니다만…… 바로 여기가 제 화실이거든요."

그는 진심으로 기분 좋게 웃었다.

"어디죠?"

"뭐가요?"

"아저씨 화실 말이에요."

"아, 저기 오 층입니다."

그는 건물 꼭대기 층을 손가락으로 가리켰고, 강사 아가씨는 고개를 끄덕였다.

"저도 올라가 보면 안 될까요?"

"제 화실에요?"

"그냥 어떤 곳인지 구경하고 싶어서 그래요."

그는 난처한 표정을 지었다.

"그곳은…… 구경할 만한 곳이 전혀 못 됩니다."

"실례가 된다면 관두고요."

"아니, 실례보다는…… 워낙 지저분하거든요. 또…….."

"그럼 됐어요! 화실이야 당연히 지저분할 수밖에 없잖아요?"

그녀는 뛸 듯이 좋아하며 냉큼 건물로 들어섰다.

"저는 그림에 대해서는 아무것도 모르지만, 그래도 화가들이 그림을 맹물로 그리지 않는다는 사실쯤은 알고 있어요."

이런! 그는 딱 부러지게 거절하지 못한 것을 후회했다. 계단을 오르며 그는 3층 복도에 걸린 시계를 올려다보았다. 8시였다. 다른 사무실 사람들이 출근하기에는 아직 이른 시간이었다. 그는 그나마 다행이라고 생각했다.


"저는 미술에는 소질이 없는 아이였어요."

강사 아가씨가 작업대 앞 의자에 앉으며 말했다. 헌제는 그녀가 세진처럼 화실 구석구석을 뒤지고 다니며 라면 건더기가 달라붙은 냄비나 썩은 닭고기 따위를 찾아내지 않을까 염려했으나, 그녀는 오직 자기 얘기에만 관심이 있을 뿐이었다.

"이를테면 사람을 그린다고 했을 때 저는 사람을 어떻게 쥐포처럼 납작하게 그릴 수 있을까, 그걸 궁리했죠. 그렇잖아요? 사람은 볼록하고 종이는 납작하니까 사람을 종이 속에 잡아넣으려면 납작하게 만들 도리밖에 없잖아요?"

"흠, 재미있는 생각이군요."

강사 아가씨는 요조숙녀처럼 얌전히 앉아 차분하게 얘기를 하고 있었건만, 그는 행여 창피를 당할 만한 물건들이 눈에 띌까 봐 화실 안을 슬금슬금 살피고 돌아다녔다.

"대개 아이들 그림을 보면 일정한 도식이 있잖아요? 이를 테면 속눈썹을 위쪽으로 삐쭉삐쭉 세우면 엄마고, 입 둘레에 점을 다닥다닥 찍으면 아빠고…… 그런 식으로 말이에요. 하지만 저는 그걸 못 했던 거예요. 한번은 한글날이던가? 선생님이 미술 시간에 세종대왕을 그리라는 거예요. 하지만 제가 세종대왕을 한 번이라도 본 적이 있어야 말이죠. 세종대왕이 어떻게 생겼는지 제가 알게 뭐예요."

"그렇군요. 세종대왕이 어떻게 생겼는지는 아무도 모르죠."

그때 춘화집 한 권이 책장 밖으로 비쭉 나와 있는 것이 눈에 띄었다. 고대부터 지금까지 세계 각국의 춘화들을 모아놓은 그 화첩에는 적나라한 그림들이 너무 많이 담겨 있었다. 원래는 파일 박스 안에 있던 책인데, 얼마 전 세진이 끄집어내 놓았던 것이다.

"역시 그렇죠? 하지만 다른 아이들은 쓱쓱 잘 그려내더라구요. 저는 상상력이 부족한 아이거나 고지식한 아이거나 둘중의 하나였나 봐요. 사실 제 성격은 어린아이답지 않게 현실적이었거든요."

그는 책을 찾는 척하며 춘화집을 책장 안으로 깊숙이 밀어

넣었다. 강사 아가씨가 그의 동작을 빤히 지켜보고 있어서 그는 공연히 가슴이 뜨끔했다.

"커피 한잔 하시겠어요?"

"네, 좋아요. 저는 쓸데없는 잡동사니 따위를 사느라 용돈을 낭비하는 적이 거의 없었어요. 왜 여자아이들이 잘 가지고 노는 종이 인형 있잖아요? 가위로 종이를 오려서 옷도 갈아입히고 장신구도 달고 하는 그런 인형 말이에요. 아저씨 학교 다닐 때도 그런 게 있었나요?"

"예? 아, 예. 그럼요, 있었지요. 설탕과 크림은?"

"설탕은 반 숟가락, 크림은 안 넣어요. 크림에 콜레스테롤이 많다는 얘기를 어디선가 들은 적이 있거든요. 저는 그런 종이 인형 따위를 가지고 노는 아이들을 도무지 이해할 수가 없었어요. 우선 저는 가위질하기가 싫었거든요. 십 분쯤 오리다 보면 갑자기 한심한 생각이 드는 거예요. 내가 뭣 땜에 이런 짓을 하고 있지? 그런 생각이 들거든요."

그는 커피 잔을 강사 아가씨에게 내밀었다.

"고마워요. 머그잔이 참 예쁘군요."

그녀는 커피 잔을 요리조리 돌려보며 감탄했고, 그 말에 그는 잠시 잊고 있었던 연화를 다시 떠올렸다. 그 머그잔은 연화와 함께 백화점에 가서 산 것이었다. 오빠, 이것 봐요. 빤히 올려다보고 있는 고양이 표정이 귀엽잖아요? 연화의 목소리가 귓가에 들려오는 것만 같았다. 연화는 쇼핑을 좋아했다. 병따개, 커피 숟가락, 냄비 받침, 양념 그릇 따위의 자질구레한 물건들을 사기 위해 그들은 신혼부부처럼 백화점이나 선물 가게를 쏘다니곤 했다. 추억은 밍크코트나 골프 세트처럼 값비싼 물건에 배는 것이 아니라, 병따개나 냄비 받침 같은 자질구레한 물건에 배는 법이다. 자질구레한 까닭에 자질구레한 장소에서 아무 때나 불쑥불쑥 튀어나와 가슴을 쓰리게 하는 것이다. 연화 생각을 하자 그는 금세 침울해졌다.

"저희 큰오빠는 말이죠, 커피를 사발이나 공기, 심지어는 냄비 뚜껑에다가도 타서 마셔요. 그냥 손에 집히는 대로 아무 그릇에다가 타는 거예요. 제가 커피 잔을 사다놓았는데도 그 모양이에요. 요강에 타서 마신들 커피 맛이 어디 가겠느냐, 그런 태도죠. 그리고는 커피를 마치 라면 국물 마시듯이 후루룩 들이키는 거예요. 참, 나! 세상에 이런 사람이 있다는 게 놀랍지 않아요?"

"글쎄요······ 사람마다 취향이 다른 법이니까······."

그는 왠지 오소소 몸이 시렸지만 비웃음을 살 것 같아 난로를 피우지는 않았다. 더구나 그로서는 강사 아가씨가 화실에서 나가자마자 집에 가야 했다. 그는 강사 아가씨의 이야기를 건성으로 듣고 건성으로 맞장구를 치고 있었으나, 이마에 식은땀이 돋는 느낌이 들었다. 이 여자는 왜 이렇게 엉덩이가 질기지? 무슨 할 말이 이렇게 많은 거야! 집에 깜빡 두고 온 물건이 있다고 말해볼까? 그러나 그건 너무 대놓고 내쫓는 느낌을 줄지도 모르지. 유진이 유치원 갈 시간이 다 됐는데······. 강사 아가씨는 고작 커피 한 잔 마실 정도의 시간 동안 앉아 있었을 뿐이었지만, 그는 애가 달았다. 그래서 강사 아가씨가 "이제 그만 가봐야 해요." 하며 자리에서 일어섰을 때에는 술집 웨이터처럼 꾸벅 절을 하며 '안녕히 가십쇼.' 하고 외치고 싶은 심정이었다.

"잘 안 된다 싶더라도 실망하지 말고 꾸준히 나오세요. 운동이라는 게 워낙 그래요. 자꾸 빠지다 보면 나중엔 그냥 포기하고 싶어지거든요. 앞으론 제가 오늘처럼 무리하게 연습시키지 않을게요. 그러니까 내일 아침에도 꼭 나오세요."

그녀는 마치 가정방문 온 선생님처럼 말하며 방긋 웃었다.
그는 두 번 다시 수영장에 가고 싶은 마음이 없었지만, 그러
면 말이 길어질 것 같아 그러겠노라 고개를 끄덕였다.

"만일 안 나오면 제가 모시러 올 거예요."

강사 아가씨는 엄포까지 놓고는 화실 문을 나섰다. 그런데
그녀가 막 나가려는 순간 옆 사무실 아가씨가 계단을 올라오
고 있었다. 그는 가슴이 철렁했다. 아침에 남자 혼자 있는 화
실에서 나가는 여자. 남자는 헐렁한 운동복 차림이었고, 여자
의 머리카락은 방금 감은 듯이 축축하게 젖어 있었다.

"그럼 수영장에서 또 뵙겠습니다."

그는 강사 아가씨와 작별 인사를 하며 일부러 '수영장'이라
는 말에 힘을 주었다. 그러나 다시 생각해보니 그건 더욱 수
상쩍은 상상을 불러일으킬 것 같았다. 수영장 새벽반에서 만
난 여자와 은밀히 바람을 피우는 사내……. 그의 당혹스러운
심정을 아는지 모르는지, 강사 아가씨는 계단을 내려가며 마
주 올라오던 아가씨에게 명랑한 목소리로 인사를 했다.

"좋은 아침이에요!"

좋은 아침이라고? 맙소사! 그는 재빨리 화실 문을 닫았다.

# 전람회의 그림

일요일. 유진이는 리프트를 타고 호수 위를 지나가며 발을 까딱까딱 휘젓고 있었다. 헌제는 유진이에게 그러지 말라고 주의를 주었다.

"왜?"

"그러다가 신발이 떨어지면 어떻게 줍겠어? 맨발로 다녀? 저것 봐. 사람들이 떨어뜨린 물건들이 많잖니?"

리프트 밑에 쳐놓은 안전그물 위에는 모자나 과자 봉지 따위의 잡동사니들이 떨어져 있었다. 미술관까지 올라가는 데에는 여러 방법이 있었다. 코끼리열차도 있고, 순환 버스도 있고, 그냥 걸어가는 방법도 있었다. 유진이는 언제나 리프트만을 고집했지만, 그는 외줄에 대롱대롱 매달려 가는 게 그리 기분 좋지는 않았다. 발이 땅에 닿아 있지 않은 상태가 불쾌했고, 소지품을 떨어뜨릴 것만 같은 불안감에 휩싸이게 되기 때문이었다.

"아빠, 저것 봐. 바람개비야."

바람개비가 떨어져 있었다. 그는 유진이를 더욱 꼭 껴안았다.

"저건 누가 꺼내?"

"한번 떨어뜨리면 그만이야. 어떻게 저 그물 위에 올라가겠어?"

"여기서 일하는 아저씨들도 못 올라가?"

"올라갈 수는 있겠지만 위험하겠지."

"아저씨들이 바람개비를 안 꺼내주면 어떡해?"

"그야 할 수 없는 거지."

"바람개비가 무섭지 않을까? 밤에 말이야."

유진이는 한번 묻기 시작하면 끝장을 볼 때까지 물었다. 궁금한 것이 많을 나이인 것이다.

유진이는 검정 부츠를 신고 단추가 많이 달린 회색 코트를 입고 있었다. 4월 초순의 옷차림치고는 너무 두터운 편이어서 버스를 타고 오는 내내 덥고 답답하다고 투정을 부렸다. 그러나 그는 도자기 운반할 때처럼 유진이를 꽁꽁 싸두어야만 마음을 놓을 수 있었다. 햇볕은 따뜻했으나 바람이 차가워 헌제는 유진이의 어깨를 감싸고 있는 손이 시렸다.

"글쎄⋯⋯." 하고 중얼거리며 그는 유진이를 바라보았다. 세상에는 정답이 없는 의문들도 많은 법이다. 그럴 때는 스스로 찾아낸 답이 바로 정답인 셈이다.

"무서울 거야. 하지만 아빠는 저 바람개비를 위해 해줄 수 있는 일이 하나도 없는걸. 유진이는 어떻게 해줬으면 좋겠어?"

"음⋯⋯."

유진이는 한참 동안 궁리하다가 대답했다.

"좋은 수가 있어. 돌아오는 길에 바람개비를 하나 사서 재 옆에다 떨어뜨려 주는 거야. 같이 친구 하라고 말이야."

헌제는 빙긋 웃으며 유진이 머리에 뺨을 비볐다.


미술관 뜰에는 결혼식을 마치고 온 신부들이 사진 촬영을 하고 있었다. 헌제는 그들에게 축복을 보내는 대신 혐오감을 보냈다. 그들의 촬영 방향을 요리조리 피해가며 조각품을 감상해야 한다는 불편함도 적지 않았으나, 무엇보다 마치 결혼보다는 사진이 더 중요하다는 듯이 호들갑을 떠는 태도가 못마땅했던 것이다. '나중에 남는 것은 사진밖에 없더라, 얘.' 아마 친구들은 곁에서 그렇게 말하고 있으리라. 그러나 남는 게 사진밖에 없다면 얼마나 다행한 일이랴. 그는 이혼한 뒤에도 오랫동안 결혼사진들을 보관하고 있었다. 연애 시절에 그랬듯이, 아내가 제풀에 지쳐 언젠가 되돌아올 것 같았기 때문이었다. 아내가 다른 남자와 결혼했다는 소식을 듣게 되자 그는 비로소 이혼했다는 사실을 실감했고, 마치 증거인멸이라도 하듯이 아내와 함께 찍었던 사진들을 모두 불살라 버렸다. 그러나 사진 말고도 남는 것은 얼마든지 있었다. 아내는 무엇보다 그에게 커다란 상흔과 아이를 남겨놓았다.

"저건 무엇처럼 생겼다고 생각해?"

그는 조각품을 가리키며 유진이에게 물었다.

"땅속에 박힌 도깨비 뿔."

"정말 그렇구나. 도깨비 세 마리가 땅 위로 뿔만 내밀고 있는 것 같아. 큰 도깨비, 중간 도깨비, 작은 도깨비."

아빠 도깨비, 엄마 도깨비, 아기 도깨비라고 하는 편이 더 적절할 것 같았지만 그렇게 말하지 않았다. 그는 유진이 앞에서 '엄마'라는 단어를 되도록 절제하고 있었다.

"아빠는?"

"아빠는…… 거꾸로 박힌 가위. 어느 날 하느님이 가위로 구름을 오리다가 그만 떨어뜨리고 말았어. 그 가위는 땅에 떨어져서 저기, 저런 모양으로 거꾸로 박히고 만 거야. 하느님은 가위를 잃어버렸기 때문에 할 수 없이 칼로 구름을 오릴 수밖에 없었어. 그런데 그만 칼마저 떨어뜨린 거야. 그래서 그 칼은 또 저기, 저런 모양으로 박히게 되었어."

"재미있는 생각이야."

유진이는 고개를 끄덕이며 어른스레 말했다. 안내판을 들여다보니 그 작품 제목은 '태초의 에로스―존재의 네거티브 이미지'라고 달려 있었다. 그는 그게 무슨 뜻인지 잠시 궁리하다가 그만 귀찮은 생각이 들어 포기해버렸다. 무릇 작가가 작품 속에서 할 말을 다 못 하면 작품 밖에서 말이 많아지는 법이다. 유진이는 길 옆 배수로의 홈을 따라 뒤뚱뒤뚱 걷고 있었다.

"그리로 걷지 마."

손을 잡아당겼으나, 유진이는 새로 발견한 작은 길에 이미 매력을 느낀 모양이었다. 그가 유진이한테 하는 말 가운데 절반 이상은 무엇인가를 하지 말라는 금지명령이었다. 입에 손을 넣지 마, 손톱을 물어뜯지 마, 땅바닥에서 돌멩이를 줍지 마, 진창길로 가지 마, 꽃을 꺾지 마, 신발을 끌지 마…….

"이건 왜 만들어놓은 거야?"

아이도 이제 꾀가 늘어 질문을 하는 동안만큼 유예기간이 길어진다는 사실을 간파하고 있었다.

"그건 빗물이 흘러 내려가도록 만든 거야. 어서 이리 올라와. 벌써 신발에 먼지가 묻었잖니."

"사람은 다니면 안 돼?"

"더럽잖아. 그리고 좋은 길을 놔두고 왜 하필 그런 곳으로 다녀."

"이 길은 누가 만들었어?"

유진이는 여전히 부츠를 털벅거리며 홈을 따라 걸었다.

"아빠 말 안 들을 거야?"

"이 길로 다니는 사람은 아무도 없어?"

"없어. 좋아, 그럼 아빠 혼자 저쪽 길로 갈 거야."

그제야 유진이는 몹시 아쉽다는 표정을 지으며 길로 올라섰다. 그는 일부러 배수로가 없는 잔디 사잇길로 접어들었다. 유진이는 배수로로부터 멀어지는 게 아쉬운 듯 자꾸 뒤를 돌아보았다.

"저건 뭐 같아?"

"통닭!"

"통닭?"

그 작품은 조금도 통닭 같지 않았고 꾸불꾸불한 창자 같은 모양이었다.

"음, 하느님이 통닭을 먹다가 땅에 떨어뜨렸어. 통닭은 땅에 떨어지면서 저렇게 찢어진 거야."

"너, 조금 전에 아빠가 한 얘기 흉내 낸 거지?"

"응. 그러면 안 돼?"

"그건 유진이 생각이 아니잖아? 아빠는 유진이 생각을 말해보라는 거야."

"유진이 생각엔…… 부처님이 통닭을 먹다가 땅에 떨어뜨린 것 같아."

'내 생각엔'이라고 말해야 옳았지만 유진이는 가끔 그런 식
으로 표현하곤 했다. 어느 육아책에는 아이가 자아를 강조하
는 시기에 그런 표현을 자주 쓰게 된다고 적혀 있었다. 나는
바로 유진이다. 당당한 자기 선언인 셈이다.

"부처님은 통닭을 먹지 않아."

"왜?"

"왜냐하면 부처님은 고기를 안 드시거든."

"그럼 부처님은 뭘 드셔?"

"그냥 밥하고 나물하고…… 아냐, 부처님은 아무것도 안 드
셔. 왜냐하면 부처님은 신이거든. 신은 아무것도 먹지 않아도
살 수 있어. 잔디밭에 들어가면 안 돼."

그는 유진이의 손을 잡아끌었다.

"저 언니들은 왜 들어갔어?"

유진이는 조각품 위에 걸터앉아 사진을 찍고 있는 아가씨
들을 가리켰다.

"저 언니들은 나쁜 언니들이기 때문이야. 아마 학교 다닐
때 선생님 말씀 안 듣고 맨날 잠만 잤을 거야. 유진이도 유치

원에서 저런 전시품에 손을 대면 안 된다고 배웠지?"

"응. 저번에 견학 갔을 때 최승하도 선생님한테 혼났어."

"최승하가 누구야?"

"다람쥐반 친구야."

"남자아이야?"

"응. 걔는 선생님한테 맨날 혼나."

유진이가 '맨날'에 힘을 주어 말하는 것을 보고 헌제는 픽 웃었다. 녀석, 최승하라는 아이를 좋아하지 않는 모양이구나. 헌제는 미술관으로 올라가는 계단 쪽으로 발걸음을 옮겼다. 매표소 옆쪽에 '派生─젊은 작가 14인전'이라는 현수막이 걸려 있었다. 상설 전시관은 이미 유진이도 여러 차례 가보았으므로 그는 기획 전시회를 먼저 보아야겠다고 생각했다.

"아빠, 나 더워."

전시실에 들어서자마자 유진이는 투정을 부리기 시작했다. 그는 유진이 코트를 벗겨 손에 들었다. 아이와 함께 나들이 간다는 것은 곧 짐과 함께 간다는 것을 뜻했다. 그는 어깨에 책가방 크기의 배낭을 메고 있었는데, 그 안에는 육아에 필요한 거의 모든 물품들이 들어 있었다. 긴 바지, 스웨터, 팬티,

양말 두 켤레, 운동화, 손수건, 우산, 챙 달린 모자, 머리띠, 빗, 고무줄, 인형, 물통, 과자, 카메라, 휴지, 비누, 배탈약, 멀미약, 머큐로크롬, 항생 연고, 반창고, 다용도 접이칼……. 이 짐들은 대개 꺼내보지도 않고 되가져오기 일쑤였지만 어쨌든 만일의 경우를 대비할 필요가 있었다. 그래도 유진이가 그만큼 성장해 유모차와 젖병과 기저귀와 물휴지 따위를 짐 목록에서 덜게 된 것만도 무척 다행한 일이었다. 아이는 크기 마련이므로 머지않아 주머니에 여비만 넣고 나들이할 날도 올 것이었다. 전시실 안이 더워서 잠바를 벗어 손에 들고 싶었지만, 그러면 유진이 손을 잡기가 어려울 것 같아 그는 손등으로 땀을 훔치며 그럭저럭 버텨보기로 했다.

"저런 그림을 볼 때는 먼저 떠오르는 느낌이 중요해. 자, 저 그림은 무슨 느낌을 주지?"

그는 대학 선배의 그림을 발견하고는 유진이에게 물었다.

"지저분하다는 느낌."

그 그림은 추상화여서 다소 지저분해 보이기는 했으나, 작가가 일부러 지저분한 느낌을 주기 위해 그림을 그리지는 않았을 것이었다. 헌제는 하얀 양복에 주홍색 와이셔츠의 단추를 두 칸쯤 끌러 가는 금 목걸이를 살짝 드러내 보이고 다니던 선배의 모습을 떠올렸다. 옷에 때가 묻을까 봐 의자 등받이에도 기대앉지 않던 결벽증 환자 같은 사람이었다. 그 지독한 결벽증을 이겨낸 걸까? 그렇지 않으리라고 헌제는 생각했다. 아무리 깔끔하게 그리려 애써도 안 되니까 아예 지저분하게 그려서 자신의 결벽증을 은폐한 것이리라. 그림에는 분명 그런 자포자기의 흔적이 있었다.

"아니, 그게 아니라, 아빠 말은 그러니까…… 이를테면 저 그림을 보면 무슨 생각이 떠오르느냐, 그 말이야."

"아, 무엇처럼 생겼냐구?"

"그래."

"꽃순이 머리카락."

꽃순이는 언젠가 할머니가 빨래를 하면서 세탁기에 함께 넣고 돌리는 바람에 머리카락이 수세미처럼 되어버린 인형이었다. 그 때문에 유진이는 반나절 동안 울었고, 그는 하는 수 없이 새 인형을 사주어야만 했다. 선배, 미안하오. 당신은 유학까지 다녀와서 고작 세탁기로 빨아버린 인형 머리카락이나 그린 셈이구려. 그는 선배를 진심으로 동정하며 다음 그림으로 넘어갔다.

"아빠, 나 더워."

유진이의 머리카락이 땀에 젖어 있었다.

"조금 참을 수 없겠어?"

"응, 너무 더워."

4월 초순에 내복을 입혀 데리고 온 것부터가 잘못이었다. 유진이는 스웨터 목을 잡아당기며 얼굴을 찡그렸다.

"그럼, 아빠가 다른 스웨터 줄 테니까 화장실에 가서 내복을 벗고 그걸로 갈아입어. 그럴 수 있겠어?"

"나 혼자?"

"응. 아빠는 여자 화장실에 들어갈 수 없잖아? 유진이는 이제 다 큰 어린이니까 충분히 할 수 있을 거야. 자, 이렇게 하는 거야. 우선 입고 있는 스웨터하고 내복을 벗어서 변기 뚜껑 위에 올려놔. 그런 다음 이 스웨터로 갈아입어. 할 수 있지?"

남자 화장실로 데려가 옷을 갈아입힐 수도 있었지만, 사내들이 서서 소변보고 있는 광경을 유진이한테 보여주고 싶지 않았다.

"해볼게."

유진이는 사뭇 비장한 표정으로 고개를 끄덕였고, 그는 그런 유진이를 장하다는 듯이 바라보았다.

"옷이 변기에 빠지지 않게 꼭 뚜껑을 덮어야 해."

"알았어."

"그리고 옷을 바닥에 떨어뜨려서도 안 돼."

"알았다니까."

유진이는 혼자 돌박돌박 걸어 여자 화장실로 들어갔다. 그는 유진이가 자신의 보호 영역 밖으로 벗어났다는 사실이 못내 불안해 여자 화장실 안쪽을 기웃거렸는데, 그때 마침 화장실에서 나오던 아가씨와 눈길이 마주치고 말았다. 그는 재빨리 두어 걸음쯤 물러서서 다른 곳을 쳐다보는 척했다. 만일 화장실 안에서 유진이한테 무슨 일이라도 생긴다면 어찌할 것인가, 그는 생각했다. 그렇다면 설사 여자들의 성난 발길질에 짓밟혀 무참히 쓰러지는 한이 있더라도 화장실로 뛰어들 수밖에 없으리라.

무슨 까닭인지 유진이는 오랫동안 나오지 않았고, 그는 불길한 예감에 사로잡혀 안절부절못했다.

"저기…… 혹시 안에 여섯 살쯤 되는 여자아이가 있던가요?"

그는 때마침 나오는 아주머니를 붙잡고 물었다.

"글쎄요." 하고 그 여자는 힐끔 뒤를 돌아보았다. "아무도 없는 것 같았는데……."

아무도 없다니, 그는 가슴이 철렁 내려앉았다.

"저, 죄송합니다만…… 그러니까 저기…… 제 딸이 화장실에 들어갔는데……."

"아, 혼자 딸아이를 데려오신 모양이군요. 알겠어요. 사실은 저도 그런 경험이 있답니다. 우리 집 아이는 사내거든요. 동생이 대구에서 결혼을 한다고 해서 저 혼자 애를 데리고 고

속버스를 탔는데…… 초등학교 삼 학년 때니까 그게 벌써 몇 년 전 일이야? 고속도로 휴게소 화장실에 들어간 애가 도통 나오질 않는 거예요, 글쎄. 고속버스는 막 떠나려고 하지, 애는 안 나오지, 그렇다고 남자 화장실에 차마 들어가 볼 수도 없잖아요? 밖에서 고래고래 소리를 쳐서 불렀죠."

여자는 타인의 시선이 주는 긴장감에서 풀려난 50대 여성다운 웃음을 호탕하게 터뜨렸는데, 앞니에 누런 때가 끼어 있었다.

"아니, 사실은…… 죄송합니다만……."

"아시겠지만 고속도로 휴게소 화장실이 좀 크나요. 아무리 불러도 애는 안 나오지, 버스는 떠나려고 하지, 남자 화장실이건 뭐건, 에라 모르겠다 하고 들어가 봤지 뭐예요. 그런데 이 녀석이 글쎄, 뒤를 본 다음 화장지가 없어서 나오질 못하고 있는 거예요."

여자는 정말 우스워서 못 견디겠다는 듯이 다시 까르륵 웃었다. 입술에는 새빨간 립스틱을 바르고 있었는데 마치 붉은 페인트칠을 한 것 같았다. 이 아주머니는 정말 입이 크군. 그는 여자의 어깨 너머로 화장실 안쪽을 기웃거렸다.

"저희 애는…… 이것 참……."

"지금이야 남자 화장실이 아니라 남자 목욕탕인들 못 들어가랴 싶지만 그때만 해도 어디 그랬나요. 애를 데리고 밖으로 나오려니 어찌나 민망하고 창피하던지. 하기는 그래도 여자가 남자 화장실에 들어가는 것하고 남자가 여자 화장실에 들어가는 것하고는 좀 다를 거야. 잠깐만 기다려요. 내가 안에 휭하니 들어가 보리다."

"네, 그렇게 해주신다면……."

"아이고, 염려 말아요. 설마 수세식 화장실에서 빠질 일 있겠어요? 우리 어릴 적만 해도 잠깐 발을 헛디뎌도 뒷간에 빠질 위험이 있었지만, 요즘이야 어디 그런가요? 게다가 우리 집 뒷간이 외양간하고 바로 붙어 있었답니다. 그래서 황소하고 멀뚱멀뚱 마주 보고 앉아 일을 봐야 했지 뭐예요. 우습잖아요?"

"물론 우습기야 하지만……."

"한번은 이런 일도 있었답니다." 하고 여자가 운을 떼는 순간 유진이가 화장실에서 나왔다. 헌제는 반가운 마음에 활짝 웃었고, 수다를 떨다가 결국 아무 도움도 못 준 여자는 머쓱한 표정을 지었다.

"아유, 예쁘기도 해라."

머쓱한 마음에서였겠지만 여자는 유진이의 머리를 쓰다듬으려 했고, 헌제는 여자의 손이 닿지 못하도록 재빨리 유진이를 끌어당겼다.

"이런, 스웨터를 거꾸로 입었잖니. 이것 봐, 여기 상표 딱지가 있잖니? 이 상표 딱지가 붙은 쪽이 등 쪽이야. 조금도 어려울 게 없어."

"정말 그러네."

유진이는 고개를 끄덕였다.

"너 혼자 옷을 갈아입었어?"

여자가 물었다. 유진이는 대체 누군가 싶어 낯선 아주머니와 아빠를 번갈아 쳐다보았다. 그는 유진이의 팔소매만 빼내서 옷을 반 바퀴 빙그르 돌려 바로 입혀주었다. 유진이는 그게 재미있었던지 까르륵 웃었다.

"화장실에서 왜 그렇게 오래 있었어?"

그가 물었고, 여자가 덧붙였다.

"아빠가 걱정을 많이 했단다."

"옷이 안 벗겨졌어."

유진이는 아주머니 얼굴을 빤히 쳐다보았다.

"예쁘기도 해라. 너 몇 살이니?"

"여섯 살이요."

이 여자는 왜 안 가고 계속 서 있지? 얼굴에 호기심을 반짝
이며 서 있는 아주머니 입에서 무슨 수다가 쏟아질지 몰라 그
는 불안했다.

"옷을 벗을 때는 먼저 소매부터 빼내야 해. 그런 다음 목을
잡아당기면서 위로 쏙 빼내면 되는 거야. 그래야 머리카락이
엉클어지지 않지. 머리 고무줄은 어쨌어?"

"여기."

유진이는 분홍색 토끼 얼굴이 달린 머리 고무줄을 손에 쥐
고 있었다. 여자아이를 데리고 외출하는 데에는 여러 가지 번
거로운 문제가 뒤따랐다. 이를테면 버스를 타고 가다가 소변
이 마렵다고 했을 때, 사내아이라면 빈 깡통 하나를 주면 될
테지만 여자아이는 내려서 화장실을 찾아야 하는 것이다. 머
리카락을 묶어주는 문제도 마찬가지였다. 여러 차례 시도해보
았지만 그 일만큼은 도저히 제대로 해낼 수가 없었다. 머리카

락을 잘 빗어 하나로 움켜쥐고 고무줄 고리 속으로 쏙 들이밀어야 하는데, 그 동작에는 아주 날렵한 손놀림이 필요했다.

"이리 와봐, 아줌마가 머리 묶어줄게."

여자는 유진이 손에서 머리고무줄을 날름 빼앗더니 만두라도 빚듯이 아이 머리카락을 다독였다. 그는 행여 유진이를 빼앗길세라 한쪽 손을 엉거주춤 쥔 채 말했다.

"아니, 그럴 필요가……."

"나는 계집아이를 셋 키웠어요. 아들 하나에 딸 셋이지요. 내가 누구한테나 입버릇처럼 하는 말이지만, 자식을 키우려면 역시 딸을 키워야 해. 혹시 빗 가지고 있나요?"

"있기는 있습니다만……."

"그럼 이리 주세요. 아들 녀석은 귀하게 키워봐야 버르장머리만 없고 나중에 장가가면 지 마누라하고 지 새끼밖에는 모른다구요."

여자는 생각보다 나이가 많은 모양이었다. 그는 여자의 능숙한 손놀림을 물끄러미 바라보았고, 유진이는 어리둥절한 표정으로 여자의 빗질에 머리카락을 맡기고 있었다.

"그런 것도 모르고 사람들은 그저 아들 타령만 하지. 애비가 지지리도 능력이 없으니까 아들 덕이라도 보고 싶어 하는 모양이지만, 천만에! 아들 덕을 봐?"

여자는 이를 뿌드득 가는 표정으로 입을 옹 다물며 "흥!" 하고 콧방귀를 뀌었다. 여자의 험한 손길에 유진이 머리카락이 뽑힐까 봐 그는 내심 불안했다.

"저번에는 말이에요, 외국에 출장 다녀오면서 지 마누라 선물만 잔뜩 사 오고 에미 선물이라곤 손바닥만 한 동전지갑 하나 사 왔습디다. 아유, 넌 어떻게 머리숱이 이렇게 많니? 커서 미인 되겠다, 얘. 여행 가방에 화장품 세트가 들어 있기에 그거 내가 가지면 안 되겠냐고 물었지요. 내가 그게 욕심이 나서가 아니에요. 어쩌나 떠보려고 그런 거지요. 그런데 이 녀석이 뭐라고 하는 줄 알아요? 엄마가 그게 왜 필요해요! 글쎄, 이러는 거예요. 그것도 지 마누라 눈치를 힐끔힐끔 보면서 말이에요. 내 원, 더러워서!"

"아파!"

유진이가 얼굴을 찌푸리자 여자는 "그랬어? 미안해." 하고 웃었고, 헌제는 무심결에 손을 뻗다가 재빨리 거둬들였다.

"아이는 얘 하나뿐이우?"

"그런 셈이죠."

'그렇다'고 말해야 했으나 못마땅한 마음에 말이 뒤틀려 나왔다.

"행여 다음에 아들 바라지 말아요. 딸이 좋은 거예요. 나중에 여행 보내주고 좋은 구경 시켜주는 건 전부 딸들이지요. 우리 큰딸애는 화가랍니다."

"우리 아빠도 화가예요!"

유진이가 자랑스럽게 말했다. 그는 얼굴이 조금 붉어졌고, 여자는 "그래?" 하고 활짝 웃었다.

"화가라기보다는……."

"저쪽에 우리 딸애 그림이 걸려 있어요. 나는 뭐가 뭔지 잘 모르겠지만, 이런 데는 아무나 그림을 걸 수 있는 게 아니라면서요?"

그 여자의 딸도 별관 기획전에 출품한 젊은 작가 가운데 한 명인 모양이었다. 헌제는 여자가 말한 '아무나' 속에 자신이 포함된 듯해 기분이 상했지만 "그렇지요." 하고 대꾸해주었다.

"그 애가 화가가 될 줄은 꿈에도 몰랐어요. 어릴 때는 전혀 그림에 소질이 없었거든요. 나이가 늦도록 아직 시집을 못 간

게 흠이기는 하지만, 뭐 그것도 그리 나쁘다고 생각하지 않아요. 이 나이쯤 되어보면 뭐든 못 해본 게 한스럽거든요. 이렇게도 살아보고, 저렇게도 살아보고…… 인생이 그래야 하는데, 여자가 결혼하게 되면 아무래도 눈치볼 일이 많아지잖아요?"

"그렇겠지요."

그는 건성으로 대꾸했다. 여자는 유진이 머리를 팽이처럼 쥐고 한바퀴 뱅 돌려보고는 흡족한 표정을 지었다.

"됐지? 아주 예쁘게 빗겨졌다."

"자, 고맙다고 인사 드려야지."

유진이는 국어책 읽듯 "고맙습니다." 하고 말했고, 헌제도 "고맙습니다." 하고 꾸벅 인사를 했다. 그 여자의 수다에서 벗어나게 된 것이 무엇보다 고마웠다.


두 시간쯤 관람을 하다 보면 어른들조차 다리에 피로를 느끼기 마련이어서, 1층 상설관의 관람을 끝낸 뒤부터 유진이는 슬금슬금 투정을 부리기 시작했다. 다리가 아프다고 짜증을 내고, 덥다고 짜증을 내고, 빨리 나가지 않는다고 짜증을 내고, 기념품 가게에 가서는 그림엽서를 사주지 않는다고 짜증을 냈다.

"저런 건 공연히 짐만 될 뿐이야."

그는 딱 잘라서 말했다.

"그리고 너한테 필요한 물건도 아니고."

"아냐, 나한테 필요해."

"아빠가 저번에 사준 그림엽서도 낙서를 해서 다 버렸잖아."

"이번에는 안 그럴 거야."

사줄 수도 있었을 것이다. 그러나 그는 아이가 사달라는 대로 다 사주는 것이 어떤 교육적 영향을 미칠까 궁리했고, 장담할 수 없지만 그건 옳은 태도가 아니라고 판단했다. 어느 육아책에서인가 안 되는 것은 아이에게 딱 부러지게 안 된다고 말하라는 내용을 읽은 기억이 났기 때문이었다.

"절대로 안 돼!"

그는 딱 부러지게 말했다. 그러나 모든 육아책이 다 옳은 것은 아니었다. 이를테면 어떤 육아책에는 소극적인 성격을 갖게 되기 십상이므로 아이의 욕망을 억누르면 안 된다고 적혀 있는가 하면, 또 다른 육아책에는 교육은 어차피 사회화

과정이므로 어릴 적부터 욕망을 억제하는 법을 가르쳐야 한다고 적혀 있었다. 심지어 어떤 육아책에서는 자기 아이에 대해서 부모만큼 잘 알고 있는 사람이 없으므로 육아책을 너무 신뢰하지 말라고 적혀 있기도 했다. 이리로 가라, 저리로 가라 하다가 결국에는 네 마음대로 가라 하는 꼴이었다. 육아책뿐만 아니라 모든 책이 다 그런 것이다. 결국 자기 인생을 책임질 사람은 자기밖에는 없는 법이어서, '네 마음대로 가라'가 가장 정답에 가까운 셈이었다. 유진이는 이윽고 삐죽삐죽 울기 시작했다.

"아빠는 유진이를 조금도 사랑하지 않아!"

그건 육아책에서 한 번도 본 적이 없는 구절이었다.

"그렇지 않아. 아빠는 유진이를 사랑해."

"그러면 왜 안 사주는 거야?"

"유진이를 사랑하는 것과 그림엽서를 사주는 것은 전혀 다른 문제야. 그게 왜 다르냐 하면…… 사랑과 그림엽서는 다르기 때문이지. 그러니까 아빠 말은…… 그림엽서를 사준다고 해서 그게 진짜로 사랑하는 것은 아니라는 뜻이야. 왜냐하면…… 어쨌든 그런 일을 가지고 울 필요는 없잖니?"

"저번에 아빠가 슬플 때는 울어야 한다고 말했잖아."

"하지만 이건 슬픈 일이 아니야."

"난 슬퍼!"

곁에 있던 아가씨들이 대화를 엿듣고는 킥킥 웃었다.

그는 화가 났다.

"좋아. 네 마음대로 해! 하지만 이것만은 알아둬. 아빠는 지금 유진이한테 화났어."

그는 계산대에 가서 그림엽서 값을 치렀다. 원하는 것을 손에 넣자 유진이는 울음을 뚝 그쳤다. 그는 그런 유진이가 괘씸해 미술관을 나와 리프트 타는 곳까지 내려가는 동안 내내 무뚝뚝하게 앞만 보고 걸었다. 그림엽서를 얻는 대신 아빠의 상냥함을 잃어버린 유진이는 시무룩 풀이 죽었다.

"아빠, 선생님한테도 그림엽서를 보낼까?"

"네 마음대로 해. 너는 고집쟁이야. 아빠가 이런 곳에 와서 뭐 사달라고 떼쓰면 안 된다고 했지? 사람들 많은 데서 삐이 울기나 하고. 아빠는 너무 창피해서 너랑 말하고 싶지도 않아."

이런 버릇은 미리 잡도리를 해놓아야 해. 그는 마음을 단단하게 먹었다.

"아빠가 어떻게 네가 사달라는 것마다 다 사줄 수가 있겠니? 이제 다시는 너를 데리고 이런 곳에 오지 않을 테야."

"한 장은 고모한테 보낼 거야."

유진이는 그림엽서를 들여다보며 중얼거렸으나 이미 그림엽서에 대한 흥미가 사라진 눈치였다. 쓸데없는 고집을 성취한 뒤에 찾아오는 쓸쓸한 적막감, 아이는 그런 기분을 느끼고 있을 터였다.

"이건 제가 아빠한테 삐이 떼를 써서 산 그림엽서예요, 그렇게 써서 보내렴. 그럼 고모도 아주 좋아할 테니까. 아빠는 너무너무 창피해."

유진이 얼굴은 눈물 자국으로 얼룩덜룩했고, 성난 아빠 눈치 보느라 볼이 밑으로 축 처져 있었다. 솜사탕 파는 자전거 앞을 지날 때는 힐끔힐끔 그쪽을 쳐다보았지만 사달라고 조를 엄두가 안 나는 모양이었다. 초등학교 3, 4학년쯤 되어 보이는 사내아이가 지나가다가 유진이 얼굴 앞에 주먹을 내밀며 "짜샤, 죽을래?" 하고 소리를 질렀다. 유진이는 아빠 뒤에 숨었고, 헌제는 꼬마 깡패를 한껏 쏘아보았다. "그럼 못써!" 하고 아이의 어머니가 나무랐으나 얼굴은 제 아이의 욕설마저도 귀여워서 견딜 수 없다는 듯 빙글빙글 웃고 있었다. 그 새끼에 그 에미로군! 그는 하마터면 그 말을 입 밖으로 쏟아낼 뻔했다. 세상에는 자기한테 좋으면 남한테도 좋으리라고 믿는 뻔뻔스럽고 무례한 인간들이 철철 넘쳐나는 것이다. 그는 그들 모자를 붙잡아 아스팔트 위에 꿇어앉혀 놓고 벌을 세우는 광경을 상상해보았다.

"나 다리 아파."

유진이가 짜증을 섞어 말했다.

"떼쓰는 아이는 다리가 아파도 싸. 유진이는 아빠를 사랑하지 않기 때문에 아빠도 이제 유진이를 돌봐주지 않을 거야."

말은 그렇게 했지만 그는 자리에 앉으며 유진이 쪽으로 등을 내밀었다.

"업혀!"

유진이는 기다렸다는 듯이 냉큼 업혔다. 유진이를 업고 터벅터벅 걸어가면서 그는 설교를 늘어놓았다.

"사람은 자기가 갖고 싶은 물건을 다 가질 수는 없어. 그게 진짜 자기한테 필요한 것이지 아닌지 구분할 줄 알아야 해. 지난번에 민속촌에 가서 산 장난감들도 하루도 못 가지고 놀고 아무 데나 뒹굴고 있잖니? 아빠는 그게 싫은 거야. 사람들은 너무 많은 것을 가지려고 한단 말이야. 그 쓸데없는 물건들을 만들려고 공장에서는 매연을 내뿜게 되고, 또 쓰레기는 갈수록 늘어나잖니? 그러면 세상이 자꾸 더러워진단 말이야. 유진이는 세상이 더러워지는 게 좋아?"

"아니."

유진이 몸무게도 예전처럼 가볍지만은 않아서 얼마 걷지 않아 숨이 가빠왔다.

"아빠도 싫어. 사람들은 너무 욕심이 많아. 그래서 꼭 갖지 않아도 될 물건들을 기를 쓰고 가지려 들고, 꼭 하지 않아도 될 일들을 기를 쓰고 하려 들거든. 그래서 세상이 점점 나빠지는 거야. 아빠가 유진이만 했을 때는 장난감 같은 걸 가지고 놀아본 적이 없었어. 부모님이 안 사주셨기 때문이야. 어디 가서 뭘 사달라고 떼를 쓴다는 건 상상도 못 했어. 아빠가 유진이를 너무 사랑하기 때문에 이것저것 사주기는 하지만, 그건 아빠가 잘못하고 있는 거야. 이제부터는 유진이한테 아무것도 사주지 않을 거야. 그게 진짜 유진이를 사랑하는 거야. 그건……."

"아빠."

등에 업힌 유진이가 졸린 목소리로 웅얼거렸다.

"우리, 저번에 연화 언니랑 여기 왔을 땐 참 재밌었지?"

그는 그 말에 뒤통수를 한 대 후려 맞은 듯하여 발걸음이
허청거렸다. 그는 한참 만에야 겨우 "그래." 하고 짤막하게
대답했다. 연화랑 함께 여기 온 적이 있었지. 그게 언제였더
라. 그는 기억을 더듬어보았으나 어릴 적 일처럼 가물가물하
여 생각이 나지 않았다. 현재가 될 수 없는 과거는 기억에서
되도록 빨리 지워버리는 것, 언제부터인가 그는 그런 습성을
익히고 있었다. 모든 과거가 그를 불쾌하게 했으므로.

버스를 탔을 때 유진이는 이미 아빠의 등에 얼굴을 파묻고
잠들어 있었다. 그는 좌석 버스 탈 때면 유진이를 무릎에 앉
히고 가면서도 꼭 두 사람분의 차비를 내곤 했다. 그래야만
마음이 편했기 때문이었다. 버스에는 좌석이 많았지만 그는
유진이를 무릎에 앉히고는 얼굴을 아빠 가슴에 묻게 하여 잠
을 재웠다. 잠든 아이의 모습을 보고 있으면 늘 안쓰럽고 애
처로운 생각이 들었다.

버스를 타고 돌아오는 길에 그는 내내 연화를 생각했다. 유

진이가 아직까지 연화를 기억하고 있을 줄은 전혀 생각도 못
했다. 그러나 다시 그 시절로 돌아간다 해도 똑같은 결정을
내릴 도리밖에는 없으리라. 그는 그렇게 자위했다. 세상에는
이루어져도 좋을 사랑이 있는가 하면, 그냥 가슴에 묻어두는
편이 나을 사랑도 있는 법이다. 연화를 생각할 때마다 동시에
떠오르는 얼굴이 있었다. 연화의 어머니.

    – 생각해보세요.

하고 운을 띄운 다음 그녀는 말을 이었다.

    – 세상에 어느 부모가 자기 딸을 혹 딸린 남자에게 시집보
내고 싶어 하겠어요.

그는 그때 일 년에 한 번 입을까 말까 한 양복을 입고 있었
다. 양복이 너무 작아 보이지 않을까 신경이 쓰였다. 그 양복
은 벌써 몇 년 전에 맞춰 입은 것이었고, 그동안 그는 몸이 불
었던 것이다. 와이셔츠 단추가 목을 옥죄는 느낌에 그는 자꾸
넥타이를 만졌다.

    – 이해합니다.

하고 그는 말했다. '하지만' 하고 다음 말을 이을 생각이었다.
그런데 그가 의자를 빼어 앞으로 당겨 앉는 순간 탁자가 흔들

려 주스 잔이 넘어졌고, 오렌지주스가 그의 양복바지를 흠뻑 적셔버렸다. 그는 당황해서 얼른 냅킨을 뽑으려다가 그만 팔꿈치로 탁자 위에 놓인 꽃병을 쳐서 넘어뜨렸고, 꽃병은 바닥에 떨어지면서 요란한 소리를 내며 박살이 났다. 종업원이 달려와 깨진 유리 조각을 줍고 걸레질을 하는 등 한바탕 수선을 피운 다음에는 '하지만' 하고 말을 이을 마음이 나지 않았다. 한시바삐 자리를 뜨고 싶은 생각밖에는 들지 않았다. 호텔 커피숍 천장이 빙글빙글 돌아가는 느낌이었다.

　－이해합니다.

하고 그는 다시 말했다. 그러나 그다음에 해야 할 말이 도무지 생각나지 않았다. 결국 연화 어머니는 '이해합니다'라는 말을 '포기하겠습니다'라는 뜻으로 받아들이고는 자리에서 일어났고, 그는 바지가 어느 정도 마를 때까지 호텔 커피숍에 한 시간 정도 우두커니 앉아 있어야 했다. 오줌을 싼 것처럼 가랑이가 흠뻑 젖은 바지를 입고 거리로 나설 엄두가 나지 않았던 것이다. 혹 딸린 남자. 그는 연화 어머니가 한 말을 곰곰이 되새겨보았다. 그는 여태껏 단 한 번도 유진이를 혹으로 생각해본 적이 없었다. 그러나 연화에게는 혹이 될지도 모른다는 생각이 들었다. 바지가 말라가는 동안 연화에 대한 집착도 서서히 말라갔고, 연화에 대한 집착이 말라가는 동안 눈시울이 천천히 젖어갔다. 남들이 보는 앞에서 눈물을 흘리고 싶지 않아서, 그는 재빨리 화장실로 달려갔다. 변기 위에 앉아 5분쯤 훌쩍훌쩍 운 다음, 그는 연화를 포기하기로 마음을 굳혔다. 연화의 부모를 설득하는 일보다 연화를 설득하는 일이 훨씬 수월하리란 생각이 들었기 때문이었다.

창에서 햇볕이 들어오자, 헌제는 유진이 고개를 통로 쪽으로 돌린 다음 등을 다독여주었다. 괜찮아, 나는 혼자서도 잘할 수 있어, 그는 잠든 유진이 머리카락에 뺨을 비볐다.

# 성가신 것들과 공존하는 법

비어 있는 공간, 무엇인가가 채워지기를 기다리고 있는 공간, 그 공간 속 어느 지점에 붓끝으로 점 하나만 살짝 찍어도 한 장의 그림이 될 것이었다. 그러나 막막했다. 대체 어느 지점에 어떤 색깔로 찍어야 옳은가? 그는 지난 봄 미술관에서 본 선배의 그림을 생각했다.

─모르겠어. 정말 모르겠어. 저 하얀 공간을 바라보고 있으면 그만 질식해버릴 것만 같아.

그 선배는 몇 시간이고 빈 캔버스만 우두커니 바라보고 있다가 절망에 가득 찬 얼굴로 고개를 저으며 그렇게 말하곤 했다. 무엇을 어떻게 그려야 좋을지 막막하다는 것이었다.

– 선 하나만 그어도 이내 고치고 싶어져. 저 선이 잘못된 게 아닐까, 자꾸 그런 의심이 들거든.

학부를 마친 뒤 헌제와 그 선배는 하이퍼리얼리즘 계통의 그림에 몰두했었다. 살갗의 땀구멍 하나, 물건에 묻은 때얼룩한 점까지 확대 사진처럼 정밀하게 묘사하는 그림이었다. 선배는 그런 작품으로 여러 미전에서 입상도 했었다. 그런데 어느 순간부터 선배는 자기 작품을 의심하기 시작했다. 셔터 한 방만 누르면 담을 수 있는 사물을 며칠 밤을 새워 캔버스에 옮기는 게 무슨 의미가 있느냐고 푸념을 늘어놓곤 했다. 실제로 그들의 작업은 사진에 의존하고 있었다. 먼저 사진을 찍은 다음 그 사진 속 풍경을 캔버스에 옮기는 식이었다. 회화가 사진에 종속되는 작업에 회의를 느껴 다른 기법으로 화풍을 바꾸려 했으나, 그 전환은 그리 여의치 않았다. 화가는 대체 무엇을 그려야 옳은지, 무엇보다 그 문제에서부터 막힌다고 탄식을 늘어놓던 선배는 더 배워야겠다며 유학을 떠났고, 헌제는 당장 먹고사는 일이 급해 삽화를 그리기 시작했다.

Le chemin de traverse. 선배의 작품 제목이었다. 헌제는 집에 돌아와 불어 사전을 찾아본 뒤에야 그 뜻이 '지름길'임을 알았고, 그러자 씁쓸한 웃음이 나왔다. 고작 백 호짜리 작품 한 점을 완성하기 위해 몇 달씩 밤을 새우던 선배의 옛 모습을 생각한다면, 액션페인팅처럼 물감이 뿌려지는 대로 내버려 둔 듯한 화법이 과연 지름길이기는 할 터였다. 무엇을 어떻게 그려야 할지 도무지 알 수 없다는 것은 곧 아무렇게나 그려도 된다는 뜻일지도 몰랐다. 어떻게 살아야 할지 막막하기만 할 때는 그냥 되는 대로 살아버리는 도리밖에 없듯이. 그러나 인생에서 지름길 따위가 아무 의미도 없듯이, 예술에서도 지름길 따위는 아무 의미도 없는 것이다. 어차피 죽어야만 끝날 인생과 예술인데 빨리 쉽게 도착하는 일이 뭐가 그리 대단한 문제란 말인가.

헌제는 손등으로 캔버스 표면을 문질러보았다. 화이트로 밑칠을 해놓은 캔버스는 아주 잘 말라 있었다. 밑칠만 해놓고 손을 놓은 지 석 달이나 되었으니 '잘 말라 있다'는 표현은 이미 어울리지 않았다. 그는 팔레트 위에 밑그림 그릴 때 즐겨 쓰는 카드뮴옐로를 듬뿍 짜놓았다. 면으로만 따진다면 캔버스는 이차원의 한 면만을 가지고 있지만, 점으로 따진다면 문제는 달라진다. 한 면은 무수히 많은 점들의 집합이며, 어느

점에서부터 시작하느냐에 따라 전혀 다른 그림이 될 수 있다. 그는 눈까풀을 반쯤 감은 채 캔버스의 텅 빈 공간을 응시했다. 눈을 깜박이지 않은 채 오랫동안 캔버스를 쳐다보고 있으면 여러 가지 형상들이 아지랑이처럼 가물가물 떠오르곤 했다. 그 가운데 가장 뚜렷하고 굵직한 형상을 잡아 붓을 대기 시작할 작정이었다.

5분쯤 지났을 때 캔버스 위에 검은 점이 하나 떠올랐다. 그는 마음속으로 그 점을 중심으로 한 여러 방향의 선을 그어 면 분할을 해보려 했지만, 점의 모양이 너무 뚜렷하고 위치 또한 어중간해서 시선이 면 전체로 잘 분산되지 않았다. 그는 눈을 여러 차례 깜박여 시선을 흩뜨린 뒤 다시 캔버스로 눈길을 돌렸다. 그러나 검은 점은 여전히 그 자리에 붙어 있었다.

이런 빌어먹을!

그는 신문지를 둘둘 말아 캔버스 위에 달라붙어 있는 검은 점을 들입다 내리쳤고, 검은 점은 신문지에 맞아 뭉개질 운명을 아슬아슬하게 피해 달아났다. 파리가 어디로 들어왔는지 모를 일이었다. 창문에는 방충망이 달려 있었고, 그가 문을 열어놓고 작업하는 일이란 결코 없었다. 아마 문을 여닫는 틈을 타서 들어온 모양이었다.

다시 캔버스 앞에 앉았지만 이미 신경이 흐트러져버린 뒤였다. 세상에는 그를 괴롭히고 방해하는 적들이 너무 많았다. 그것이 비록 콩알만 한 벌레에 지나지 않더라도 그를 방해할 가능성이 있는 이상 그냥 내버려 둘 수는 없는 노릇이었다. 캔버스에 의식을 집중하고 있을 때 그놈은 또 나타나 정신을 산란하게 만들 게 분명했다. 괘씸한 파리 같으니! 그는 둘둘 만 신문지를 들고 자리에서 일어나 파리가 어디로 날아갔

는지 살펴보았다. 그놈을 잡기 전까지는 아무 일도 할 수 없을 것이었다. 그는 천장을 살펴보고 창문 틈을 살펴보고 의자 위에 올라가 책장 선반 꼭대기까지 샅샅이 살펴보았지만, 파리가 어디에 숨어 있는지 도무지 찾을 수가 없었다. 그리 넓은 편도 아닌 화실 안을 30분쯤 뒤지고 나니 맥이 빠졌다. 그러나 방법이 없지는 않았다. 집에 돌아갈 무렵 연막 살충제를 터뜨려 놓고 가면 녀석이 제아무리 꼭꼭 숨어 있어도 어쩔 도리가 없을 거였다.

그는 약국에 가려고 바지를 갈아입었다. 혼자 화실에 있을 때에는 편한 반바지나 운동복 바지를 입고 있었지만, 그런 차림으로 문밖을 나서는 일은 결코 없었다. 계단 어귀에 있는 화장실 갈 때조차 반드시 바지를 갈아입었다. 계단까지 가려면 다른 사무실들을 지나야 했는데 그 사무실들은 문을 활짝 열어놓은 채 업무를 보았고, 게다가 무슨 경비실이라도 되는 것처럼 사환 아가씨들의 책상을 바로 문앞에 배치해놓아 복도를 통과할 때마다 그는 경리 아가씨들의 눈길에 쏘여 얼굴이 따끔거리곤 했다. 특히 정수기와 건강식품을 파는 '주식회사 신신상사'에서 일하는 아가씨는 아직 여드름이 발긋발

굿 남아 있는 얼굴에 웃음을 머금고 눈길이 마주칠 때마다 꾸벅 인사를 하곤 했는데, 그런 인사가 그에게는 여간 고역스러운 일이 아니었다.

그런 식의 인사를 어떤 태도로 받아야 할지 혼란스러웠기 때문이었다. 맞받아 아는 체를 하기도 어색하고, 덩달아 꾸벅 인사를 하기도 어색하고, 그렇다고 모른 체 시치미를 뚝 떼고 지나치기도 어색한 노릇이었다. 그래서 그는 아가씨가 앉아 있는 사무실 앞을 통과할 때면 마치 굉장히 급한 용무가 있는 사람처럼 후다닥 지나가곤 했다. 요컨대 인사를 건넬 틈을 주지 말자는 것이었다.

그 아가씨를 떠올리자 그는 갑자기 약국에 가서 살충제를 사 오는 일이 번거롭게 느껴졌다. 게다가 파리 한 마리 잡으려고 연막 살충제라니! 문틈으로 연기가 모락모락 새어 나오면 옆 사무실 사람들이 모조리 뛰쳐나올 것이다. 문앞에 '소독 중'이라고 써붙이면 그만이겠지만, 어쨌거나 번거로운 일이었다. 그는 바지를 갈아입은 채 소파에 털썩 주저앉았다. 파리는 천장 구석 어디엔가 붙어 그를 비웃고 있을 게 틀림없었다.

그때 문 두드리는 소리가 들렸다. 정확히 말하면, 문고리를 먼저 비틀어 문이 잠겨 있음을 확인한 다음 문을 두드렸다. 노크도 없이 먼저 문을 열려고 시도할 만한 사람은 유진이나 어머니 정도였다. 낮 시간에 어머니가 유진이를 데리고 화실에 찾아오는 일은 드물기도 했지만, 유진이라면 먼저 밖에서 "아빠!" 하고 소리를 질렀을 것이다. 그는 문 두드리는 소리가 들려도 어지간해서는 문을 열어주지 않았다. 월말에 월세 받아가는 건물 관리인 아주머니를 빼놓는다면 전화도 없이 불시에 그를 찾아올 사람이 없었던 것이다. 그렇게 찾아오는 사람들은 십중팔구 훼방꾼들이었다. 신문 한 부 구독하라는 배급소 영업 사원, 세계지도나 돗자리 따위를 들고 다니며 파는 잡상인, 심지어는 '변강쇠'나 '땅꼬마' 같은 이름이 적힌 명함을 내밀며 사은품을 돌리고 가는 나이트클럽 웨이터까지. 그는 그런 사람들을 상대하는 일에 익숙하지 못했다. 한번은 섣불리 문을 열어주었다가 한 시간 동안이나 '좋은 말씀'을 들어야 했던 적도 있었다. 아주머니는 그의 곤혹스러운 심정에는 아랑곳 않은 채 찬송가까지 신나게 불러젖히고야 문을 나섰다. 그 뒤로는 누가 밖에서 문을 두드리건 말건 부재중인 척하고 아예 대꾸를 하지 않았다. 그러나 문을 두드리기 전에 먼저 문고리를 비틀었다는 사실이 그의 신경을 긁었다. 유진이일지도 모르는 일이다.

"어, 안에 계셨네."

헌제가 문을 열었을 때 사내는 다시 한번 문을 두드리려던 참인 듯 손을 어정쩡하게 들고 있다가 계면쩍게 웃으며 표적 잃은 손을 슬그머니 거두었다.

"무슨 일이시죠?"

헌제는 상대방이 거리감을 느끼기를 바라며 되도록 사무적인 말투로, 되도록 무뚝뚝한 표정으로 물었다. 그러나 사내는 그의 얼굴을 바라보고 있지 않았다. 밖으로 빠져나올 듯이 툭 불거진 눈알이 사방팔방으로 쉴 새 없이 움직여 그가 도대체 어디를 바라보고 있는지 도무지 알 수가 없었다.

"무슨 일이 있는 건 아니고……."

말을 하면서 사내의 눈길은 이미 헌제의 어깨 너머로 화실을 구석구석 뒤지고 다녔다. 헌제는 자신이 몸집이 문짝만큼 커서 사내의 시선을 완전히 가로막을 수 있으면 얼마나 좋을까 생각했다.

"저는 요 옆에 뉴서울기획에서 일합니다만, 같은 층을 쓰면서 이 방만 늘 문이 닫혀 있기에 뭐 하시는 분인가 궁금해서요. 그림을 그리시나 보네요. 참 조오은 일 하십니다."

사내는 컴퍼스로 그린 듯이 완벽한 원 모양의 머리를 화실 안으로 불쑥 들이밀었고, 헌제는 그의 머리가 쏟아져 들어오지 못하도록 가슴으로 슬그머니 가로막았다.

"제가 방해했다면 죄송합니다."

그러나 전혀 죄송한 표정은 아니었다. 헌제는 사내의 발을 내려다보았다. 그는 지압 돌기가 달려 있는 갈색 슬리퍼를 신고 있었는데 왼쪽 끈이 반쯤 끊겨 있었다.

"뭐, 방해랄 것은 없지만……."

"아, 그렇습니까? 그럼, 안을 좀 구경해도 되겠죠?"

"저는 지금……."

급하게 처리해야 할 일이 있어서요, 하고 말하려고 했는데 사내는 그의 다음 말을 썽둥 자르며 화실로 발을 들여놓았다. 헌제는 하마터면 손을 뻗어 사내의 어깨를 뒤에서 붙잡을 뻔했다. 그랬다면 뭔가 큰 오해가 생겼을 것이었다.

"참 대단한 일을 하십니다. 우리 같은 사람은 그저 물건을 만들어 팔아야 입에 풀칠을 한다는 생각만 하지 세상에 이런 직업이 있다는 건 상상도 못 합니다. 하기는 제 고향 후배 가운데도 그림을 그리는 친구가 없지는 않아요. 어릴 때 보면 하는 짓이 늘 만화 베끼는 일이더니 결국 그 길로 가더구먼요. 그게 다 타고난 팔자가 있어야 하는가 봐요. 책도 참 많으시네. 아마, 이런 그림책들은 값도 비싸겠지요? 저도 한때는 출판사에서 영업을 한 일이 있어서 조금은 압니다만, 그때 제가 가장 싫어했던 게 바로 이런 그림책들이었지요. 무겁거든요. 이런 책 쉰 권씩 싸 들고 서점으로 가려면 죽어나는 거죠."

사내는 아주 재미있는 농담이라는 듯이 하하하 웃었고, 헌제는 조금 전 사내가 노크를 하기도 전에 문고리부터 잡아 비튼 행위를 떠올리고는 화가 났다. 설사 주인이 부재중임을 알았다 해도 사내는 서슴없이 안으로 들어왔을 게 분명했다. 그는 문을 잠그지 않고 화실을 비운 적이 있는지에 생각이 미쳤고, 그런 적이 한두 번쯤은 있었으리란 생각이 들자 갑자기 화실이 오물로 훼손된 듯 불쾌하게 느껴졌다. 그러나 그 불쾌함을 겉으로 내색할 수는 없는 노릇이었다. 사내는 이미 터진 제방으로 쏟아져 들어와 팔짱을 낀 채 구석구석을 관찰하고 다녔고, 헌제가 할 수 있는 일이라고는 고작 문간에 서서 '나는 당신이 빨리 나가주기를 바란다'는 표정을 짓고 있는 일뿐이었다.

"조구만이라고 아시나?"

"모릅니다."

그는 되도록 짧고 심드렁하게 대꾸했다.

"방금 말씀드렸던 제 고향 후뱁니다. 원래 이름은 조장식인데, 어렸을 때는 짱식이라고 불렀지요. 아마 그런 쪽에서 일하려면 눈에 잘 띄는 이름이 필요한 모양이지요? 그래도 그렇지 하필이면 조구만이 뭡니까? 하기는 그 녀석 체구가 조그맣기는 조그맣지요. 이건 애들 동화책 삽화인 모양이네. 주로 삽화를 그리십니까?"

"그건 건드리지 마세요."

헌제는 얼굴을 찌푸리며 소리쳤다.

"얼룩이 묻으면 곤란하거든요."

"솜씨가 정말 대단하시군요. 지난번에 충무로에 있는 인쇄소에다 광고 전단에 들어갈 그림을 맡긴 적이 있었는데, 아무리 싼 게 비지떡이라지만 해도 너무했더라구요. 우리 애더러 그리라고 해도 그것보다는 잘 그리겠어. 선생께서도 광고에 들어가는 그림을 그려본 적이 있습니까?"

반말도 아니고 높임말도 아닌 '선생께서도'라는 말에 헌제는 상대가 자신을 얕잡아보고 있다는 느낌을 분명히 받을 수 있었다.

"아뇨! 저는 그런 그림은 안 그립니다."

광고전단에 들어갈 그림을 그려달라고 부탁할까 봐 미리 못을 박아두려 한 말인데, 말투가 이상하게 들렸던지 사내의 얼굴에서는 '오, 그러셔?' 하는 듯한 비웃음이 살짝 떠올랐다. 그 비웃음이 무엇을 뜻하는지에 생각이 미치자 헌제도 얼굴이 화끈 달아올랐다.

"제 말은…… 그쪽 방면 일은 해본 적이 없다는 뜻이지요."

"그야, 물론 그렇겠죠. 다 나름대로 자기 전문 분야가 있는 법이니까."

사내는 모든 걸 다 이해한다는 듯 고개를 크게 끄덕이며 말했고, 헌제는 조금 전 사내의 얼굴에 떠올랐던 비웃음이 못내 불쾌하게 느껴졌다. 보통 사람 같으면 이쯤 해서 '자, 이제 그만 나가주시죠.' 하고 말했을 터이지만, 그는 그럴 만한 주변머리가 없었다.

"저는 이 년 전까지 트랜스에 들어가는 코일을 만드는 회사에서 일했는데, 거기 있다 보니 나름대로 또 그 세계에 눈이 트이더군요. 아, 이 분야는 또 이렇게 저렇게 굴러가는구나, 하고 말입니다. 그래서 직장 동료랑 퇴직금을 합해서 작년에 따로 회사를 차렸지요. 명함이나 한 장 드릴까?"

사내는 뒷주머니에서 지갑을 꺼내 명함을 한 장 건네주었고, 헌제는 그가 보는 앞에서 명함을 구겨 쓰레기통에 처박고 싶은 충동을 느꼈다. 명함에는 '뉴서울기획 전무 아무개'라고 적혀 있었다. 5, 60년대에 흔히 보던 이름이었다. 뉴서울양장점, 뉴서울사진관……

"직함은 전무라고 달려 있지만, 사장하고 나하고 허드렛일 보는 아가씨 하나뿐인 회사에 낯간지러운 직함이에요. 얼마 전까지 영업을 뛰는 젊은 친구가 하나 있었는데, 바로 사흘 전에 그만뒀어요. 사원을 한 명 새로 들이기는 들여야 할 텐데, 이런 데서 진득하게 일할 만한 친구가 있어야 말이지요. 다른 데서는 요즘 실업난이 심각하다 어떻다 하지만, 그건 팔자 좋은 불평이에요. 말하자면 그게 다 제 마음에 드는 직장에 취직하기가 어렵다는 뜻이 아니겠습니까? 그런 생각 안 듭니까?"

"글쎄요, 그런 문제는 잘 모릅니다."

"그런데 밖에 잘 안 나오시나 봅니다. 찾아오는 손님도 별로 없고……. 저는 여기가 누가 창고로 쓰는 방인 줄 알았어요. 여긴 넓고 좋네. 창문도 널찍한 게 시원하겠습니다. 이거 창문이 커서 블라인드 다느라 비용이 좀 들었겠는데요. 저희 사무실은 창문이 좁아서 여간 답답한 게 아니에요. 싼 맛에 들기는 했지만, 창고라면 모를까, 사무실로 쓰기에는 영 아니올시다지요. 여기는 몇 평이죠?"

"열두 평입니다."

"여기가 원래는 학원이었다죠, 아마. 교통이 불편해서 학원하기에는 영 시원찮았을 거야."

사내는 느긋한 말투로 계속 주절주절 말을 이어나갔고, 헌제는 사내에게 어떻게 그만 나가달라고 말해야 할지 실로 난감했다. 애당초 문을 열어준 것이 잘못이었다. 훼방꾼들은 어디에나 널려 있어서 조금만 방심하면 이내 틈을 비집고 침입해온다. 파리 떼처럼……. 파리? 아, 그렇지!

"저, 죄송합니다만 사실 저는……."

헌제는 사내의 말을 가로막았고, 사내는 그제야 그의 얼굴을 쳐다보았다.

"사실 저는 외출을 하려던 참이었습니다. 뭘 좀 사러 가야 하거든요."

"아, 그렇습니까. 그럼 진작 말씀하시지. 이거 바쁘신 분 붙잡고 제가 공연히 횡설수설했군요. 사무실이 참 호젓하니 좋습니다. 우리 같은 사람이야 늘 사람 만나는 게 일이어서 이렇게 호젓한 분위기에서 지낸다는 건 꿈도 못 꿀 일이지요. 이런 데서 조용한 음악이나 들으며 그림을 그리고 앉아 있으면 정말 신선놀음이 따로 없겠네요."

"전 이만 나가봐야 합니다."

사내는 못내 아쉽다는 표정으로 커다란 눈알을 굴려 화실 안을 한 바퀴 둘러본 다음 문을 나섰다.

"바쁘시지 않으면 가끔 저희 사무실에도 들르십시오. 같은 층에 사무실을 낸 것도 인연이라면 인연 아닙니까."

헌제가 밖으로 나와 문을 잠글 때까지 등 뒤에서 눈과 입을 분주하게 움직이던 사내는 슬리퍼를 질질 끌며 제 사무실로 들어갔다. 결국 사내는 남의 화실에 들어와 주인을 내쫓고 돌아간 셈이었다. 헌제는 계단을 내려오며 한숨을 내쉬었다. 원래 계획대로 살충제나 사러 가야겠군.


"연막 살충제? 집 안에 벌레가 그렇게 많습니까?"

약사가 그렇게 묻는 순간 헌제는 조금 더 걷더라도 다른 약국으로 갈 걸 그랬다고 후회했다. 저 사람 집에는 벌레가 우글우글하답니다, 다른 사람들에게 그렇게 소문을 퍼뜨릴지 모를 일이었다. 저 아가씨는 치질에 무좀까지 있답니다, 하고 속삭이던 그 목소리로.

"집이 아니라 사무실입니다. 그리고 벌레라고는 파리 한 마리밖에 없어요."

"파리 한 마리를 잡으려고 연막 살충제를 터뜨려요?"

"그게 아니라, 그놈이 어디 숨었는지 알 수가 없기 때문에…… 그러니까…… 물론 사정을 잘 모르시겠지만 그 파리가 여간 성가신 게 아니거든요."

헌제는 그렇게 말하는 자신이 갑자기 우스꽝스럽게 느껴졌다.

"이해합니다."

대머리 약사는 여전히 웃음기 없는 표정으로 심드렁하게 말
했다.

"빈대 한 마리 잡으려고 초가삼간 태운다는 속담도 있지
만, 사실 그 기분을 겪어보지 못한 사람은 전혀 이해할 수가
없을 겁니다. 성가시게 구는 것들은 때로 그런 복수의 충동을
불러일으키거든요. 무슨 대가를 치러서라도 복수하고 싶은
충동 말입니다."

"그런 충동을 자주 느끼십니까?"

말해놓고 보니 약사와 손님의 입장이 뒤바뀐 느낌이 들었다.
그러나 대머리 약사는 개의치 않고 조그맣게 한숨을 쉬었다.

"아뇨. 요즘에는 성가신 것들과 공존하는 법을 익혀야 한
다는 생각을 더 많이 합니다. 아마 나이가 사람을 지혜롭게
하는 모양이지요."

선문답 같은 말이었지만 헌제는 왠지 그 말뜻을 이해할 듯
싶기도 했다. 약사는 약장 선반에서 뿌리는 살충제를 꺼내주
었다.

"영 못 견디겠으면 이걸 쓰세요. 파리가 눈에 띄면 그놈 등

짝에 듬뿍 뿌려주는 겁니다. 그 편이 더 통쾌하지 않겠어요?"

"글쎄요, 저는 통쾌함을 즐길 생각은 별로……."

"좋을 대로 하십시오."

그때 약국 안쪽 조제실에서 30대 초반쯤 되어 보이는 여자가 밖으로 나왔다. 그 여자는 대머리 약사를 향해 한바탕 잔소리를 퍼부으려는 듯 입을 씰룩이다가, 헌제와 눈이 마주치자 상냥하게 웃어 보였다. 대머리 약사는 고개를 숙이고 약장 서랍을 뒤지기 시작했는데, 갑자기 키가 한 자쯤 줄어든 것처럼 보였다. 헌제도 덩달아 긴장하여 살충제 깡통을 유심히 들여다보는 척했다. 파란색 깡통 표면에 뾰족한 창에 찔린 파리가 그려져 있었는데, 어쩐지 파리가 불쌍해 보였다.

"살충제를 사러 오셨나요?"

여자의 물음에 헌제는 멍청하게 "예?" 하고 한 번 되묻고는 그녀의 남편을 한 번 힐끗 쳐다보고 나서야 다시 "네!" 하고 대답했다.

"살충제를 사러 왔습니다."

여자는 헌제를 향해 방긋 웃어 보였는데, 여태껏 들어온 험담의 주인공이라고는 도저히 상상할 수 없을 만큼 미인이었다.

"저도 그 약을 써봤는데 아주 잘 들어요. 하지만 냄새가 좀 독해서 창문을 활짝 열어놓고 뿌려야 할 거예요."

"그런가요?"

"그렇다고 몸에 해롭다거나 하지는 않을 거예요. 건강을 해칠 정도라면 처음부터 판매 허가가 나오지 않았을 테니까요. 살충제를 뿌릴 때 식기나 음식물에 닿지 않도록 주의해야 하는 건 알고 계시겠죠?"

"그야…… 물론…….."

"여기 선반을 보시면 알겠지만, 시판되는 살충제가 도대체 몇 종류인지 모르겠어요. 이걸 보면 우리가 벌레 소굴에서 사는 것 같은 기분이 들거든요. 파리, 모기, 바퀴벌레, 개미……. 동물들은 보호 운동을 벌여도 점점 멸종해가는데 벌레들은 그렇게 죽여도 멸종은커녕 도리어 늘어나는 것처럼 보이니 참 이상하지 않아요?"

"그렇군요."

대꾸를 하면서 헌제는 자꾸 대머리 약사 쪽을 쳐다보게 되었는데 그의 뒷모습에는 고슴도치처럼 가시가 잔뜩 돋아 있었다. 아내의 수다가 마음에 안 든 모양이었다. 여자도 남편의 그런 태도를 눈치챘는지 입맛을 쓰게 다시고 "저 먼저 들어가요." 하고는 밖으로 나갔다.

"사모님이 미인이시군요."

분위기가 험악한 것 같아 약값을 치르면서 헌제는 슬그머니 공치사를 던졌다.

"뭐, 불행하게도 그렇다고 볼 수 있겠죠."

대머리 약사는 심드렁하게 대꾸했다.

"불행하게도요?"

"스스로 미인이라고 굳게 믿고 있는 여자와 함께 사는 일은 대단히 불행한 일이지요."

"글쎄요…… 실제로도 그렇지 않습니까?"

적어도 외모로만 따지자면 헌제가 보기에도 그들 부부는 메추라기와 홍학이 결혼한 꼴이었다.

"아름다운 외모를 가진 여자와 함께 산다는 건 썩은 생선을 들고 쓰레기 더미 속을 헤쳐나가는 일과 마찬가집니다. 파리 떼처럼 성가시게 달라붙는 사내놈들의 시선을 보면 살충제라도 뿌려주고 싶은 심정이지요."

헌제는 약사가 자신을 파리 떼 가운데 한 마리로 생각하고 있지 않을까 염려스러웠다.

"눈길을 던지는 작자들이야 힐끔 쳐다보며 지나가면 그뿐이지만 그 피해는 반드시 저한테 돌아옵니다. 나처럼 예쁜 아내를 둔 것을 영광으로 알아라, 뭐 그런 식이지요. 마누라가 예쁜 것을 누가 탓합니까? 하지만 예쁘면서 말 많은 마누라하고 살 바에는 못생기고 말 없는 마누라하고 사는 편이 훨씬 낫습니다. 그것은 일종의 '생활의 지혜'라고도 할 수 있지요."

대머리 약사는 고개를 절레절레 흔들었다.

"스물두 살에 결혼한다는 것은 정말 미친 짓이에요."


"이봐요!"

여자가 큰 소리로 그를 불렀다. 헌제는 목소리의 주인공이 누구인지 알고 있었지만 시치미를 뚝 떼고 지나가려던 참이었다. 건널목을 건널 때 수영장 강사 아가씨가 택시에서 내리는 모습을 보았던 것이다. 그는 그 여자의 눈에 띄지 않도록 고개를 반대 방향으로 돌린 채 길을 건넜고, 보도에 다다르면 재빨리 골목으로 접어들 생각이었다.

"이봐요, 화가 아저씨!"

그 여자는 다시 한번 목청을 세워 그를 불렀다. '도둑이야!' 하고 외칠 때만큼이나 크고 날카로운 목소리여서 그는 걸음을 멈추지 않을 도리가 없었다.

"아아, 안녕하세요."

마치 이제야 알아차렸다는 듯이 깜짝 놀라는 표정을 지으며 인사를 했으나, 그는 감정을 숨기는 데 그리 능숙한 편이 아니어서 이내 얼굴이 붉어졌다.

"왜 못 본 체 그냥 지나치려고 했죠?"

강사 아가씨는 앙칼진 목소리로 대뜸 따지고 들었다. 농담으로 던진 말이었지만 헌제는 바늘에 푹 찔린 듯 따끔했다.

"아, 그건…… 이제야 알아보았기 때문이죠."

"네?"

강사 아가씨는 까르륵 웃음을 터뜨렸다.

"아니, 그러니까…… 제 말은……."

헌제는 갑자기 불끈 짜증이 솟구쳤다. 내가 뭘 잘못했기에 이 여자 앞에서 이렇게 쩔쩔매지? 여기는 수영장이 아니잖아! 그가 얼굴을 찌푸리자, 강사 아가씨는 억지로 웃음을 그쳤다.

"요즘 수영장에 안 다니시죠?"

"좀 바빠서요. 급하게 끝내야 할 일들이 몇 개 있거든요."

"알겠어요. 특별한 취미가 있지 않고서는 운동을 꾸준히 하기란 쉬운 일이 아니에요. 지도하다 보면 그래요. 서른 명이 함께 시작해도 다음 주에는 스물다섯 명, 그다음 주에는 스무 명, 한 주에 다섯 명씩은 빠져나가죠. 심지어 꼭 월초에만 나타나는 아저씨들도 있어요. 아마 등록했다는 사실만으로 자기가 규칙적인 운동을 하고 있다는 위안을 느끼는 모양이죠?"

그녀가 얼마나 수다스러운 입을 가지고 있는지 잘 알고 있었으므로, 그는 대화를 빨리 끝내야 한다고 생각했다.

"좀 한가해지면 다시 다니죠. 그럼……."

"지금 바쁘세요?"

"예, 좀 그렇습니다."

"이 짐을 저희 집까지 들어줄 수 없을 만큼요?"

그녀의 다리 밑에는 연분홍색 보자기로 싼 커다란 보따리 두 개가 놓여 있었다.

"오빠가 나와 있기로 했는데, 제가 예정보다 일찍 도착했어요. 짐이 무겁지는 않지만 부피가 커서 한 손에 다 안을 수가 없어서 그래요. 저희 집은 여기서 그리 멀지도 않아요."

"하지만 저는……."

"부담스러우면 그만두세요."

"아뇨, 아뇨, 그런 것은 아니고……."

헌제는 공연히 살충제 깡통을 쳐다보았다. 가서 파리를 잡아야 하는데……. 강사 아가씨는 '그럼 얘기는 끝났다'는 듯이 대뜸 보따리 하나를 그의 가슴에 안기더니 씩씩하게 앞장서서 걸었다.

"제가 지난번 그 문제에 대해 곰곰이 생각해보았는데요."

"예?"

"턱이 빠지는 문제 말이에요."

"아, 예……."

벌써 한참 된 일을 강사 아가씨는 며칠 전 일처럼 말하고 있었다.

"물에 들어갈 때 너무 긴장하기 때문에 그런 게 아닐까 생각했어요. 어떤 사람은 물에 대한 공포심 때문에 이빨을 너무 꽉 다물기도 하거든요. 코로 숨을 들이마시며 음— 할 때 이빨을 꽉 다물고 있다가, 내뱉으며 파! 하는 순간 턱뼈가 어긋나버리는 거죠. 그렇지 않을까요?"

"그럴 수도 있겠군요."

그러나 그는 강사 아가씨의 설명을 듣고 있지 않았다. 거리에는 노점상들 손수레와 좌판 들이 어지럽게 널려 있었고, 머리를 초록색으로 염색한 아이가 모는 오토바이 한 대가 그 사이를 비집고 지나가느라 부릉부릉 시끄러운 엔진 소리를 내고 있었다. 오토바이 뒤에 실린 양철통에는 짬뽕 국물이 흘러 생긴 얼룩처럼 '남경반점'이라고 쓰여 있었다. '너무 싸서 내일 망할 집'이라고 써붙인 화장품 도매점 앞에는 빨간 머리띠를 맨 여자아이가 그를 빤히 올려다보고 있었고, '점포정리 빅세일'이라고 써붙인 이불 가게 앞에는 전대를 두른 아저씨가 손가락으로 이빨 틈에 낀 음식 찌꺼기를 빼내려 애쓰고 있었다. 누군가 "아이고, 그런 소리는 하지 말아요." 하고 깔깔거리며 웃었고, 또 누군가 "그만하길 다행이지." 하고 속삭였다. 헌제는 세상에 이렇게 많은 사람들이 이렇게 많은 일들을 하며 살아가고 있다는 사실에 새삼 놀랐고, 자신이 왜 보따리를 가슴에 안고 이곳을 걸어가고 있는지 어리둥절했다. 강사 아가씨는 여전히 뭔가 중얼거리고 있었다.

"수영할 때는 자신이 물고기가 되었다고 생각하고 긴장을 풀어야 해요. 금붕어가 꼬리를 살랑살랑 젓는 모습을 상상해 보세요. 부드럽게. 호흡 또한 긴장을 풀고 자연스럽게 하세요. 음— 파! 음— 파! 음— 파! 이렇게 말이에요. 따라 해보시겠 어요?"

"아뇨."

그는 무엇을 따라 하라는 것인지도 모른 채 무조건 아니라 고 대답했다.

"아저씨 이름을 물어봐도 돼요?"

"네?"

"이름요. 아저씨 이름."

"아, 네……."

누군가와 어깨를 부딪쳐 그는 걸음이 허청거렸다. 네가 나 를 뭐로 아는 거야? 레코드 가게에서 크게 틀어놓은 노래가 뭔가 따지고 있었다. 네게 너만의 삶이 있듯, 나도 나만의 삶 이 있는 거야! 우씨 우씨 우씨씨…….

"아저씨 이름이 뭐냐구요!"

"아, 네…… 권헌쳅니다."

"저는 조명신이에요. 어렸을 때는 아이들이 조병신이라고 놀렸어요. 요병신, 조병신, 하면서요. 그래서 그때는 제 이름이 얼마나 싫었는지 몰라요. 아이들은 다른 아이를 놀리는 데에는 조그만 틈도 놓치지 않잖아요? 그때는 그게 왜 그렇게 약이 올랐는지 몰라. 저는 어렸을 때 울보였거든요. 그래서 아이들이 제 이름을 가지고 놀릴 때마다 울었어요. 그러면 내가 불쌍해 보여서 안 놀릴 거라고 생각했던 거죠. 정말 바보 같은 생각이죠? 아이들은 내가 우는 모습을 보려고 더욱 놀렸지만 그래도 저는 지치지 않고 울었어요. 왜냐하면 나 자신이 무척 불쌍한 아이라는 상상을 하는 일이 좋았기 때문이에요."

그는 명신이 늘어놓는 말들을 귀담아 듣고 있지 않았다. 이름, 울보, 불쌍해, 바보 같은, 우는 모습, 상상…… 내용에서 떨어져 나온 낱말들만 토막토막 귀에 들어왔다. 그래서, 그런데, 그러나 같은 접속사처럼 아무런 의미도 느낄 수 없는 김 빠진 낱말들이었다.

"아저씨는 그런 경험이 없으신가요?"

그녀의 말이 비로소 낱말 덩어리가 아닌 문장으로 들린 것

은 북적거리는 시장통을 지나 주택가 골목으로 접어든 다음
이었다. 그런데 그 문장은 하필 의문문이었다. 그는 그녀가 무
엇을 묻고 있는지 몰랐지만 얼결에 "아뇨." 하고 대답했다.

"한 번도요? 그런 경험이 한 번도 없었단 말이에요?"

명신은 기가 막힌다는 듯이 고개로 허공을 휘저었다. 그제
야 헌제는 자신의 대답이 잘못되었음을 알아차렸다.

"아니, 그게 아니라…… 사실은…… 저기, 주위가 너무 시
끄러워서…… 그러니까 제가 고의적으로 말씀을 귀담아 듣지
않은 것은 아니고…… 저는 귀가 좀 나빠서……."

귀가 나쁘다는 것은 변명이었지만, 북적거리는 분위기에서
남의 말을 제대로 알아들을 수 없는 것은 사실이었다. 그가
온전히 제정신을 가누고 남의 말을 알아들으려면 주변에 사
람들이 적어도 다섯 명이 넘지 않아야 했다. 그는 '요점을 간
추려 다시 한번 질문해준다면 이번에는 성실히 답해주겠다.'
하는 태도로 명신을 바라보았지만, 그녀는 이미 김이 새버린
모양이었다. 무슨 경험이 한 번도 없느냐고 물었던 것일까, 헌
제는 새삼 궁금해졌지만 묻지 않았다. 공연히 남의 감정을 자
극할 필요는 없는 것이다.

"이제 다 왔어요. 바로 저기가 저희 집이에요."

명신이 턱으로 앞쪽을 막연하게 가리키며 말했는데, 경사진 골목길 양편으로 나란히 늘어선 가옥들이 모두 비슷비슷한 모양이어서 어느 집을 가리키는지 알 수가 없었다. 그 동네의 가옥들은 모두 집 가운데 마당이 있는 ㅁ 자형 한옥이어서, 헌제는 마치 단단한 성벽으로 둘러싸인 요새 한복판을 지나가는 기분이 들었다. 그러나 결코 낯선 풍경은 아니었다. 아파트가 보편적인 주거 형태로 자리 잡기 전까지 서울 중산층 동네는 대개 그런 모양을 하고 있었다. 헌제도 어린 시절에 그런 동네에서 산 적이 있었다. 그때는 그리 좁게 느껴지지 않던 골목길에서 동네 아이들과 딱지치기도 하고 사방치기도 하며 놀았다. 동네 아이들은 인원이 부족할 때만 어쩔 수 없이 '깍두기'로 그를 놀이에 끼워주곤 했다. 그는 병약하고 소극적인 – 아이들 표현으로는 비실비실하고 꺼벙한 – 아이였고, 아이들 놀이에 익숙하지도 않았다. 그가 끼는 편은 반드시 지거나 술래가 되었기 때문에, 아이들은 그를 늘 '차라리 없는 것만도 못한 아이'로 여겼다. 그래서 그는 다른 편 아이들한테는 비웃음 섞인 칭찬을 받고, 같은 편 아이들한테는 한바탕 욕을 얻어먹어야 했다. 그런 놀이에 무엇 때문에 끼어야 하겠는가! 그는 '깍두기' 노릇을 하라고 할까 봐 동네 아이들이 놀고 있는 광경을 보면 멀찌감치 돌아서 지나가곤 했다. 대인 공포증은 어쩌면 그때부터 생겨났는지도 모를 일이었다.

"우리는 저 집에서 사십 년 동안이나 살았어요. 믿어져요? 요즘 같은 세상에 사십 년이라는 세월을 오직 한 집에서 살고 있다니 말이에요. 저는 저 집에서 태어나 저 집에 태를 묻었어요. 집 마당 어딘가에 내 태가 묻혀 있을 것이라는 생각을 하면 기분이 묘해져요. 그 태가 아직도 내 배꼽과 연결되어 나를 일생 동안 저 흉가 같은 집에 묶어둘 것만 같은 기분이 들거든요."

"집이 마음에 들지 않나요?"

헌제는 가출한 시골 소녀처럼 보따리를 가슴에 꼭 껴안은 채 부지런히 명신의 뒤를 따라가며 물었다. 명신의 발걸음은 씩씩했고, 늘 운동 부족에 시달리고 있는 그는 그녀를 뒤쫓아 가려니 숨이 가빴다.

"집요? 글쎄요…… 집이 마음에 들지 않는 건 아니에요. 집이야 무슨 상관이에요! 잠자고 밥 먹고 옷 갈아입고, 뭐 그런 일만 할 수 있으면 어디나 다 마찬가질 테죠. 하지만 문제는 내 일생 동안 오직 한곳에만 머물러 있었다는 사실이에요. 마치 발등에 못이라도 박아놓은 것처럼 말이에요. 아마 상상도 못 하실 거예요. 우리 집에는요, 제가 걸음마하던 시절부터 있던 괘종시계가 아직까지도 그 자리에 놓여 있어요. 늘 두 시 이십오 분만 가리키면서 말이에요. 이해가 가요? 그게 도대체 어느 시절의 두 시 이십오 분이었는지는 아무도 몰라요. 제 구실도 못 하는 시계가 삼십 년 이상 같은 장소를 차지하고 있는데도, 저희 식구들은 전혀 이상하게 생각하지 않아요. 시계나 사람이나 똑같이 '지금이 두 시건 열두 시건 그게 무슨 상관이냐.' 하는 식이죠. 안녕하세요!"

명신은 골목길을 허적허적 내려오던 노인한테 꾸벅 인사를 했다. '저 노인을 보면 인사를 한다.'라고 입력된 프로그램처럼 기계적인 행동이었다. 노인은 뭔가 불만이 있는 사람처럼 혼잣말로 중얼거리며 지나갔고, 헌제는 노인한테 함께 인사를 하지 않아 무례해 보이지 않았을까 하고 생각했다.

"시계뿐이 아니에요. 저희 집에선 도대체가 제구실을 하는 물건이라곤 찾아볼 수가 없어요. 가운데가 푹 꺼진 비닐 소파

에, 자개 장식이 다 떨어져나간 자개장롱에, 베니어판이 쩍쩍
갈라진 포마이커 책상 하며! 아저씨도 어렸을 때 다리 달린
전축 본 적 있죠? 옛날 사람들은 왜 전축에다가 다리를 달아
야 한다고 생각했는지 몰라. 저희 집에는 아직까지 그런 전축
이 있어요. 물론 작동은 안 되지만. 사람들은 우리가 골동품
수집이라도 하고 있는 줄 알고 있지만, 그건 순전히 저희 엄
마 때문이에요. 아무것도 못 버리게 하거든요. 아버지의 추억
이 깃들어 있기 때문이라나? 나 참! 한마디로 집 전체가 고스
란히 타임캡슐인 셈이죠. 이제 다 왔어요. 바로 여기가 저희
집이에요."

　명신은 '자, 여기가 바로 그 문제의 집이다'라는 듯이 헌제
와 집을 번갈아 쳐다보며 말했다. 헌제도 그 문제의 집을 물
끄러미 올려다보았다. 조금 낡아 보이기는 해도 흉가처럼 보이
지는 않았다. 명신은 초인종을 누르지 않고 말을 이어나갔다.
아직 하지 못한 말을 남겨둔 채 쉽사리 초인종을 누를 수는
없다는 태도였다.

　"고물딱지는 가구뿐만이 아니에요. 그걸 그러려니 하고 참
고 사는 저희 식구들이 사실은 더 고물들이죠. 그 고물딱지

들이 공간을 차지하고 있다 해서 크게 불편함이 없는 만큼 그것이 사라져준다 해도 크게 편할 일도 없으리라, 다들 그렇게 생각하는 거예요."

헌제는 대문 앞에 어정쩡하니 서서 얘기를 듣고 있는 게 몹시 민망스럽게 느껴졌지만, 명신의 입에서 쉴 새 없이 말이 흘러나오고 있었기 때문에 꼭지를 비틀어 잠글 시기를 쉽게 포착할 수가 없었다.

"저는 가끔 이런 궁리를 하곤 해요. 어느 날 갑자기 건장하고 씩씩한 인부들을 서너 명쯤 데리고 대문을 발칵 열어젖히고 들어서는 거예요."

그녀는 마치 지금 당장 그런 일을 실행하고 있는 사람처럼 대문을 발칵 열어젖히는 시늉을 했고, 헌제는 그 소리를 듣고 집 안에서 누가 나오지 않을까 긴장했다. 그녀의 식구들이 나온다면 자신을 어떻게 소개해야 할까. 수영장에서 아침 강습을 받았던 적이 있는 사람인데요, 그냥 우연히 길에서 만나 짐을 들어주느라 따라왔어요.

"그리고 인부들더러 집안에 있는 고물 딱지들을 모조리 내다 버리라고 시키는 거죠. 하나도 남김없이! 왜, 커다란 돌멩이를 훌쩍 들추면 노래기나 쥐며느리 같은 벌레들이 숨을 곳을 찾으려고 우왕좌왕하잖아요? 저희 집 식구들도 꼭 그럴 것 같아요. 고물딱지들 틈바구니에 몰래 숨어 있는 사람들 같아."

무슨 생각이 들었는지 명신은 갑자기 말을 끊고 길게 한숨을 내쉬었고, 헌제는 이때다 싶어 얼른 보따리를 들어 보였다.

"저는 이만 가봐야겠어요. 보따리는 여기 내려놓을까요?"

"그러세요. 수고하셨는데, 들어가서 시원한 음료수라도 한 잔 하시겠어요?"

"아, 아닙니다!"

헌제가 그 대답을 하는 데에는 단 1초도 걸리지 않았다. 명신의 권유는 '들어가서 끔찍한 고문 한번 당해보지 않겠어요?' 하는 소리와 마찬가지로 들렸다. 그는 행여 집 안으로 끌려 들어가는 상황이 벌어질까 봐 재빨리 인사하고 돌아섰다. 뒤에서 "오빠, 나야! 얼른 문 열어." 하는 소리가 들렸고, 헌제는 달음박질하다시피 성큼성큼 골목길을 빠져나왔다. 그는 명신의 손아귀에서 완전히 벗어났다고 생각하자 비로소 해방감을 느꼈다.

그러나 그런 기분에 젖기에는 아직 일렀다. 올 때는 아무 생각 없이 명신의 뒤만 따라왔었는데, 막상 나가려고 하니 도무지 어떤 길로 왔는지 종잡을 수가 없었다. 골목길은 미로처럼 꼬불꼬불했고, 집들은 모두 어슷비슷했다. 그는 한참 동안이나 골목길을 헤매다 그녀의 집 앞으로 되돌아오고 말았다. 다행히 그녀는 집 안으로 들어가 보이지 않았지만, 만일 그를 봤다면 '저 남자가 왜 아직까지 안 가고 집 주변을 맴돌지?' 하고 이상하게 생각했을 것이었다. 헌제는 명신의 집 앞에서부터 다시 시작하여 찬찬히 오던 길을 기억해내려고 애썼지만, 어쩐지 같은 장소를 계속 맴돌고 있는 기분이었다. 이런, 이 나이에 동네에서 길을 잃다니! 그는 한참 동안 헤맨 끝에 간신히 큰길까지 나오기는 했지만, 막상 나와보니 그의 작업실에서 버스로 다섯 정류장쯤이나 떨어진 장소였다.

왜 그 여자만 만나면 나쁜 일이 생기지?

그는 큰길을 따라 터덜터덜 걸어가며 그 수다쟁이 여자와 두 번 다시 마주치는 일이 없기를 간절히 바랐다.

# 가지 못한 길

……왼쪽 라인과 앞바퀴 사이의 간격을 약 1~1.2미터 정도로 유지한 채 진입한다. 운전대를 왼쪽으로 돌리며 왼쪽 라인과의 간격을 약 50~60센티미터 정도로 유지하며 천천히 진행한다. 종료 지점을 통과하면 곧바로 우회전하여…….

"여기도 도로 공사! 저기도 도로 공사! 도대체 세상에 얼마나 많은 길들이 필요하다고 생각하는 거야? 정말 바보 같은 짓들이야!"

길을 통과하지 못해, 헌제는 열심히 외우고 있었고 세진은 열심히 욕을 퍼부어대고 있었다. 물론 똑같은 길은 아니었다. 헌제가 통과하려는 길은 운전면허를 따기 위한 기능 시험 코스였고, 세진이 통과하려는 길은 도로 공사 때문에 심한 교통 체증을 빚고 있는 2차선 지방 국도였다. 헌제는 기능 시험에서만 벌써 세 번이나 떨어졌고 이번이 네 번째였다.

……T 자 코스는 운전석 앞바퀴가 왼쪽 라인과 30센티미터 정도 되도록 진입한다. 끝 지점에 다다르기 전에 운전대를 오른쪽으로 4분의 3만큼 돌리고…….

"아마 사람들은 길이 많아질수록 더 행복해진다고 믿는 모양이야. 그런 바보 같은 생각이 어디 있어? 그렇다면 미로 속에 빠진 사람이 가장 행복한 사람인가? 미로 속에는 죄다 길뿐이잖아? 세상에 길이 많아 봐야 결국 선택만 복잡해질 뿐이라고!"

혼자 가겠다며 극구 만류했는데도 시험 통과 요령을 알려주겠다며 부득불 따라나섰으면서 세진은 차가 출발하기 무섭게 자기 말만 떠들어대고 있었다. 저 자식은 도대체 나를 도우러 온 거야, 방해하러 온 거야? 헌제는 고개를 조수석 창쪽으로 돌리고 얼굴을 찌푸렸다. 세진의 말에 자꾸 방해를 받아 코스 통과 요령이 도무지 외워지지가 않았던 것이다.

"저 많은 차들 좀 봐. 저 많은 사람들이 대체 어디를 가고 있는 거지? 저렇게 헤매고 돌아다니다가 기껏 집에 가서야 이렇게 외치는 거야. 역시 집이 제일 편하군! 그걸 알면서도 다음 날이면 또 길 위로 쏟아져나와. 왜? 길이 있으니까! 있어도 너무 많이 있으니까! 그래서 왠지 안 가면 안 될 것 같으니까! 이 길로 가면 저 길로 못 간 것을 후회하고, 저 길로 가면 이 길로 못 간 것을 후회하면서 계속 헤매고만 다니는 거야."

세진은 단지 도로에 대해서만 말하고 있는 것은 아닌 모양이었다. 그는 고개를 절레절레 흔들며 크게 한숨을 쉬더니 중얼거렸다.

"세상에는 목적지는 없고 오직 길밖에 없는 것 같아. 그런데도 또 길을 만들고 있어. 마치 골탕이라도 먹이려는 듯이."

……후진 기어를 넣은 다음 운전대를 왼쪽으로 완전히 감은 뒤, 운전석 쪽 뒷바퀴가 모퉁이를 통과하여…….

"그런데 너, 내 말 듣고 있는 거냐?"

세진이 힐끔 헌제를 쳐다보았다.

"뭐? 무슨 말?"

갑작스러운 질문에 헌제는 운전석 쪽으로 고개를 돌렸다. 세진이 가볍게 한숨을 내쉬었다.

"또 나 혼자 중얼거리고 있었구나. 너는 도대체 남의 얘기를 귀담아 듣는 적이 없나 보지?"

"물론, 듣고 있었지. 하지만…… 나는 지금 운전면허 시험을 보러 가는 중이고…… 네 얘기를 듣고 싶지 않아서가 아니라……."

헌제는 누구한테 비난을 받으면 먼저 말부터 더듬는 버릇이 있었다. 가만, 지금 누가 누구를 탓하고 있는 거야? 헌제는 부아가 치밀었다.

"이봐, 너는 세상에 길들이 너무 많아서 고민인지 몰라도, 내 앞에는 당장 통과해야 할 길들이 있단 말이야. 그놈의 길들을 통과하려면 왼쪽 라인과 차바퀴 간격이 30센티미터여야 하는지 1.2미터여야 하는지, 그걸 외우는 것만으로도 내 머리가 터질 지경이야."

세진은 픽 웃었다.

"30센티미터는 뭐고, 1.2미터는 또 뭐야? 운전하다가 차에서 내려 줄자로 차바퀴 간격을 일일이 재봐야 한단 말이야? 이봐, 그런 건 그냥 눈어림으로 하면 되는 거야."

"너는 운전면허를 받았으니 그렇게 말하지. 하지만 나

는…….”

이번에 떨어지면 벌써 네 번째야, 하고 말하려다 세진한테
흠을 잡힐 것 같아 입을 다물었다. 내가 왜 구태여 그 망할
놈의 운전면허를 따려고 네 번씩이나 시험을 보러 가고 있지?
현제는 세진이 듣지 않도록 조심스레 한숨을 내쉬었다. 유진
이 때문이었다. 아니, 더 거슬러 올라가면 빨간 자동차 때문
이며, 필요 없다는 말을 몇 번씩이나 했건만 유진이를 위해
꼭 필요하다며 그 애물단지를 억지로 떠맡긴 여동생 완제 때
문이었다. 완제가 미국으로 떠난 뒤, 빨간 자동차는 누군가
밤새 몰래 버리고 간 폐차처럼 아파트 주차장 한 모퉁이에 먼
지를 잔뜩 뒤집어쓴 채 놓여 있었다. 그는 그게 어느 집 차냐
는 듯 신경도 쓰지 않았지만, 유진이는 달랐다. 아파트 현관
을 들어가고 나갈 때마다 타고 싶다고 졸라댔고, 자동차를 운
전하려면 면허증이 필요하다는 사실을 할머니로부터 듣고 난
다음부터는 빨리 면허증을 따라고 들들 볶아댔다. 무엇인가
를 갖게 되면 반드시 그만큼의 대가를 치르기 마련인 것이다.

“자전거를 생각해봐. 자전거 탈 때 손잡이를 왼쪽으로 돌
리면 왼쪽으로 가고, 오른쪽으로 돌리면 오른쪽으로 가잖아?

자동차라고 해서 뭐가 다르겠어? 자전거 타면서 앞바퀴는 30 센티미터 간격을 유지하고 어쩌고 하면서 타는 사람이 어디 있어?"

그러다 세진은 갑자기 생각난 듯 물었다.

"그런데 너 자전거는 탈 줄 아니?"

"아니."

세진은 그럴 줄 알았다는 듯이 고개를 흔들었다.


……운전석 앞바퀴가 1~1.5미터 정도의 간격이 되도록 진입한다. 회전 방향 쪽의 라인이 왼쪽 어깨와 일치되면 운전대를 왼쪽으로 완전히 감고 모퉁이를 돌며…….

"바보 같은 짓이에요. 거리에 도로가 저렇게 제멋대로 꾸불꾸불하고 지그재그로 되어 있다면 도로를 똑바로 닦을 생각을 해야지 도로에 맞춰 운전 연습을 해야 합니까?"

헌제가 시험 대기 줄에 서서 열심히 코스 통과 요령을 되뇌고 있는 동안 세진은 앞줄에 서 있던 아가씨를 붙들고 열심히 떠들어대고 있었다.

"운전할 때 진짜 필요한 것은 운전자의 품성이에요. 생각해보세요. 곱창처럼 꾸불꾸불한 도로를 통과하지 못해서 일어나는 사고가 한 해에 몇 건이나 되겠어요. 사고는 대개 술을 마시고 운전했다거나, 차선을 위반했다거나, 무리하게 끼어들기를 했다거나, 뭐 다 그래서 일어나는 거 아닙니까? 그러니까 저 따위 이상한 길들을 얼마나 잘 통과하느냐가 아니라, 운전할 자격이 있는지 없는지 품성 검사부터 해야 해요."

"하지만 그걸 어떻게 검사해요?"

……왼쪽 라인과 앞바퀴 사이의 간격을 약 1~1.2미터 정도로 유지한 채 진입한다. 운전대를 왼쪽으로 돌리며 왼쪽 라인과의 간격을 약 50~60센티미터 정도로 유지하며…….

"이를테면 이런 방법도 있지 않을까요? 시험 보는 사람들한테 물을 잔뜩 먹여 한방에 집어넣은 다음, 화장실에 가려고 가장 먼저 뛰쳐나오는 사람부터 열 명쯤 끊어서 자격을 박탈하는 거예요. 말하자면 참을성 검사인 셈이죠. 아니면 계속 약을 올려 가장 오랫동안 화를 안 내는 사람들한테만 면허증을 주든가."

이번에는 뒤쪽에 서 있던 아주머니들이 요란스럽게 깔깔 웃으며 끼어들었다.

"나는 그런 검사라면 당장 통과할 수 있겠다."

"거, 아저씨 말씀을 참 재미있게 하시네."

"저 아저씨 말이 맞아. 어찌나 난폭 운전들을 해대는지……. 운전면허는 여자들한테만 줘야 해."

이번에는 그 앞에 서 있던 금테 안경의 사내가 말을 받았다.

"여자들이라고 해서 난폭 운전 안 하라는 법이 있나요? 요즘 젊은 여자들이 차를 얼마나 험하게 모는데……."

"아무리 그래도 남자들에 비할까."

뒤쪽에서 누군가가 중얼거렸다.

"예전에는 시험이 이렇게 복잡하지 않았는데…… 진작 면허를 땄어야 했어."

"지금 면허 딴 사람이 십 년 전에 면허 딴 사람보다 운전을 더 잘하란 법도 없는데, 괜히 시험만 까다로워져."

"저기 T 자 코스에 들어간 차는 영 빠져나올 생각을 못 하네. 시동이 꺼진 모양이지?"

……운전석 앞바퀴가 왼쪽 라인과 약 30센티미터 정도 되도록 진입, 끝 지점에 다다르기 전에 운전대를 오른쪽으로 4

분의 3만큼 돌리고…….

금테 안경의 사내가 아주머니들한테 말했다.

"듣자 하니 시험장에 한두 번 오신 분 같지가 않네요."

아주머니들이 호루라기 부는 소리처럼 까르륵 웃었다.

"이 친구는 세 번째고 저는 두 번째밖에 안 돼요."

"저 사람은 이제 날샜네. 한번 시동이 꺼지면 그걸로 끝장이야. 나도 저번에 경사로 넘다가 시동이 꺼졌는데 그다음에는 앞이 안 보이더라구."

"저는 원래 운전을 하던 사람인데, 면허가 취소되는 바람에……."

"좋은 차가 걸려야 해. 그것도 운이야."

"지난번에는 다 통과했는데 마지막 순간에 깜빡이를 켜지 않고 들어오는 바람에 떨어졌어요."

"저 아가씨는 처음 시험 보러 왔다더니 통과했네. 젊은 사람들이 아무래도 감각이 더 낫지."

"설마 그것 때문에 떨어졌을까. 앞에서 계속 감점을 당했으니까 그렇지."

"운전은 잘하는데 다시 면허를 따려니 쉽지가 않더라구요.

필기시험만 두 번 떨어졌어요. 학교 다닐 때부터 연필 들고 하는 시험이라면 영 맥을 못 춰."

"여기 있는 차들은 순 똥차들이니까 클러치를 꽉 밟아야 해."

"난 필기에서 구십삼 점 맞았는데……."

세진이 입을 열기 전까지만 해도 함께 온 사람들끼리만 소곤거리고 있었을 뿐이었는데, 이제 모든 사람들이 한꺼번에 와글와글 떠들어대고 있었다. 세진은 불쏘시개처럼 가는 곳마다 소란을 불러일으켰고, 헌제는 그래서 세진과 같이 다니는 것이 싫었다. 잇몸이 드러나는 아주머니가 세진에게 물었다.

"아저씨는 몇 번째예요?"

"저요? 저는 운전면허가 있는걸요. 저는 다만 제 친구를 도와주러 따라온 것뿐이에요."

뭐? 도와주러 따라와? 헌제는 세진의 뒤통수를 쏘아보았다.

"저 아저씨는 몇 번째인데요?"

"글쎄요. 직접 물어보시죠."

갑자기 사람들 시선이 집중되자 헌제는 당황한 나머지 곧이곧대로 말해버렸다.

"저는 네 번째…… 아니, 저도……."

금테 안경을 낀 사내가 냉큼 말했다.

"젊은 분이 꽤 여러 번 떨어지셨구먼."


　네 번째도 떨어졌다. 세진은 운전대에 상체를 바짝 기울인 채 갑작스럽게 끼어들기를 한 앞차를 향해 욕을 퍼붓고 있었다. 헌제는 길게 한숨을 내쉬며 창밖의 풍경을 바라보았다. 머리카락이 짚단처럼 엉클어진 사내가 차도 위로 걸어가고 있었다. 가을 날씨에 어울리지 않는 두꺼운 모직 코트를 입고 빨간색 이삿짐 노끈으로 허리 부분을 질끈 동여매고 있었는데, 쓰레기 더미에서 따로 주워 신은 듯 신발은 저마다 다른 모양이었다. 켜켜이 껴입은 바지 속에 또 다른 색깔의 바지가 보였다. 색테이프와 풍선으로 치장한 결혼식 차량이 곁을 스쳐 지나갔다. 앞 유리창 와이퍼를 세워 하얀 장갑을 끼워놓았는데, 그것이 좌우로 흔들리는 모습이 마치 '그건 안 돼, 그건 안 돼.' 하고 말하고 있는 것처럼 보였다.

　"운전 학원에는 다녔어?"

세진은 어떻게 위로해야 좋을지 모르겠다는 표정을 짓고 있었지만, 헌제는 대꾸하고 싶은 마음이 들지 않아 눈을 감아버렸다.

"익숙해지면 별것도 아닌데 괜히 시험이라고 긴장해서 그래. 언제 날 잡아서 나랑 운전 연습 좀 할까?"

"아니. 필요 없어." 헌제는 고개를 저었다. "운전면허 시험 따위는 이제 안 볼 거야."

"몇 번 떨어졌다고 해서 그럴 것까지는 없잖아. 우리 누나 중에 하나는 열 번 떨어지고 아직까지 면허를 못 땄는데 뭐."

"너는 누나가 도대체 몇 명이냐?"

"뭐?"

"툭하면 '누나 중에 하나'라고 하잖아. 동남아 관광 갔다가 코끼리한테 밟혀 죽을 뻔한 누나도 있고, 건망증 때문에 그릇 가게에 아기를 두고 온 누나도 있고, 해군 장교하고 결혼한 누나도 있고…… 그래, 발바닥에 티눈이 나서 목발 짚고 다닌다는 누나도 있잖아?"

세진이 픽 웃었다.

"일곱 명. 난 외아들에 막내고. 누나가 일곱 명쯤 되면 온갖 사건이 다 일어날 만도 하잖아?"

"일곱 명이면…… 좀 많기는 많구나. 그럼 운전면허 시험에
열 번 떨어진 누나는 몇째 누나냐?"

"여섯째. 그 누나는 미국에 살고 있지. 정확히 말하면 아홉
번 떨어졌어. 열 번째는 시험도 못 보고 돌아왔다니까. 미국
에서는 코스 시험 없이 곧바로 도로 주행 시험을 보거든. 조
수석에 시험 감독관이 앉아서 채점을 하지. 그런데 아홉 번
떨어지고 나니까 시험 감독관을 맡으려는 사람이 아무도 없
더래. 시험 보는 동안 두 번 충돌 사고를 일으키고 일곱 번은
거의 충돌 직전에 차를 세웠으니까."

"그 누나도 나처럼 출발도 못 해보고 떨어진 적이 있어?"

정확히 말하면 출발은 했지만 뒤로 출발한 것이었다. 차에
올랐는데 가속페달을 밟아도 도무지 차가 움직이지 않았다.
한참 뒤에야 앞서 시험 본 운전자가 시동을 끄고 내렸다는 사
실을 알아차리고 부랴부랴 다시 시동을 걸었다. 그런데 이번
에는 기어가 말을 듣지 않았다. 당황한 나머지 이것저것 밟고
틀고 돌리고 해서 겨우 기어를 바꾸기는 했는데, 그것이 하필
후진 기어였다. 급브레이크를 밟아 간신히 차를 세우자 시험

감독관이 달려와 차에서 내리라고 했다. 시험 감독관을 오래 했지만 뒤로 출발하는 사람은 처음 본다는 말과 함께. 아마 함께 줄을 서 있었던 사람들은 혀를 차며 이렇게 중얼거렸을 것이다. 쯧쯧, 여러 번 떨어질 만도 하구만. 그리고 자신이 목격한 사실을 두고두고 화젯거리로 삼을 것이었다. 내가 예전에 본 어떤 사람은 말이야, 글쎄 출발하자마자 뒤로 가더라고.

"글쎄…… 하지만 내가 보기에는 우리 누나보다는 상황이 나은 데 뭘."

세진은 그렇게 말하더니 킥킥 웃었다.

"그러고 보니까 내가 너한테 '누나 중 하나'라며 얘기했던 누나는 다 여섯째 누나구나. 코끼리한테 밟혀 죽을 뻔하고, 그릇 가게에 아기 두고 오고, 발바닥에 티눈이 나서 목발을 짚고 다니고…… 해군 장교와 결혼한 누나는 둘째 누나지만. 하여튼 그 누나는 어렸을 때부터 사고가 끊이지를 않았어. 한번은…… 그러니까 내가 대학교 졸업할 때였을 거야. 아니, 막내 누나 졸업식 때였나? 어쨌든 음식점에 가서 코트를 벗는데, 글쎄 치마를 안 입고 온 거야."

"뭐?"

"깜박 잊고 치마를 입지 않은 채 그냥 코트만 걸치고 집을 나왔던 모양이야. 겨울이니까 코트 속에 뭘 입고 있는지 누가 알게 뭐야. 그러다가 음식점에서 코트를 벗었는데…… 맙소사! 팬티스타킹만 신고 있지 뭐냐."

세진은 웃느라 제대로 말을 잇지 못했고, 헌제도 웃음이 나오려 했지만 억지로 눌러 참았다. 저 녀석한테는 허점을 보이면 안 돼!

"그래서 어떻게 했어?"

"보통 여자들 같으면 얼른 집에 가고 싶어 할 테지만, 그 누나는 그런 일로는 눈썹 하나 까딱 안 해. 코트를 입은 채 식사하고, 찻집에 가서 커피도 마시고, 심지어는 노래방까지 갔다니까. 더 웃기는 일은, 장소를 옮길 때마다 무심코 코트를 벗는 거야. 그리고 그때마다 치마를 안 입고 왔다는 사실을 새로 깨닫는 거지. 아참, 치마를 안 입고 왔지! 치마 안 입고 온 것을 무슨 반지 안 끼고 온 정도로 생각하나 봐."

헌제도 세진을 따라 웃지 않을 수가 없었다.

"그래서 나는 어렸을 때부터 그 누나를 제일 좋아했어. 그 누나를 보고만 있어도 마음이 다 편해질 정도였지. 나는 완벽한 사람은 싫어. 세상에 완벽한 사람이 어디 있겠어? 그저 다들 완벽한 척할 뿐이지. 하지만 완벽한 척한다는 것부터 완벽하지 못하다는 증거야."

세진이 자신을 위로하고 있다는 생각이 들어 헌제는 그의 옆모습을 힐끔 쳐다보았다. 이 녀석은 보기보다 괜찮은 녀석일지도 모른다는 생각이 처음으로 들었다.



연화는 호프집을 겸한 양념 치킨 가게 한구석에 벽에 어깨를 기댄 채 앉아 있었다. 헌제도 몇 번 닭 배달을 시켜 먹은 적이 있는 가게였다. 그는 연화가 앉아 있는 앞자리에 엉거주춤 앉으며 실내를 둘러보았다. 탁자는 파리를 잡는 끈끈이처럼 끈적끈적했고, 천장 가까이 벽에 달린 선풍기에는 검은 때 먼지가 잔뜩 쌓여 있어 저것이 과연 돌아갈지 의심스러웠다. 헌제는 두 번 다시 이 가게에서 닭을 시켜 먹지 말아야겠다고 생각했다. 광대뼈가 유난히 튀어나온 여자가 주방에서 닭을 튀기고 있다가 무엇을 시키겠느냐는 표정으로 쳐다보았다. 탁자 위에는 연화가 시킨 닭튀김과 맥주병이 손도 대지 않은 채

고스란히 놓여 있어서, 그는 따로 주문하지 않았다. 그는 연화를 쳐다보지 않는 척 벽에 걸린 달력 쪽으로 눈길을 돌렸지만, 그녀가 이미 많이 취해 있음을 눈치챌 수 있었다. 다른 곳에서 한잔하고 온 모양이었다. 두 사람은 한동안 서먹서먹하게 앉아 있었다. 한참 만에 연화가 먼저 입을 열었다. 또박또박한 목소리를 들으니 생각만큼 많이 취하지는 않은 모양이었다.

"밤늦게 불러내서 미안해. 오빠가 그런 거 싫어하는 줄 알지만……."

"아냐. 그렇지 않아. 그냥 조금 갑작스러워서……."

"부담스러워할 것 없어. 이 동네에 사는 친구가 집들이를 한다기에 왔다가 오빠 생각이 나서 전화한 거니까."

"부담스럽지 않아."

연화가 부담스럽다기보다는 주방에서 닭을 튀기고 있는 주인 여자가 더 부담스러웠다. 주방과 손님 자리가 너무 가까워 아무리 작은 소리로 말을 하더라도 다 들릴 것만 같았다.

"예전에는 이 동네에 자주 왔었는데…… 그게 아주 오래된 옛날처럼 동네가 낯설게 느껴져."

"………."

"충치 치료는 다 했어?"

"응. 대충."

"그런데 오늘은 왜 시큰둥해? 이번에는 치질이라도 생겼어?"

"아, 아냐…… 그렇지 않아."

"뭐가? 치질이 생기지 않았단 말이야?"

"그게 아니라…… 내 말은…… 시큰둥하지 않았단 말이야."

연화는 쿡쿡 웃었다.

"내가 자꾸 전화해서 귀찮지?"

"아냐, 그렇지 않아."

"아냐, 그렇지 않아, 말고는 달리 할 얘기가 없어?"

연화는 그를 빤히 쳐다보았다. 술기운에 데워진 연화의 뺨은 붉게 상기되어 있었고, 헌제는 손을 뻗어 그 뺨을 어루만져 보고 싶었다. 그러나 그는 손을 뻗는 대신 손톱을 물어뜯었다.

"나는…… 그러니까 나는…… 너를 어떻게 대해야 좋을지 모르겠어."

"뭘 어떻게 대해?"

"네 말대로 벌써 오랜 세월이 지났잖아. 그리고 나는……."

마음의 정리를 한 상태잖아, 하는 말을 어떻게 완곡하게 표현해야 좋을지 몰라 그는 머뭇거렸다.

"내가 다시 새로 시작하자고 할까 봐?"

"아니, 그런 게 아니라……."

그는 주방 쪽을 힐끔 쳐다보았다. 주인 여자는 튀김 그릇 쪽으로 등을 돌린 채 분주하게 손을 놀리고 있었는데, 그들의 대화를 엿듣고 있는지는 알 수가 없었다.

"그냥…… 어떻게 대해야 좋을지 모르겠다는 거야. 친구라고 할 수도 없고, 동생이라고 할 수도 없고, 그렇다고……."

"연인이라고 할 수도 없고?"

헌제는 입을 다물었다. 연화에게 다른 곳으로 자리를 옮기자고 말해볼까? 그러나 그러기에는 탁자 위에 술과 안주가 너무 많이 남아 있었다. 그것이 아깝다는 생각보다는 주인 여자가 이상하게 여기지 않을까 싶었던 것이다. 연화도 잠시 입을 다물고 술잔을 만지작거렸다.

"나, 결혼해."

"뭐?"

헌제는 가슴이 철렁 내려앉는 느낌이 들었고, 내색하지 않으려고 공연히 닭다리를 집어 들었다. 그러나 먹을 마음이 생기지 않아 그냥 들고 있었다.

"농담 아냐. 이미 날짜까지 잡았어."

"누, 누가 농담이래?"

"사실 그 얘기를 하려고 온 거야."

"내게 말하지 않고 그냥 결혼해도 상관없잖아. 그러니까 내 말은…… 구태여 그럴 필요까지 없다는 거지."

"축하는 안 해주고?"

"축하? 물론 축하해. 당연히 축하해야지."

혹시 자신의 말이 비딱하게 들리지나 않을까 싶어 헌제는 연화의 표정을 살펴보았으나 연화가 빤히 쳐다보고 있는 바람에 시선을 얼른 손에 들고 있던 닭다리 쪽으로 옮겼다.

"좋은 사람이야. 나한테도 잘해주고."

"그래? 다행이구나."

"결혼식에 오라는 말은 하지 않을게."

"해도 내가 어떻게 가겠니?"

"이제라도 나를 붙잡고 싶은 생각은 안 들어?"

"너는 무슨…… 꼭 내가 너를 차버리기라도 한 것처럼 말하는구나."

그러나 헤어지자고 먼저 말한 사람은 분명 헌제였다. 그런데 그때 그 표현을 어떻게 했는지 도무지 생각이 나지 않았다. 적어도 '니네 엄마가 인제 그만 만나래.' 하고 말하지는 않았을 것이다. 어쨌든 그는 연화를 위해서도 그 선택이 나았다고 믿어왔고, 아직도 그렇게 믿고 있었다. 한 번 결혼한 적이 있고 더구나 애까지 딸린 남자와 결혼하는 것은 연화에게 너무 감당하기 어려운 일이라고. 문제는 그것만이 아니었다.

연화가 빙글빙글 웃으며 헌제의 손을 가리켰다.

"그런데 그 닭다리 먹을 거야?"

"응? 아니."

헌제는 닭다리를 그릇에 내려놓고 주방을 돌아보았는데, 그 순간 주인 여자와 눈길이 마주쳤다. 그 김에 그는 "아주머니, 여기 얼마지요?" 하고 묻고는 연화에게 말했다.

"술 그만하고 다른 곳에 가서 차나 한잔하자. 여기는 왠지 답답해서 숨이 막혀."

아직 가을이 지나가지 않았지만 밤공기가 차갑게 느껴졌다. 그의 동네는 주택가여서 마땅히 갈 만한 찻집이 없었다. 좀 더 번화한 거리로 나가면 찻집이 있었지만 두 정류장쯤 떨어져 있었다. 헌제는 별로 할 말도 없고 말할 기분도 아니어서 아파트 울타리를 따라 입을 다문 채 터벅터벅 걸어갔다. 술기운 때문인지 연화는 오소소 한기가 도는 모양이었지만, 결혼할 상대가 있다는 사실을 안 이상 옷을 벗어 걸쳐줄 수도 없는 노릇이었다.

연화가 결혼을 한다. 연화가……. 헌제는 머릿속에서 그 말을 여러 번 되새겨보았다. 따지고 보면 연화가 결혼한다는 사실을 알기 전과 알고 난 뒤가 다를 이유도 없었다. 그는 연화를 잊은 듯이 살아왔고, 심지어는 그녀가 이미 결혼해서 가정을 꾸리고 있으리라는 짐작까지 하고 있었다. 짐작이 기정사실로 바뀌었다고 해서 마음이 동요할 이유가 없었다. 아파트 단지를 지날 때 그는 유진이가 잘 자고 있을지 궁금했다. 늦은 시간이어서 번화한 곳까지 간다 해도 문을 연 찻집이 있을 성싶지 않았다. 설사 문을 연 찻집이 있다 해도 차를 마시며 마주 앉아 할 말도 없었다.

179

"나, 오빠 화실에 가고 싶어."

화실이 있는 건물 곁을 지날 때 연화가 말했다.

"화실? 글쎄……."

화실에 가면 분위기가 더 어색해지지 않을까 싶어 헌제는 머뭇거렸다. 예전에는 연화와 둘이 오붓하게 화실에 있는 일을 즐겼지만, 지금은 그때와 상황이 엄연히 달랐다. 그들은 어쨌거나 헤어진 연인 사이였고 연화는 곧 다른 남자와 결혼할 여자였다. 그러나 이것저것 구실을 둘러대기가 귀찮아 연화가 하자는 대로 따르기로 했다.

길에서 연화가 추워하던 생각이 나서 사무실에 들어서자마자 헌제는 난로에 불부터 피웠다. 오랫동안 불을 때지 않은 난로여서 검은 연기가 피어올랐다. 연화는 마치 어릴 적에 살던 동네를 다시 찾아온 사람처럼 감회 어린 눈빛으로 실내 풍경을 죽 훑어보았다.

"커피 타줄까?"

연화는 고개를 끄덕였고, 헌제는 어색한 공기를 희석시키기 위해 냉장고 문도 열어보고 찬장 문도 열어보며 공연히 부산하게 움직였다.

"이 그림은 지금도 그 자리에 있네."

"어? 무슨 그림?"

"하얀 눈 위에 하얀 토끼들이 눈 감고 노는 그림."

연화는 쿡 웃었지만 헌제는 웃지 않았다. 예전에도 마찬가지였다. 연화는 분위기가 어색하거나 기분을 바꿔보려고 할 때는 곧잘 농담을 했지만, 헌제는 농담에 익숙하지 않아 그 말이 농담인지 진담인지 파악하는 데만도 한참 걸렸다.

"요즘도 삽화 그려?"

"응? 삽화…… 그리지. 이제는 거의 삽화 쪽이 더 익숙할 정도야. 자, 커피 마셔. 난로를 피우니까 냄새가 나지? 문을 좀 열어둘까?"

"좋을 대로."

커피를 끓이고 문을 열어놓자 더 이상 서성댈 만한 일이 없어졌다. 헌제는 연화가 앉아 있는 맞은편 의자에 앉아 남의 집을 처음 방문한 사람처럼 주위를 두리번거렸다. 예상했던 대로 그다지 할 말이 없었다. 그래도 입을 다문 채 멀뚱멀뚱 앉아 있을 수만도 없어서 뭔가 얘깃거리를 찾으려 했지만 아무 생각도 나지 않았다.

"너, 운전할 줄 아니?"

한참 만에 꺼낸 말이 고작 그랬다. 낮에 운전면허 시험에 떨어진 일이 문득 떠올랐기 때문이었다.

"운전? 그야 물론이지. 아직 차는 없지만 면허증은 있어. 그건 왜 물어?"

"그냥. 낮에 운전면허 시험을 봤는데 떨어졌어."

"오빠가 운전면허증 딸 생각을 했단 말이야?"

연화는 아주 신기한 이야기를 들었다는 표정으로 물었다.

"응. 완제가 빨간 자동차를 한 대 줬거든. 여동생 말이야."

"빨간 자동차?"

헌제는 그냥 자동차라고 말하는 편이 나았으리라 생각했다.

"결혼해서 미국에 갔거든. 그래서 나한테 떠맡기고 갔는데, 유진이가 그 차를 볼 때마다 자꾸 태워달라고 조르잖아. 그래서……."

"내가 태워줄까?"

"아니, 그럴 필요는…… 그럴 처지가 아니잖아."

헌제는 우울하게 신발 끝을 내려다보았다. 그제야 실내화를 신지 않은 채 화실에 들어왔음을 깨달았다. 연화도 무심결에 '내가 태워줄까?' 하고 물었던 모양이었다. 역시 그럴 처지가 아니었다. 헌제는 운전면허 시험 본 이야기를 꺼낸 것을 후회했다. 또 대화가 끊어졌고 분위기가 점점 더 어색하게 느껴졌다. 한참 만에 연화가 말했다.

"유진이가 아직도 나 기억해?"

"응. 나도 몰랐는데 가끔 느닷없이 네 얘기를 꺼낼 때가 있어."

"나, 이상한 여자 같아 보여?"

"아니. 왜?"

"그렇잖아. 결혼을 앞두고……."

연화는 말끝을 어찌 맺을지 몰라 어물거렸고, 헌제는 연화의 발을 내려다보았다. 연화는 실내화를 신고 있었다. 생각해보니 그 실내화도 어느 선물 가게에서 연화와 함께 산 것이었다. 화실 안 여기저기에 그녀와 함께 산 물건들이 숨어 있었다. 병따개, 머그잔, 차 숟가락, 라면 냄비, 과도, 벽시계……. 연화도 눈치채고 있었을 것이다.

"내가 혹시 오빠한테 상처를 입히지 않았는지 그게 늘 마음에 걸려."

"아냐, 그렇지 않아."

여자들은 결혼을 앞두고 예전에 헤어진 남자가 상처를 입었는지 안 입었는지가 궁금할까? 그렇지 않을 것 같았다.

"오빠가 먼저 결혼을 했으면 내 마음이 조금 더 가벼울 뻔했어."

"쓸데없는 소리. 저기……."

"응?"

"창문 닫을까? 이제 냄새도 나간 것 같은데……."

"좋을 대로."

헌제는 창문을 닫으며 건물 뒤 주택가의 골목길을 내려다보았다. 술 취한 사내가 전봇대를 붙들고 먹은 것을 게워내고 있었고, 배낭을 멘 여학생 둘이 그 곁을 멀리 돌아서 지나갔다. 그 골목길은 어둠침침해서 여학생들이 지나다니기에는 위험할 듯싶었다. 연화가 무슨 말을 하든 이제 아무런 감정의 동요도 일지 않았다. 그저 이런 민망스러운 분위기에서 벗어나고 싶다는 생각뿐이었다. 결혼 따위는 두 번 다시 하지 않을 생각이었다. 아내와 결혼하지 않았던 상태로, 아니 아예 만나지도 않았던 시절로 돌아갈 수만 있다면 무슨 대가를 치러도 좋으리라고 생각해왔었다. 연화도 마찬가지였다. 사랑은 오랜 시간 동안 공들여 성을 쌓고 한꺼번에 무너뜨리는 바보 같은 장난에 지나지 않는다. 연화는 다시 연락을 하지 않는 편이 나았다. 그녀를 다시 보기 전에는 그리움이었던 감정이 이제 점점 지겨움으로 바뀌고 있었다. 겨우 아문 상처 딱지를 손톱으로 긁어 덧나게 할 필요는 없는 것이다.

헌제는 민망한 분위기에서 벗어나려고 창가에서 되도록 꾸물거렸는데, 돌아서니 바로 뒤에 연화가 서 있었다. 그리고 그의 품으로 와락 뛰어들어 안겼다.

"아니, 이런……."

그는 화들짝 놀라 연화를 밀쳐냈다. 품에 안기려다가 완강하게 밀려난 연화는 고개를 숙인 채 우두커니 서 있었다. 적잖은 용기를 내어 한 행동이니만큼 적잖은 모욕감을 느꼈으리라. 무심결에 연화를 밀쳐내기는 했지만, 헌제는 이 사태를 어떻게 수습해야 할지 난감하기 짝이 없었다.

"연화야, 나는…… 그러니까…… 이래서는 안 되잖아. 그러니까 너는…… 결혼하기로 한 상대가 있고…… 그리고 또…… 이런 분위기는 뭐랄까……."

연화는 돌아서서 의자에 걸쳐놓았던 손가방을 집어 들었다. 헌제는 얼른 연화의 팔을 잡았다가 달궈진 숯덩이라도 잡은 듯이 뜨악해하며 재빨리 손을 뗐다.

"미안해. 나는 네가 아닌 줄 알았어. 아니, 그게 아니라…… 그러니까 내 말은…… 네가 거기 서 있을 줄 몰랐다는 뜻이지. 그래, 그냥 깜짝 놀랐던 거야. 너는 그런 적 없니? 무슨 생각 하다가 갑자기 누가 어깨를 툭 치면 무심결에 손을 뿌리쳐버리는…… 뭐, 그런 경우라고 할 수도 있겠지. 내 말은……."

헌제는 진땀을 뻘뻘 흘렸고, 연화는 어이가 없다는 듯이 쿡 웃었다. 헌제는 의자에 풀썩 주저앉았다.

"뭐가 뭔지 나도 모르겠다."

무슨 말이라도 해주면 숨통이 좀 트일 것 같았지만, 연화는 그저 우두커니 서 있을 뿐 아무 말도 하지 않았다. 돌덩이처럼 무거운 침묵이 흘렀고, 두 사람은 그 침묵 속에 갇혀버린 듯 꼼짝도 하지 않았다. 꽤 오랜 시간이 지난 뒤에 연화는 체념한 목소리로 입을 열었다.

"오빠는 꼭 고슴도치 같아. 다가가고 싶은데…… 가까이 갈 수가 없어."

헌제는 뭔가 하고 싶은 말이 잔뜩 있었지만, 그게 무슨 말인지 스스로도 알 수가 없어 답답했다. 미안하다는 말일까, 고맙다는 말일까, 섭섭하다는 말일까, 축하한다는 말일까?

"엄마한테 오빠 만난 얘기 다 들었어. 하지만 나한테까지 꼭 그렇게 가시를 들이밀어야 해? 그래야 해? 한 번쯤 붙잡는 척이라도 해줄 수 없었던 거야?"

그녀의 목소리에는 울음이 배어 있었고 코를 훌쩍이는 소리도 들렸다. 헌제는 무심결에 탁상용 휴지를 쳐다보았고, 이런 상황에서 고작 휴지나 떠올린 자신이 두들겨 패주고 싶을 만큼 미웠다.

"나 그만 갈게."

연화는 그렇게 말하고도 한참 동안 머뭇거렸다. 그는 연화를 이대로 보내고 싶지 않았지만 붙잡을 자신도 없었다. 사랑을 쟁취하기 위해 용감무쌍하게 싸울 배짱도 물론 없었지만, 사랑이 그렇게 싸워서 쟁취할 만큼 가치 있는 것인지 확신도 없었다. 모든 일이 다 그렇듯이 사랑도 이루어지고 나면 그다음에는 무너지는 일밖에는 남지 않는 것이다. 그 허망한 일을 무엇 때문에 또 되풀이해야 한단 말인가. 연화는 문을 나서며 말했다.

"나랑 결혼하는 그 남자도 한 번 이혼한 적 있는 남자야. 유진이만 한 사내아이도 하나 있어."

문 닫는 소리가 들렸지만 헌제는 자리에서 일어서지 않은 채 붉게 달아오른 난로만 멍하니 쳐다보고 있었다. 눈에 고인 눈물 때문에 난로가 커다란 원형의 불꽃으로 보였다. 저런 색깔을 만들려면 라이트 버밀리언에 레몬옐로를 섞으면 되겠구

나. 아니, 이제 더 뿌옇게 보이네. 옐로를 더 섞어야겠는걸. 그러나 옐로를 더 섞을 필요도 없었다. 눈물이 주르륵 흘러내리자 난로의 형체가 보였던 것이다. 바보 같은 자식…… 그는 자신의 목을 졸라 죽여버리고 싶었다.

# 빨간 자동차

아내와 함께 바닷가 호텔 식당에 앉아 있는 꿈을 꾸었다.
그들은 바다 쪽을 향한 넓은 창가에 앉아 있었다. 아내는 뭔
가 트집을 잡아 화를 내고 있었고, 헌제는 건너편 식탁에 앉
아 있는 여자의 뒤통수를 바라보고 있었다. 종업원 아가씨가
그 여자가 바로 영국 여왕이라고 얘기해주었기 때문이었다.
그 여자는 신문에서 보았던 것처럼 금발이 아니라 짧게 커트
를 친 검은 머리였다. 영국 여왕이 왜 이런 허름한 호텔 식당
에 앉아 있지? 그것도 시중드는 사람 하나 없이. 고개를 돌
려 앞을 바라보니 아내는 이미 사라지고 대신 그 자리에 세진
과 연화가 앉아 있었다. '사실은 내가 연화랑 결혼할 남자야.'

세진이 웃으며 말했다. '그래서 우리는 결투를 해야 해.' 그러자 영국 여왕이 엑스캘리버처럼 생긴 긴 칼 두 자루를 가져와 탁자 위에 올려놓았다. '어느 칼을 잡을지 먼저 정해.' 세진이 연화의 어깨에 손을 걸친 채 말했다. '결투 따위는 하고 싶지 않아.' 헌제가 자리를 박차고 일어서 식당을 나서려 하는데 세진이 칼을 들고 뒤쫓아왔다. '안 돼. 결투를 해. 그래야 나는 연화랑 결혼할 수 있어.' '싫어!' 헌제는 바닷가로 달아났고 세진은 캥거루처럼 깡충깡충 뛰는 이상한 말을 타고 뒤쫓아 왔다. 그때 갑자기 옆에서 커다란 파도가 그를 덮쳤는데 무섭다는 느낌보다는 시원하다는 느낌이 들었다.

어렴풋이 정신이 들자, 헌제는 몸이 제멋대로 빙빙 돌아가고 있는 느낌이 들어 눈을 몇 차례 껌벅였다. 너무 어지러워 멀미라도 할 듯 속이 메스꺼웠다. 곁에 인기척이 느껴져 고개를 돌려보니 수영장 강사 아가씨가 책을 읽고 있는 모습이 보였다. 그는 아직도 꿈을 꾸고 있나 보다 생각하고 눈을 감았다. 그러나 꿈이 아니었다.

"아니, 여기서……."

뭘 하는 겁니까. 그는 그렇게 말하려고 했지만, 입에서는 겨우 웅얼거리는 소리만 나왔을 뿐이었다. 그녀는 마침 따분하던 참에 잘됐다는 듯이 어깨를 뒤로 젖히며 가볍게 기지개를 켜더니, 읽던 책을 탁자 위에 놓고 자리에서 일어섰다. 책은 건성으로 읽고 있었던 모양이었다. 명신은 창가에 앉아 있었고 헌제는 눈을 제대로 뜰 수 없었기 때문에 창을 등지고 있는 명신이 한 덩어리의 검은 그림자처럼 보였다.

"이제 정신이 좀 들어요?"

"뭐요?"

"도대체 무슨 술을 기절할 정도로 마셔요?"

"기절이라니……?"

"집에서 떡을 했기에 가져왔는데 문을 두드려도 안에서 아무 소리가 없더라구요. 그래서 아저씨가 외출했나 싶었지만 혹시나 해서 손잡이를 돌려봤어요. 그랬더니 아저씨가 얼굴이 하얗게 질린 채로 거기 누워 있잖아요? 아무리 흔들어도 깨어날 생각을 안 해서 얼굴에 물을 뿜었더니, 그제야 눈을 뜨고 뭔가 중얼거리더군요. 차라리 날 죽여라……? 그거 설마 저더러 한 말은 아니겠죠?"

헌제는 몸을 일으키려고 버둥거렸지만 뒤집힌 딱정벌레처럼 꼼짝도 할 수 없었다.

"그냥 누워 계세요. 얼굴에 물을 뿜는 건 아는 할머니한테 배운 처방이에요. 집에서 양치질을 하고 왔으니까, 입에 넣은 물을 아저씨 얼굴에 뱉었다고 해서 더럽게 생각하지는 마세요. 아까는 조금 다급한 생각이 들었거든요. 기운 차리면 세수하세요."

어젯밤 일이 아물아물 되살아나며 그에게 안기려다 밀려나 고개를 푹 숙이고 있던 연화의 모습이 떠올랐다. ……나랑 결혼하는 그 남자도 한 번 이혼한 적이 있는 남자야. 유진이만 한 사내아이도 하나 있어……. 바로 어젯밤 일이었지만 아득한 옛날 일처럼 느껴졌다.

"지금 몇 시지요? 제가 얼마나 이러고 누워 있었습니까?"

"지금은 두 시예요. 아저씨가 얼마 동안 기절해 있었는지는 제가 알 수 없죠. 어쨌든 저는 여기 온 지 두 시간쯤 됐어요."

"기절한 게 아니라…… 그런데 두 시간 동안이나 여기 있었단 말입니까?"

"혼자 내버려 두고 갈 수도 없잖아요."

저 여자가 두 시간 동안 여기서 뭘 했을까. 헌제는 머리가 쪼개지는 것처럼 아팠다.

"그런데 술에 취했던 거예요, 아니면 어디가 아파서 기절한 거예요? 아저씨 입에서 술 냄새가 나기는 하지만, 여기에는 술병이 하나밖에 안 보이던데."

명신은 바닥에서 소주병을 집어 들어 보여주었는데 그 안에는 아직 술이 반쯤 남아 있었다. 어젯밤 연화가 가고 난 뒤 가까운 편의점에서 사 온 것이었다. 안주도 없이 병째로 벌컥벌컥 들이켜다가 그만 정신을 잃고 쓰러진 모양이었다. 소주 반병 마시고 혼수상태가 될 정도로 취했다고 하면 웃음거리가 될 게 뻔했다. 하지만 소주 반병이면 헌제에게는 거의 치사량이었다.

"글쎄, 기절한 게 아니라니까……."

"저는 수영 안전 요원 자격증까지 있는 사람인데 기절한 것과 잠자는 것을 구분하지 못할까 봐요? 기절했을 때는 호흡이 가늘고 맥박도 아주 천천히 뛰어요. 그래서 그 상태가 오래가면 자칫 목숨을 잃을 수도 있어요. 맥박이 천천히 뛰기 때문에 체온이 점점 떨어지거든요. 난로가 켜져 있어서 그나마 다행이에요. 기름이 다 떨어졌는지 연기가 많이 나기는 했지만."

그녀는 생명의 은인이라는 소리라도 듣고 싶은 모양인지 목숨을 잃을 수도 있다는 대목을 강조했다. 그 말에 헌제도 불현듯 유진이를 떠올렸다. 내가 죽으면 유진이는 어떻게 되는 거지? 그러고 보니 연락도 없이 외박을 한 셈이었다. 유진이와 어머니가 걱정 많이 했을 텐데…….

"왜, TV에서 사고 현장 뉴스 같은 걸 보면 구조 요원들이 희생자들을 구하자마자 담요부터 뒤집어씌우잖아요? 그것도 체온 보호를 위해서예요. 피를 많이 흘렸다거나 탈진했다거나 해서 신체 기능이 저하되면, 체온이 많이 떨어지거든요."

"그런데 여기 있는 동안 혹시 저희 집에서 전화가 오지 않았습니까?"

"아뇨. 그런데 전화기가 어디에 있나요? 친구한테 전화를 하려고 찾아보니까 안 보이던데……. 그래서 저는 전화도 없이 지내시나 보다, 생각했죠. 요즘에는 전화기를 따로 놓지 않고 핸드폰만 가지고 다니는 사람들도 많으니까. 만일 핸드폰

요금이 전화 요금만큼 싸다면 그것도 괜찮은 방법이라고 생
각해요."

"아, 이런······."

전화는 냉장고 안에 있었다. 성가신 전화들 때문에 그림을
그리는 데 자꾸 방해받게 되자 홧김에 전화 코드를 뽑아 냉
장고에 처박아버렸던 것이다. 헌제는 몸을 일으키려 했지만
눈앞이 온통 까매지는 느낌이 들었다. 명신이 그 모양을 보고
가볍게 고개를 흔들었다.

"전화기가 어디 있는지 알려주시면 제가 대신 해드릴게요."

"아뇨, 그럴 필요는······."

낯선 여자가 전화해서 '댁의 아드님이 여기 정신을 잃고 누
워 있다.'고 하면 어머니 가슴이 철렁 내려앉을 게 뻔했다. 하
지만 어쨌든 연락은 해야 했다.

"전화기는 냉장고에 있을 겁니다. 전화 코드는 책상 밑에
있구요. 통화는 하지 말고 번호만 눌러 저를 주세요."

명신은 냉장고 쪽으로 걸어가며 종알거렸다.

"전화기를 차갑게 식혀서 전화 거는 습관이 있나 보죠?"

"그게 아니라······."

헌제는 속이 메스꺼워 말할 기운도 없었다. 명신이 냉장고 안을 들여다보며 말했다.

"전화뿐 아니라 시계도 들어 있네요. 시간을 알고 싶을 때마다 냉장고 문을 열어보나요?"

"아뇨. 그냥 째깍거리는 소리가 너무 시끄러워서……."

명신이 전화 코드를 꽂으려고 책상 밑으로 기어 들어가자 목소리가 작게 들렸다.

"저는 언젠가 이런 전화 코드가 없어질 날이 올 거라고 생각해요. 그렇잖아요? 핸드폰이 보편화되면 구태여 전화를 따로 놓고 살 필요가 없잖아요. 요즘도 개나 소나 죄다 핸드폰을 가지고 다니니까."

명신이 다시 책상 밑에서 나오자, 헌제는 자신이 개나 소의 부류에 속하지 않아 다행이라고 생각하며 집 전화번호를 알려주었다.

"사람들이 핸드폰 사용하는 모습을 보면 어떤 때는 묘한 생각이 들기도 해요. 그렇잖아요? 무선전화니까 공중 전파를 타고 전달될 텐데, 사람들의 온갖 사연들이 허공에 둥둥 떠다니고 있다고 생각해보세요."

명신은 전화번호를 누르는 동안에도 계속 좋알댔고, 헌제
는 손과 입을 따로 움직일 수 있다는 사실이 무척 신기하게
여겨졌다.

"만일 핸드폰의 공중전파를 잡는 장치가 있다면, 저는 그 장
치를 꼭 살 거예요. 악취미라고 하실지도 모르겠지만, 저는 다
른 사람들 대화를 엿듣는 걸 무척 좋아하거든요. ……전화를
안 받는데요. 집에 아무도 없나 봐요. 왜 전화가 혼선이 되어
우연히 다른 사람의 통화를 엿듣게 되는 일이 있잖아요? 그러
면 저는 전화를 끊지 않고 가만히 엿듣고 있어요."

유진이와 할머니가 잠깐 산책을 나갈 수도 있었지만, 헌제
는 혹시 명신이 자기 얘기를 하느라 전화번호를 잘못 누르지
않았을까 싶어 "미안하지만 다시 한번만 해주겠습니까?"하
고 정중하게 말하고는 전화번호를 한 자씩 또박또박 불러주
었다. 명신은 다시 전화번호를 눌렀다.

"뭐 특별히 은밀한 얘기가 튀어나올까 싶어 기대하고 듣는
건 아니에요. 남의 통화를 듣고 있으면 사람들은 저마다 다
그저 그렇게 시시하게들 살고 있구나, 하는 생각이 들어요.
한번은 어느 사위와 장모가 다투는 통화를 엿들은 적이 있었

어요. 남편이 홧김에 아내를 때리자, 아내는 친정으로 가버리고, 장모는 따지고, 남편은 변명하고…… 뭐, 대충 그런 줄거리더라구요. ……여전히 안 받는데요."

명신은 수화기를 딸깍 내려놓았다.

"그런가요? 어쨌거나 본의 아니게 폐를 끼쳤군요. 이제 좀 괜찮은 것 같아요."

명신이 그만 나가주기를 바라며 그렇게 말했지만, 사실은 조금도 괜찮지가 않았다. 머리는 지끈지끈 아팠고, 속은 뒤집어질 듯이 쓰렸고, 더욱 나쁘게도 온몸의 뼈마디 하나하나가 똑똑 분질러질 듯이 쑤셨다. 그녀가 나가주기만 하면 끙끙 신음 소리를 낼 판이었다. 그러나 그녀는 전혀 돌아갈 기색이 아니어서 헌제는 "바쁘실 텐데……." 하고 한 번 더 암시를 주었다.

"아니에요. 네 시까지는 한가해요. 그 시간에 수영 강습이 한 차례 더 있거든요. 사실은 떡을 전해주고 나서 친구를 잠깐 만나려고 했는데, 이제는 시간이 어중간하게 되어버렸네요. 아참, 떡 좀 드시겠어요?"

"아뇨. 지금은……."

"그럼 여기 냉장고 위에 놓아둘게요."

명신은 그렇게 말하고는 이제부터 본격적으로 수다를 시작 해보겠다는 자세로 자리에 돌아와 앉았다.

"당사자들한테야 심각한 문제겠지만, 통화를 엿듣는 제삼 자 입장에서는 어디 그런가요. 그저 흔해빠진 사건 가운데 하 나로만 여겨질 뿐이죠. 세상살이가 다 그렇잖아요? 크고 작은 문제들이 벌어지고, 그것 때문에 골머리를 썩이고, 서로 지 지고 볶으며 싸우고, 이 남자가 이 여자를 사랑하면 이 여자 는 저 남자를 사랑하게 되고, 저 남자는 또 이 여자를 사랑하 고……. TV 연속극을 보면 매일 그 얘기잖아요?"

그녀는 마치 눈앞에 이 남자와 이 여자가 있다는 듯이 손가 락으로 가리키며 말했다. 그러나 헌제는 명신의 이야기를 건 성으로 들으며 연화를 생각하고 있었다. 연화와 결혼하기로 한 그 남자, 이혼하고 애까지 딸렸다는 그 남자는 연화의 어 머니를 어떻게 설득했을까. 그 남자는 호텔에서 당황한 나머 지 주스 잔을 넘어뜨리는 어리석은 실수를 저지르지는 않았 을 것이다. 설사 그랬다 하더라도 종업원을 불러 당당한 목소 리로 '이것 좀 치워주시겠소?' 하고 말했을지도 모르지. 그러 나 아무 상관 없는 일이다. 연화와 결혼했다고 해서 지금보다

더 나아졌으리란 보장도 없었다. 괜찮아. 나는, 나는 혼자서
도 잘할 수 있어……. 또 눈물이 나오려고 했다. 그때 명신이
뭐라고 물었고, 그는 "아뇨, 괜찮아요." 하고 대답했다.

"네?"

명신의 어리둥절한 목소리에 헌제는 뭔가 대답이 어긋났음
을 깨닫고는 멍청하게 "네?" 하고 되물었다. 명신은 어이가
없다는 듯이 장난스럽게 다시 "네?" 하고 되물으며 웃었다.

"커피 한잔 타 마셔도 되냐고 물었어요."

"아, 아! 그럼요, 얼마든지 타 드세요. 죄송합니다. 지금 정
신이 오락가락해서……."

"그러실 테죠. 하지만 저는 때로 어떤 사건 속에 휘말려들
어 보고 싶은 충동을 느끼곤 해요."

무슨 이야기 끝에 하는 말인지 연결이 안 됐지만, 헌제는
알아들은 척 "아, 네에." 하고 맞장구를 쳐주었다.

"아버지가 돌아가신 다음부터 우리 집 시계는 완전히 멎어
버렸어요. 완전히! 우리 집에서는 아버지가 사건을 일으키는
유일한 사람이었거든요. 뭐, 대단한 사건은 아니지만, 이를테
면 식구들한테 아무 말도 하지 않은 채 어느 날 갑자기 트럭

을 한 대 사서 몰고 온다거나, 잘 다니던 직장을 때려치우고 버섯 양식을 한다거나, 퇴직금으로 아무 쓸모도 없는 돌산을 사들인다거나, 뭐 그런 식이죠. 버섯 찌개를 먹으면 버섯 재배를 해봐야겠다고 생각하고, 꿀차를 마시면 양봉업을 해봐야겠다고 생각하는, 왜 그런 사람들 있잖아요? 그러다 마지막 사건을 일으키셨죠. 트럭을 몰고 강원도 산길을 가다가 절벽 아래로 꽝!"

명신은 남의 아버지 얘기를 하듯이 말했다.

"주전자에 물이 끓는 것 같은데요."

"알고 있어요. 커피 물은 오래 끓여야 맛있거든요. 그다음부터 저희 집에서는 아무 사건도 일어나지 않아요. 하다못해 형제들 가운데 누가 결혼을 한다거나, 조카가 돌을 맞는다거나, 뭐 이런 경조사라도 있어야 하는 거 아닌가요? 오빠들은 마흔이 다 되도록 결혼도 안 하고 오직 직장과 집 사이만 오락가락해요. 마치 태엽 감아놓은 장난감 병정들처럼 말이에요. 게다가 어머니는 꼭 '전설의 고향'에 나오는 청승맞은 과부 꼴을 하고 아예 대문 밖에 나갈 생각조차 안 해요. 안방 장롱 안에 십오 년 전에 돌아가신 아버지 양복이 아직까지 걸

려 있다는 게 믿어져요? 만화영화 같은 데 보면 갑자기 시간
이 멈춰 모든 사람들이 우뚝 멎어버리는, 왜 그런 마법 있잖
아요? 저는 꼭 우리 집이 그런 마법에 걸린 것 같아요. 그런데
커피 잔은 어디에 있죠?"

"커피 잔은······."

헌제는 억지로 자리에서 일어나 앉았다. 하늘이 빙글빙글
돌아가고 속이 울렁거렸다.

"아, 여기 있네요. 좀 더 누워 계세요. 그런데 커피가 아직
담겨 있네."

명신은 어젯밤 연화가 마시던 커피 잔을 들고 개수대 쪽으
로 갔다.

"시간의 마법에 걸리지 않은 사람은 저밖에 없는 것 같아
요. 우리 집 식구들은, 이를테면 주민등록등본을 떼려면 어
디로 가야 하는지조차도 모르는 사람들이에요. 그래서 저는
초등학교 시절부터 동사무소에 가서 주민등록도 떼고 인감도
떼고 그랬어요. 그거야 아무나 붙잡고 물어보면 되잖아요? 덕
분에 심부름값은 많이······."

"저····· 죄, 죄송하지만······."

헌제가 몸을 일으키며 다급하게 말했고, 명신은 무슨 일이냐는 듯 고개를 돌렸다.

"저, 저를 화장실에 좀 데려다주세요. 토할 것 같아요."

"어머나, 저런……."

명신이 재빨리 달려와 겨드랑이에 손을 넣어 부축했으나 헌제는 다리가 후들후들 떨려 폭삭 허물어질 것만 같았다. 여자의 부축을 받으며 다른 사무실 앞을 지나는 일이 무엇보다 끔찍했지만, 그래도 명신이 빤히 보고 있는 앞에서 먹은 것을 토하는 일보다는 나을 것이라고 생각했다. 재수만 좋으면 다른 사무실의 문이 닫혀 있을 수도 있을 것이었다.

그러나 운 나쁜 일은 연달아 일어나기 마련이었다. 화실 문을 나서자 다른 사무실 직원들이 옹기종기 모여 있는 광경이 눈에 띄었고, 헌제는 명신에게 다시 돌아가자고 말하고 싶은 심정이었다. 미역처럼 흐느적거리는 사내가 어깨가 떡 벌어진 여자의 부축을 받으며 나타나자, 사람들은 가르마를 가르는 것처럼 양옆으로 쫙 갈라지며 길을 터주었다. 헌제는 기관총 세례를 받으며 적진을 돌파하는 기분이었으나, 명신은 헌제의 그런 심정에는 아랑곳없이 재수 좋게 불자동차를 얻어 타게 된 아이처럼 신바람 나는 목소리로 "자, 자, 환자가 지나가니까 길 좀 비켜주세요!" 하고 외쳐댔다. 어이쿠, 맙소사! 하는 소리가 목구멍까지 치받쳐 올라왔지만, 그보다 먹은 것이 치받쳐 올라올까 봐 헌제는 한쪽 손으로 입을 꽉 틀어막고 있었다.

그러나 막상 화장실 변기에 도착하자 아무것도 토할 수 없었다. 어제 저녁을 먹은 다음부터 아무것도 먹지 않았으니 위장에 토할 만한 내용물이 있을 턱이 없었다. 고통스러운 헛구역질에 시큼한 위액과 씁쓸한 담즙이 섞인 액체만 조금씩 쏟아져 나왔고, 그의 얼굴은 눈물 콧물로 범벅이 되었다.

명신의 부축을 받으며 다시 화실에 돌아와 눕자 그나마 남아 있던 기운마저 죄다 빠져나간 기분이었다. 이런 빌어먹을! 나는 왜 이 모양이지. 수영을 하면 턱이 빠지고, 술을 마시면 치통을 앓거나 기절을 하니……. 그리고 저 여자는 그때마다 현장에 있었지. 헌제는 자포자기의 심정이 되어 명신이 있거나 말거나 신경을 쓰지 않기로 마음먹었다.

"아무래도 댁에 돌아가서 쉬시는 게 낫겠어요."

명신이 걱정스러운 표정으로 말했다. 헌제도 그녀가 없는 곳에 가서 마음 편히 쉬고 싶었지만, 그녀의 부축을 받으며 집까지 갈 수는 없는 노릇이었다. 그는 갑자기 화실에 유배된 기분이 들었다.

"댁이 먼가요?"

"아뇨, 하지만 다리에 힘이 없어서 걸을 수가 없어요."

"구급차를 부를까요?"

"아, 아뇨. 그러지 마세요."

그 말에 헌제는 깜짝 놀라 몸을 반쯤 일으켰다가 다시 풀썩 떨어지며 중얼거렸다.

"그랬다가는 저희 어머니가 심장 발작을 일으킬지도 몰라요."

"그럼, 아주머니한테 연락해서 요 앞으로 차를 가져오라고 하면 안 될까요?"

헌제는 '아주머니'가 누구를 지칭하는 것인지 잠시 어리둥절했으나 이내 깨닫고는 "전화를 안 받는다면서요." 하고 얼버무렸다. 그는 이미 재혼하여 다른 남자와 살림을 차린 여자한테 전화를 걸어 '지금 당신의 전남편이 쓰러져 있으니 차를 가지고 오시오.' 하는 광경을 상상해보고는 속으로 쓰게 웃었다. 그러나 그는 이혼한 아내가 어디에서 사는지조차 모르고 있었다. 그러다 문득 아파트 주차장에 세워둔 빨간 자동차 생각이 났다.

"혹시 운전하실 줄 아세요?"

어젯밤 연화한테도 물었던 물음이었다.

"운전요? 물론 하죠. 아직 차는 없지만 면허증은 있어요. 왜요?"

연화도 그와 비슷하게 대답했던 것 같았다. 헌제는 새삼 고개를 들어 명신을 바라보았다. 연화와 닮은 구석이라고는 단한 군데도 없었다. 그녀의 얼굴은 까무잡잡하고 햇볕에 타서 살갗이 벗겨진 등처럼 얼룩덜룩한 자국들로 덮여 있었다. 코볼이 방울처럼 두드러져 보였고, 갸름한 뺨에 비해 입이 너무커서 전체적으로 보면 마치 입이 머리 뒤까지 찢어져 있는 인형극의 손 인형과 같은 인상을 주었다.

"저희 아파트 주차장에 자동차가 세워져 있거든요. 혹시 폐가 되지 않는다면……."

헌제가 말을 끝내기도 전에 명신이 냉큼 말했다.

"폐 될 게 뭐가 있겠어요. 하지만 아저씨 자동차한테는 폐가 될지도 모르겠네요. 아니, 농담이에요. 저는 운전을 꽤 잘 해요. 제 차는 없지만 가끔 친구랑 스키장 같은 곳에 갈 때는 번갈아 운전하면서 가기도 하는걸요. 아저씨 사시는 아파트가 어디죠?"

헌제는 동만 알려주고 호수는 알려주지 않았다.

"그 동 주차장 어딘가 세워져 있을 겁니다. 자동차 열쇠는 냉장고에 있어요. 냉동 칸에."

그 말에 명신은 눈동자를 한 바퀴 돌리며 '맙소사!' 하는 표정을 지었다.

"진짜 다용도 칸칸냉장고네요. 차 번호는 뭐죠?"

"예?"

"차 번호요. 차 번호를 알아야 찾을 수 있잖아요."

"글쎄…… 모르겠네요."

"그럼 무슨 차예요?"

"밝은 크림슨 색깔의 차예요."

"크림슨?"

명신이 되묻자 헌제는 무심결에 물감 이름을 댔음을 깨달았다.

"아, 빨간색, 그러니까 불자동차처럼 빨간 게 아니라 그보다 좀 더 밝은 빛깔의⋯⋯."

"아니, 제 말은 차 종류가 뭐냐는 거예요. 아반테니, 코란도니 하는 그런 거요."

"그것도 모르겠는데⋯⋯."

"아저씨 차 아니에요?"

"동생이 줬어요. 그리고 저는 운전할 줄도 모르고⋯⋯."

"아무리 그래도 그렇지⋯⋯."

그녀는 두 손 들었다는 표정을 지으며 양팔을 들어 보였다.

"알겠어요. 가서 빨간 자동차마다 열쇠를 꽂아봐야겠군요. 운이 좋으면 찾겠죠."

명신이 열쇠고리에 손가락을 끼워 빙빙 돌리며 씩씩한 걸음으로 문을 나서자 헌제는 비로소 혼자가 됐다는 안도감에 한숨을 쉬며 눈을 감았다. 건물 뒤 주택가 골목에 생선 파는 트럭이 온 모양이었다. 갈치나 조기, 싱싱한 고등어 있어요⋯⋯ 오징어, 가자미, 물 좋은 생선이 있어요⋯⋯ 지글거리는 스피커를 통해 흘러나오는 녹음된 목소리가 자장가 가락처럼 단조롭고 아득하게 들렸다. 그는 머릿속에 뭉실뭉실한 솜뭉치

가 굴러다니는 듯한 기분이 들었고, 연화가 한 말들을 되새겨
보다가 이내 혼곤한 잠에 빠져들었다.



"아빠!"

말랑말랑한 고무공 같은 것이 배에 부딪치는 감촉이 느껴
졌다. 유진이가 그의 배에 얼굴을 비비고 있었다.

"어? 네가 여기 웬일이냐?"

그는 일어나 앉으며 유진이를 가슴에 품어주었다. 한잠 자
고 났더니 몸이 한결 나아진 듯했다. 뒤따라 명신이 들어왔다.

"운전석에 앉는데 저 애가 나타나 왜 우리 차 훔쳐 가느냐
고 따지잖아요."

"나 그렇게 말 안 했어."

"그런 걸 농담이라고 하는 거야. 아빠한테 간다고 하니까
따라가겠다고 해서 같이 왔어요."

"뭐?"

헌제는 얼굴을 조금 찌푸렸다. 낯선 사람이 아빠한테 가니
까 함께 가자고 하면 어떻게 하지? 절대로 따라가면 안 돼!

그건 대소변 가리기보다도 먼저 가르쳤던 규율 제1호였다. 이 녀석, 집에 가면 따끔하게 혼내줘야지. 유진이도 아빠의 표정이 바뀌는 것을 눈치챘는지 재빨리 변명을 덧붙였다.

"할머니가 따라가도 된다고 했어."

"할머니도 계셨어?"

"응, 할머니랑 산책하고 와서 집에 들어가려고 했는데 저 아줌마가 아빠 차를 타잖아."

"아줌마가 아니라 언니라니까."

"응, 저 언니가 아빠 차를 탔어."

유진이는 고분고분 말 잘 듣는 아이처럼 곧바로 정정했다.

"얘 할머니한테 뭐라고 말씀드렸죠?"

"그냥 사실대로 말씀드렸어요. 아저씨는 화실에 계시는데 술을 마시고 몸이 좀 불편해서 차가 필요하다고 했죠. 왜요? 그렇게 말씀드리면 안 되나요?"

"아뇨, 뭐……."

"그리 걱정하는 눈치는 아니셨어요. 잘 다녀오라는 말씀까지 하시던걸요. 그래서 저는 이런 일이 종종 있나 보다 생각했죠."

"우리 아빠는 술 안 마셔."

"내가 보기에도 그럴 것 같구나."

유진이와 어머니를 만나게 되리라고는 미처 예측하지 못했다. 술 마시고 외박한 일이야 적당히 둘러대면 그만이었지만, 어머니가 명신을 본 이상 또 며칠 동안 성가신 일이 생길 것이 뻔했다. 어머니는 가뜩이나 그의 주변에 여자가 있나 없나 촉각을 곤두세우고 있는 판이었으니, '그 여자는 단지 수영 강사일 뿐이며, 나와 아무 관계도 없다'는 해명이 쉽게 먹혀들어 갈 것 같지 않았다. 그는 갑자기 머릿속까지 주름살이 잡히는 기분이 들었다.

"아빠, 아줌마가 나 수영 가르쳐준대."

"언니라니까."

"응, 언니가."

"수영?"

"응. 이 언니 수영 선생님이래."

"월·수·금 두 시에 아이들반을 가르쳐요. 그때 보내세요. 제가 사무실에 얘기해서 할인 쿠폰 끊을 수 있나 알아볼게요."

"아니, 그보다······."

"왜요? 얘도 수영장에 들어가면 턱이 빠지는 특이체질인가요?"

"그런 건 아니지만……."

"턱이 빠지는 게 뭐야?"

유진이가 묻자 명신이 눈을 찡긋해 보이며 대꾸했다.

"그런 게 있어. 나중에 얘기해줄게."

헌제는 유진이를 수영장에, 그것도 명신이 있는 수영장에 보냈을 경우 일어날 수 있는 문제들을 재빨리 머릿속에 그려보았다.

"글쎄, 저는 이 아이를 한 번도 수영장에 보내본 적이 없는데요."

"알아요. 유진이가 그렇다고 하더군요. 수영은 빨리 가르칠수록 좋아요. 물에 겁을 내지 않을 나이에 배워야 빨리 배우거든요. 저는 좀 늦었어요. 아버지를 따라 산에 갔다가 계곡물에 빠진 경험이 있거든요. 왜 계곡물은 별로 깊어 보이지 않잖아요? 바위에 서 있다가 한 발 내딛는데, 발이 바닥에 닿지 않는 거예요. 지금 생각해보면 기껏해야 어른 가슴 깊이밖에는 안 됐을 텐데……."

"그래서 어떻게 했어?"

"이런, 어른한테는 존댓말을 써야지."

"괜찮아요. 언니가 허우적허우적거리는 꼴을 보고 아버지가 번쩍 들어 올렸지. 새끼 고양이 안아 올릴 때처럼 이렇게."

명신은 두 손으로 보이지 않는 고양이를 안아 올리는 시늉을 해 보였다.

"기분이 어땠어?"

"존댓말!"

"무슨 기분? 아버지가 안아 올렸을 때, 아님 물에 빠졌을 때?"

"물에 빠졌을 때."

"물 마시다가 실수로 코에 물이 들어갔을 때하고 비슷한 기분이야. 너는 그런 적 한 번도 없니?"

"없어."

"유진아! 아빠 말 안 들어?"

"그럼…… 눈물이 나오려고 할 때 코끝이 찡하잖니? 그런 기분하고도 비슷하지."

"코끝이 찡한 게 뭔데……요?"

"글쎄…… 언니가 유진이 코를 한 대만 때리면 코끝이 찡한 게 뭔지 알 수 있을 텐데. 한번 해볼래?"

"싫어!"

명신이 주먹으로 코를 겨냥하자 유진이는 손으로 코를 감싸 쥐고 달아났고, 헌제는 그 모습을 멍하니 바라보았다. 만난 지 불과 30분도 안 되었을 텐데 어떻게 저렇게 쉽게 친해질 수 있는지 이해가 가지 않았다. 유진이는 그리 사교적인 편이 아니어서 연화를 처음 대면시켰을 때에도 계속 아빠 뒤에 숨기만 했었다. 연화가 처음 그의 집을 방문한 날에는 느닷없이 한밤중에 깨어 서럽게 엉엉 울어대기도 했었다. 이유를 물

어도 아무 대꾸도 없이 계속 울기만 했다. 그때 헌제는 유진이 가슴속에 아직 엄마에 대한 기억이 남아 있음을 깨닫고 몹시 충격을 받았다. 그리고 유진이가 연화에게 꽤 친숙해졌을 무렵에 헌제는 연화와 헤어졌다. 상처는 어른 가슴에만 남는 것이 아니라 어린 가슴에도 남는다.

유진이가 뒤에서 그의 목을 끌어안으며 명신을 향해 "때려 봐, 때려봐." 하며 놀렸고, 명신은 쫓아갈 시늉을 해 보였다. 헌제는 자리에서 일어나며 말했다.

"자, 이제 그만 집에 가자."


저녁에 민제와 규제가 집에 왔다. 헌제의 바로 밑에 동생인 민제는 현관에 들어서자마자 투덜거리기 시작했다.

"뭐야, 아프다더니 말짱하잖아."

그 말에 헌제가 어머니를 힐끔 돌아보자 어머니는 다른 곳을 쳐다보는 척했다. 작은 일을 크게 부풀려 형제들을 소집하는 일은 어머니 취미 가운데 하나였다. 지난번에는 유진이가 유치원에서 '스스로 하는 어린이'로 뽑혀 '칭찬 딱지' 한 장

받아 온 일을 마치 전국 규모 대회에서 표창장이라도 받은 듯 떠벌려 형제들을 불러 모으기도 했었다. 민제는 달려드는 유진이를 공중으로 번쩍 들어 올려 안으며 수염이 잔뜩 돋은 턱을 유진이 뺨에 비볐고, 유진이는 "따가워." 하면서도 까르륵 웃었다.

"물론 말짱하지. 엄마 전화 받을 때 너도 짐작했을 텐데."

그는 동생의 바지를 바라보며 말했다. 심하게 구겼다가 다시 펴놓은 신문지처럼 잔뜩 주름이 져 있었다. 아마 한 달 내내 한 번도 갈아입지 않았을 것이다. 민제는 헌제와 세 살 차이지만 아직 결혼을 하지 않은 채 사무실에서 먹고 자고 있었다. 사무실이라고는 하지만 그가 도대체 무슨 직업을 갖고 있는지 가족 가운데 구체적으로 아는 사람은 아무도 없었고, 헌제도 그저 컴퓨터로 하는 일이라는 정도만 알고 있을 뿐이었다. 따지고 보면 남자 형제 가운데 막내인 규제가 하는 일도 마찬가지였다. 그는 서울 근교에 있는 연구소에서 일하고 있었는데, 무슨 연구를 하고 있는지는 설명을 들어도 알 수 없었다. 헌제가 이해한 바로는 그저 통신기기 부품 가운데 뭔가를 개발하는 '최첨단 연구'라는 정도였다. 규제는 연구소

숙소에 들어 있었는데, 결혼하면 회사에서 아파트도 제공한다고 하지만 민제와 마찬가지로 결혼에는 관심도 없었다.

"엄마 말에 따르면 형이 길에서 쓰러져 정신을 잃었다던데."

규제가 소파에 털썩 주저앉으며 투덜거렸지만 갑자기 불려와 기분 나쁘다는 표정은 아니었다. 그들 형제는 이미 이런 소집에 익숙해져 있었다.

"뭐? 내가 길에서?"

헌제가 돌아보자 어머니는 얼른 변명을 덧붙였다.

"내가 언제 길에서 쓰러졌다던? 그냥 정신을 잃었다고 했지."

"어쨌든 정신을 잃은 것만은 사실인 모양이군."

"아니, 그냥 술을 좀 마시고 취해서 잤을 뿐이야."

"술을? 아빠가 술을 마셨다고?"

민제가 유진이한테 묻는 말투로 말했고, 규제도 놀랍다는 눈으로 헌제를 바라보았다.

"그건 정말 가족들을 소집할 만한 사건인데."

"내가 술을 마실 때마다 달려와야 한다면, 너희는 아마 이집에 눌러 살아야 할걸."

별로 우습지 않은 농담 몇 마디를 주고받은 뒤 세 형제는 텔레비전 화면을 쳐다보며 우두커니 앉아 있었다. 민제와 규제도 헌제와 마찬가지로 사교적인 편은 못 되어서, 세 형제가 한자리에 만나도 달리 화젯거리를 찾지 못한 채 멀뚱멀뚱 앉아 있다가 헤어지기 일쑤였다. 그래도 오랜 세월 동안 서로의 성격에 익숙해져 있어 어색한 느낌은 들지 않았다. 도리어 그들은 억지로 대화를 나눌 필요가 없는 상대를 만나 편한 기분이었고, 심지어는 세상 모든 사람들이 우리 형제와 같다면 얼마나 좋을까 생각하기도 했다. "완제라도 없었으면 나는 아마 숨이 막혀 집을 뛰쳐나갔을 게다." 이 재미없는 세 형제를 두고 어머니는 종종 그렇게 투덜대곤 했다. 사실 형제들 가운데 그나마 사교적인 사람은 여동생 완제뿐이었다. 완제는 깡통로봇처럼 뻣뻣한 오빠들 사이에서 윤활유 같은 노릇을 하곤 했다. 이것저것 화젯거리를 찾아내고 대화를 이끌어 분위기를 매끄럽게 만들었으며, 때로는 스스로 화젯거리를 만들어내기도 했다. 그들 가운데 뭔가 사건을 일으키는 사람은 오직 완제뿐이었으니까.

헌제는 주방 쪽을 힐끗 돌아보았다. 저녁을 준비하는 어머니 뒷모습이 뭔가 따지고 있는 듯이 보였다. 할 말이 있다거나

불만이 있을 때 어머니는 손동작이 커지고 분주해지는 버릇
이 있었다. 그리고 그것은 아마 형제들을 불러 모은 이유이기
도 할 것이었다. 헌제는 공연히 불안해졌다.

"이럴 때 완제라도 있었으면······."

저녁 식사를 하며 어머니가 중얼거렸지만, 세 아들은 '이럴
때'가 어떤 때인지 아무도 이해하지 못했고, 별로 궁금해하지
도 않았다. 하고 싶은 말을 결국 당신 스스로 털어놓을 도리
밖에 없으리라는 것은 어머니도 익히 알고 있을 터였다.

"젓가락으로 집어야지 그렇게 손으로 집어 먹으면 못써."

헌제는 유진이가 부침개를 손으로 집어 먹는 것을 보고 얼
굴을 찌푸렸다.

"젓가락을 쓰는 게 아직 서툰 모양이지?"

규제가 유진이에게 물었고, 민제는 젓가락을 쥔 유진이 손
을 물끄러미 바라보았다. 그러고는 그만이었다. 세 형제는 다
시 말없이 톱밥 난로에 톱밥을 집어넣듯 입에 밥을 퍼 넣었
다. 오직 밥을 먹기 위해 모인 사람들처럼. 그런 모습을 한두
번 본 것도 아닐 텐데 어머니는 분통이 터지는 모양이었다.

"너희는 어째 다들 그 모양이냐?"

"저희가 뭐 어때서요?"

규제가 대꾸했고, 민제는 어머니 얼굴을 쳐다보았고, 헌제는 유진이가 젓가락 놀리는 모습을 지켜보았다. 유진이는 다른 어른들처럼 젓가락으로 밥을 집으려 했지만 정작 젓가락 위에 올려진 밥알은 몇 알 되지도 않았다. 헌제는 밥은 숟가락으로 뜨라고 말해주고 싶었다.

"형제끼리 만나서 할 말이 그렇게도 없니?"

"무슨 말을 해야 하는데요?"

규제가 멍청하게 되묻자 어머니는 어이가 없다는 표정이었다.

"그걸 나한테 묻니? 형제 사이에 뭔가 관심이 있으면 이것저것 얘기라도 주고받아야 할 것 아니냐."

"글쎄요…… 저는…….."

규제가 그렇게 더듬거리는 것을 신호로 세 형제는 서로 얼굴을 쳐다보았다.

"뭐, 문제 있는 사람이라도 있나요?"

민제가 애써 웃으며 묻자 어머니는 넌덜머리가 난다는 듯이 고개를 저으며 한숨을 쉬었다.

"내가 보기에는 너희 다 문제 덩어리들 같다. 싸워서 말을 안 하는 거라면 억지로 화해라도 시키지. 이건 원······."

"엄마도 참, 뭘 새삼스럽게······."

그래도 막내라고 규제가 애교를 떨어보려고 했지만, 차라리 통나무가 애교를 떠는 편이 나을 정도였다. 어머니는 마침내 결심이라도 한 듯이 말했다.

"도대체 너희 결혼은 안 할 거냐?"

그 '너희' 속에 자신도 포함되어 있다고 생각하자, 헌제는 입에 든 밥이 진짜 톱밥처럼 느껴졌다. '너희'라고 표현했지만 어쩌면 헌제만을 겨냥한 말일 수도 있었다. 민제도 톱밥을 입에 문 사람처럼 떨떠름하게 말했다.

"언젠가 인연이 닿으면 하겠죠, 뭐."

"노력도 않고?"

"저희가 노력을 하는지 안 하는지 엄마가 어떻게 아세요?"

규제도 투덜거렸다.

"안 봐도 뻔하지. 선보러 나가서 우두커니 밥만 먹고 앉아 있는 남자를 어느 여자가 좋아해."

"그럼 딱히 할 말이 없는 걸 어떻게 해요."

선보러 나가서 밥만 먹고 온 장본인인 민제가 중얼거렸다.

어머니는 지겹다는 듯이 내쏘았다.

"너희 장가보내느니 차라리 내가 시집을 가고 말겠다."

그 말에 세 형제는 일제히 입가에 웃음을 띠었다.

"그거 괜찮은 생각이네요. 마음에 둔 영감님이라도 있으세요?"

규제가 웃으며 말하자 유진이가 눈을 동그랗게 뜨고 물었다.

"할머니, 시집갈 거야?"

"쓸데없는 소리!"

어머니는 생선 살을 발라 유진이 입에 집어넣었고, 유진이는 다시 한번 물었다.

"할머니, 진짜 시집갈 거야?"

"아냐, 삼촌들이 괜히 찔리니까 실없는 소리 하는 거야."

어머니는 세 아들을 향해 골고루 눈을 흘겼고, 유진이는 고집스럽게 말했다.

"나는 할머니 시집가는 거 싫어."

"유진아, 그런 걸 농담이라고 하는 거야."

"아빠 차를 훔쳐 간다고 따지지 않았는데 따졌다고 말하는 것처럼?"

"그건 또 무슨 소리야?"

규제의 묻는 소리에 헌제는 가슴이 뜨끔했다.

"아까 아빠 화실에 온 수영장 아줌마, 아니, 언니가 그렇게 말했어. 그런 걸 농담이라고 한다고."

"수영장 아줌마? 아빠 사무실에 왔어?"

민제는 유진이와 헌제를 번갈아 쳐다보았고, 어머니는 이 좋은 기회를 내가 놓칠까 보냐는 듯이 재빨리 물었다.

"그런데 그 여자 누구냐?"

마치 지나가는 말투처럼 물었지만, 그것이 바로 어머니가 형 제들을 불러 모은 이유일 게 뻔했다. 헌제는 신경이 곤두섰지 만 애써 별일 아니라는 태도를 꾸며 대꾸했다.

"그냥 아무 여자도 아니에요."

"아무 여자도 아니다? 무슨 문법이 그래? 여자가 아니라는 거야, 여자는 여잔데 모르는 여자라는 거야?"

"내 말은……."

"너는 말을 좀 새겨서 들어라. 형 말은 아무 관계도 없는 여자라는 뜻이지."

"하지만 엄마가 형과 그 여자가 어떤 관계냐고 물어본 것도 아니잖아. 그러니까 문법에 맞게 하려면……."

"아니, 그 여자는……."

"엄마가 그 여자가 누구냐고 물었을 때는 관계를 물은 거지, 그 여자 신분을 물은 거냐?"

"하지만 만일 누가 '저 사람 누구냐'고 물었을 때 관계를 물었다고 생각해야 해?"

갑자기 어머니가 소리를 빽 질렀다.

"형 말 좀 듣자! 문법은 웬 문법!"

민제와 규제는 헌제를 돌아보았다. 어머니의 화살이 자신들을 겨눈 것이 아니었다는 사실을 깨닫고는 안심하는 표정이었다. 헌제는 그 표정들을 보자 갑자기 괘씸한 생각이 들어 '그 여자는 내 애인이야.' 하고 선포하고 싶은 충동을 느꼈다. 그러나 그것은 어디까지나 사실이 아니었다.

"그 여자는, 그저 내가 예전에 다니던 수영장 강사일 뿐이야."

"수영장 강사가 왜 형 화실에 들락거려?"

"들락거리는 게 아니라……."

"수영장 강사라고 해서 화실에 들락거리지 말라는 법이 어디 있어? 수영장 강사가 아니라 코끼리 조련사라고 해도 그렇지. 친하기만 하다면……."

"아니, 친한 게 아니라니까."

"할머니, 코끼리 조련사가 뭐야?"

"코끼리를 훈련시키는 사람이야. 아니, 그런데 왜 또 난데없는 코끼리냐? 제발 헌제 말 좀 듣자."

가족들 눈길이 일제히 자신에게 쏠리자, 헌제는 재빨리 유진이 표정부터 살폈다. 그러나 유진이 얼굴에서 호기심 말고는 다른 심리적 변화를 찾아낼 수 없었다. 헌제는 자신이 우스꽝스러운 옷차림을 하고 무대에 올라선 광대처럼 느껴졌다.

"분명히 말할게. 그 여자는 내가 다니던 수영장 강사고, 어제 내가 술에 취해서 자는데 우연히 화실에 들렀을 뿐이야. 집에서 떡을 해서 전해주려고 왔대."

"떡?"

"그래, 떡! 명절에 떡을 전하러 온 게 뭐가 이상해? 나는 다리가 후들거려서 도저히 걸을 수가 없어서 그 여자한테 집 앞에 있는 자동차를 가져와 나를 좀 데려가 달라고 부탁했고, 그 여자는 그 부탁을 들어주려고 왔다가 우연히 유진이와 엄마를 만나게 된 것뿐이지. 그게 다야. 됐어? 그러니 제발 쓸데없는 상상 좀 그만했으면 좋겠어."

"우리가 무슨 상상을 했는데?"

"뻔하잖아. 내가 그 여자와 무슨 대단히 친밀한 관계라도 되는 듯이……."

"아니, 난 그런 상상 안 했어. 그리고 친밀한 관계라도 그렇지. 그게 어쨌다는 거야? 형이 여자 사귀는데 우리가 이래라저래라 할 형편도 아니잖아."

"사귀는 게 아니라니까!"

헌제는 갑자기 짜증이 솟구쳐 소리를 질렀다. 규제가 얼떨떨한 표정으로 형을 바라보며 중얼거렸다.

"누가 뭐래?"

# 아비 된 자의 임무

"안녕하세요!"

계단에 올라서자, 유진이네 유치원 선생님이 꾸벅 머리를 숙여 인사했다. 그 여자는 회색 원피스 위에 분홍색 니트 카디건을 걸치고 있었는데, 유진이를 유치원 버스에 태울 때 자주 본 얼굴이었다. 헌제는 마주 인사를 하며 혹시 늦은 게 아닐까 싶어 교실 안을 힐끔 들여다보았다. 늦기는커녕 너무 일찍 도착한 듯했다.

"아이 이름이……?"

"유진입니다. 권유진."

"아, 유진이 아빠시구나."

그 여자는 책상 위에 놓인 봉투 속에서 이름표를 찾아 헌제에게 내밀었다. 그가 아는 한, 유치원 교사들 목소리에는 한결같이 약간의 어리광이 섞여 있었다. 아이들과 함께 지내다 보니 목소리까지 닮게 된 모양이었다.

"가슴에 달고 안으로 들어가서 기다리세요."

헌제는 이름표를 받아 쥐고 잠깐 망설였다. 일찍 들어가 봐야 교실 뒤에 우두커니 서서 호기심에 찬 아이들 눈길이나 받고 있을 게 뻔했기 때문이었다. 그렇다고 이름표까지 받은 마당에 다시 밖으로 나가기도 뭐했다. 그는 노란 색종이에 검정 매직으로 '권유진'이라고 쓴 이름표를 가슴에 달고 교실 안으로 들어갔다. 그런 이름표를 달고 있으니 갑자기 유치원 아이가 된 기분이 들었지만 어색하기보다는 재미있게 느껴졌다. 교단 뒤 칠판에는 '나래유치원 아버지 참관 수업'이라고 쓴 현수막이 붙어 있고, 그 앞에 아이들이 작은 버섯들처럼 옹기종기 모여 있었다. 헌제는 그 속에서 금세 유진이를 찾을 수 있었다. 유진이는 곁에 앉은 여자아이와 이야기를 나누다가 가끔씩 아빠를 돌아보았는데, 헌제는 그런 유진이의 모습이 왠지 낯설게 느껴졌다.

"요즘도 수영장에 나가십니까?"

그때 누군가 그에게 말을 걸어왔다. 돌아보니 대머리 약사가 우울한 표정으로 서 있었다. 그는 연한 회색 양복을 입고 있었는데, 체구에 맞지 않게 옷이 너무 헐렁해서 어쩐지 양복만 따로 서 있는 것처럼 느껴졌다.

"아, 네…… 아뇨, 저는 벌써 오래전에 그만뒀어요."

인사말부터 건넸더라면 마주 인사를 하련만, 수영장 이야기를 먼저 꺼내는 바람에 인사말은 자연스럽게 생략되고 말았다.

"그런데 여기는 웬일로……?"

아버지 참관 수업에 다른 용건으로 올 턱이 없었지만, 그는 무심결에 그렇게 물었다. 그런데 마치 '할아버지 참관 수업이 아니라 아버지 참관 수업이잖아요?' 하는 투의 물음이어서 그는 내심 아차 싶었다. 다행히 대머리 약사는 그런 눈치를 채지 못한 모양이었다.

"우리 막내가 이 유치원에 다녀요."

대머리 약사는 아이들 쪽을 바라보며 말했다. 헌제는 뜻하지 않은 대면에 갑자기 교실 뒷벽에 등을 기대고 서 있는 일조차 어색하게 느껴졌다.

"저도 그만뒀습니다."

대머리 약사가 들릴락말락한 목소리로 중얼거렸고 헌제는
"네?" 하고 되물었다.

"수영장 말입니다."

"아, 네……."

"저기 앞에서 세 번째 줄에 파란 멜빵바지를 입고 있는 남
자아이가 우리 막냅니다."

헌제도 그 아이를 바라보았지만 아버지와는 조금도 닮아
보이지 않았다.

"뒤늦게 저 녀석을 가졌어요. 큰아이는 중학교에 다니고 둘
째는 초등학교 오 학년이거든요. 언젠가 말씀드렸듯이 저는
스물두 살에 결혼을 했으니까요."

"아, 네……."

그건 미친 짓이었지요, 하고 말해주고 싶은 충동을 느꼈지
만 헌제는 다 이해한다는 듯이 고개를 끄덕였다. 대머리 약사
는 목소리를 한껏 낮춰 속삭였다.

"아이들을 빨리 낳아 후딱 키워버리면 남들보다 빨리 저만

의 시간을 누릴 수 있지 않겠나 싶었지요. 하지만 우리 마누라는 그것마저도 못마땅했던 모양이에요. 아마 저 녀석이 중학교에 들어갈 때쯤이면 또 애를 갖자고 졸라댈 겁니다. 결국 결혼을 일찍 해서 얻은 이득이라곤 쥐뿔도 없는 셈이지요. 하지만 저는 다른 사람들한테는 결혼은 반드시 일찍 해야 한다고 말합니다. 왜냐구요? 저만 당할 수는 없으니까요."

대머리 약사는 웃음기라고는 조금도 없는 특유의 표정으로 앞만 뚫어지게 바라보고 있었다.

"실례지만 자녀분이……?"

"하납니다. 저기 둘째 줄에 분홍색 스웨터를 입고 있는 여자아이가 제 딸이지요."

그러나 대머리 약사는 그쪽은 쳐다보지도 않고 중얼거렸다.

"더 낳지 마세요. 마누라가 뭐라고 유혹해도 말입니다."

헌제는 더 이상 대꾸를 하지 않았다. 대머리 약사와 대화를 나눌 때면 그가 농담을 하는 것인지 진담을 하는 것인지 종잡을 수 없을 때가 많았다. 그래서 왠지 자신마저 정신이 이상해지는 기분이 들었다.

"뒤에 서 계신 아버님들은 우리 어린이들 뒤쪽에 있는 의자에 앉아주시기 바랍니다."

유진이를 처음 유치원에 보낼 무렵 딱 한 번 본 적이 있는 원장 선생님이 카랑카랑한 목소리로 말했다. 헌제는 유진이가 다닐 유치원을 고르기 위해 그 지역에 있는 유치원이란 유치원은 죄다 찾아다녔었다. 숫자로 따지면 아마 열 군데도 넘었을 것이다. 교사나 등원 버스 운전기사 가운데 험상궂게 생긴 사람이 없나, 아이들이 사용하는 시설물은 안전한가, 유치원 가까이 유해 시설은 없나, 심지어는 화장실까지 샅샅이 살피고 나서야 유진이가 다닐 유치원을 결정했었다.

헌제는 아이들 뒤쪽에 놓인 조그만 의자에 앉았다. 장난감처럼 작은 의자여서, 의자에 앉았다기보다는 차라리 바닥에 웅크리고 있는 기분이 들었다. 원장 선생님은 그날 행사에 대해 이것저것 설명하고 있었다. 그는 원장 선생님의 말을 건성으로 들으며 벽에 걸린 그림들 가운데 혹시 유진이가 그린 그림이 있는지 찾아보았다. 도화지에 색종이를 오려붙여 만든 해바라기 밑에 '토끼반 권유진'이라는 이름표가 붙어 있었다. 해바라기씨가 맺히는 둥그런 가운데 부분은 검정 크레파스로 삐뚤삐뚤 바둑판무늬를 그려 넣었고, 그 밑에는 역시 삐뚤

빼뚤한 글씨로 "해바라기는 해가 좋대요." 하고 적어 놓았다. 헌제는 또 한 번 유진이가 낯설어지는 느낌이 들었다. 겨우 허공을 향해 버둥거릴 줄밖에 모르던 조그만 손이 이제 제법 그럴듯한 모양의 작품을 만들 정도로 성장한 것이다. 그가 이혼했을 때는 유진이가 아직 기저귀도 떼지 않았을 무렵이었다. 젖병을 떼고, 용변을 가리게 하고, 말을 가르치고, 젓가락질을 가르치고, 유치원에 보내고……. 겨우 5년 남짓한 세월이었지만, 헌제에게는 그 모든 일들이 아득한 옛날 일처럼 느껴졌다. 그 세월을 한 문장으로 표현하면, '너무 너무 힘들었다'일 것이다. 그러나 아이는 자라고, 어른은 늙고, 상처는 아문다.

"……준비할 동안 아버님들은 자리에서 일어나세요."

뭘 준비하고 왜 자리에서 일어나라고 했는지 알아듣지 못했지만, 그는 엉거주춤 자리에서 일어났다. 다른 아버지들도 모두 자리에서 일어났기 때문이었다. 아이들이 웅성웅성 흩어져 제 아버지를 찾아갔다. 그가 서 있는 쪽으로 유진이가 다가와 손을 잡았다. 유치원에서 보니 유진이는 아주 야무져 보였다. 벌써 끝난 것은 아닐 텐데……. 그는 손아귀에 쥐어진 작고 보드라운 감촉을 즐기며 유진이에게 물었다.

"지금, 뭐 하는 거니?"

"음, 노래할 거야."

"노래?"

원장 선생님은 아이들과 짝을 맞춰 교실 벽을 따라 둥글게 서달라고 부탁했고, 유진이는 아빠 손을 이끌고 제일 앞쪽으로 가려고 했다.

"아니…… 우리는 저기 뒤쪽으로 가자."

헌제는 허리를 굽혀 유진이 귀에 속삭였지만, 유진이는 "싫어. 난 앞에 갈래." 하며 막무가내로 손을 잡아끌고 교단 바로 옆쪽으로 갔다. 그 바람에 헌제는 원장 선생님과 거의 나란히 서 있는 꼴이 되고 말았다. 이런……. 그는 원장 선생님을 향해 어정쩡하게 꾸벅 인사를 했다. 원장 선생님은 환하게 웃는 얼굴로 간단히 답례하고는 마이크를 통해 아버지와 아이들에게 이것저것 지시를 내렸다. 그러다 보니 사람들 눈길이 자연히 교단 쪽으로 몰렸고, 비록 자신을 쳐다보는 것은 아닐지라도 헌제는 벌거벗고 네거리에 서 있는 기분이었다. 아빠의 마음을 이렇게도 몰라주다니! 그는 유진이가 야속하고 원망스러웠다.

"아빠 손, 잡았나요?"

"네!"

"둥글게 섰나요?"

"네!"

원장 선생님이 외칠 때마다 아이들은 병아리처럼 주둥이를 뾰족하게 내밀며 납죽납죽 대답을 했다. 아버지들은 틈이 날 때마다 플래시를 터뜨리며 사진을 찍었고, 선생님들은 교실 가운데 놓여 있는 의자들을 재배열하느라 분주했다. 교실 한 쪽 구석에서는 엉엉 울고 있는 아이를 그 애 아버지가 난처한 표정으로 달래고 있었다. 그리 두꺼운 옷차림도 아니건만 헌제는 자꾸 땀이 났고, 땀띠라도 돋은 듯이 등과 목덜미가 가려웠다.

"자, 따라 해보세요! 우리 어린이들은 잘 모르는 아빠한테 가르쳐드려요."


연못가의 개구리 개굴개굴

산 너머 콩밭에 콩이 익었을까, 개굴개굴

강 건너 감나무에 감이 열렸을까, 개굴개굴

개굴개굴, 개굴개굴, 개굴개굴……

'연못가의 개구리'를 할 때는 손 모양을 물결이 이는 모양으로 출렁거리고, '개굴개굴' 할 때는 두 손을 입으로 가져가 병아리 주둥이 모양으로 열었다 닫았다 하고, '산 너머 콩밭에'를 할 때는 먼 산을 가리키는 모양으로 손을 휘젓고……. 그 춤동작을 따라 하는 헌제는 줄에 매달린 꼭두각시처럼 팔다리가 온통 따로 노는 느낌이었다. 그는 초등학교를 졸업한

이래 단 한 번도 춤을 춰본 적이 없었다. 고등학교 수학여행 때 전체 학생들이 다 춤을 출 때도 그는 춤을 추지 않았다. 군대 시절 회식 자리에서 고참병들이 "원산폭격 할래, 춤출래?" 하고 물었을 때도 그는 "원산폭격을 하겠다."고 대답했다. 그런 그가 꼼짝없이 춤을 추고 있었다. 그것이 바로 아비 된 자의 임무였으므로.

춤을 추다가 언뜻 보니 대머리 약사는 교실 가장 후미진 곳에 서서 마치 '나는 여기 없다.' 하는 듯한 표정을 짓고 있었다. 헌제는 그가 무척 부러웠고, 나중에는 공연히 얄밉고 괘씸한 생각까지 들었다.


유치원을 벗어나자 헌제는 지옥에서 방금 빠져나온 사람처럼 행여 뒤에서 누가 붙잡을세라 부리나케 유진이 손을 잡아 끌었다. 단 한 명의 아버지, 단 한 명의 아이도 보이지 않는 곳까지 가려고 그는 걸음을 재촉했다. 한참 뒤, 아파트 놀이터에 도착해서야 그는 유진이를 돌아보며 물었다.

"오늘, 재미있었니?"

유진이는 대답 대신 고개를 끄덕였다. 노래 부르고, 춤추고, 풍선 터뜨리기 놀이를 하고, 으깬 감자와 마요네즈를 버무려 샌드위치를 만들고, 다른 사람들과 바꾸어 먹고, 자리에서 일어나 자신과 아이에 대해 소개를 하고……. 현재로서는 거의 초인적인 노력을 한 셈이었다. 그는 유진이와 함께 놀이터 의자에 나란히 앉았다. 의자 등받이에 누군가 'SEX'라고 새겨놓은 것이 눈에 띄어 그는 일부러 그쪽을 등짝으로 가리고 앉았다.

"뭐가 제일 재미있었어?"

"샌드위치 만든 거."

"맛있었어?"

유진이는 고개를 끄덕였다. 방금 즐거운 행사를 끝내고 온 아이답지 않게 왠지 침울해 보였다. 그는 자신이 뭔가 실수한 게 있나 곰곰이 되짚어보았다. 놀이에 참가하는 데 귀찮은 기색을 보였다거나, 적극적이지 못했다거나……. 그러나 그는 나름대로 애를 썼고, 유진이가 뭔가 만족스럽지 못한 점을 느꼈더라도 어쩔 수 없는 일이었다. 그는 자신이 결코 행사를 고역스럽게 여기지 않았음을 나타내기 위해 되도록 유치원 이야기 쪽으로 화제를 잡았다.

"너는 어떤 선생님이 제일 좋아?"

"원장 선생님."

"왜?"

"나한테 잘해주셔. 다른 애들이랑 싸워도 내 편만 들어."

"그래?"

그는 아주 놀랐다는 듯이 과장되게 눈을 동그랗게 뜨고 유
진이를 바라보았고, 유진이는 운동화 끝으로 바닥에 쌓인 모
래를 흩어놓고 있었다.

"음, 저번에 할머니가 다녀가셨거든."

"설마 할머니가 다녀가셨다고 해서 잘해주실까. 유진이가
뭔가 원장 선생님 마음에 드는 일을 했으니까 그렇겠지."

"아냐, 나는 엄마가 없는 아이라서 그래."

"뭐?"

헌제는 뜨거운 납덩이를 삼킨 듯 갑자기 목이 꽉 막혀 한동
안 아무 말도 할 수 없었다. 이건 또 무슨 날벼락인가. 맞은편
아파트 3층 베란다에서 작은 강아지 한 마리가 지나가는 사
람들을 향해 캉캉 짖어대고 있었다. 아마 며칠 못 가 주민들

불평이 쏟아지고 곧이어 강아지는 다른 집으로 쫓겨 가야 할 것이다. 아파트에서 살려면 개조차 처신을 잘해야 하는 법이다. 그는 유진이가 운동화 끝으로 시멘트 바닥에 쌓인 모래를 긁는 모양을 물끄러미 바라보았다.

"누가 그런 소리를 해?"

"사실이잖아."

"네가 왜 엄마가 없어. 단지 엄마랑 아빠랑 따로 살 뿐이지."

"할머니가 그랬어. 엄마는 다른 아저씨랑 결혼했기 때문에 이제 유진이랑 못 만난다고."

사실이었다. 이혼한 후 얼마 동안에는 한 달에 한두 번꼴로 유진이를 보러 오던 아내는 그 간격이 점점 드문드문해지더니 재혼한 뒤부터는 아예 발길을 끊고 있었다. 헌제로서는 차라리 그게 속이 더 편했지만, 어머니는 대체 무슨 마음으로 아이한테 그런 이야기까지 해준 것일까. 따지고 보면 한나절 내내 유진이와 함께 시간을 보내야 하는 어머니로서는 직접 부딪히는 문제가 더 많을 것이었다. 어머니를 탓할 일도 아니었다.

"너…… 엄마, 보고 싶니?"

"아니."

유진이는 고개를 저었다. 진심일까? 헌제는 슬그머니 유진이 표정을 살폈지만 아이의 속마음을 읽을 수는 없었다. 아이가 성장함에 따라 점점 더 아이의 마음을 읽기 어려워졌다. 마치 세포분열로 태어난 짚신벌레가 자기만의 세포벽을 쌓으면 서로 다른 개체가 되듯이, 자식이란 나의 분신이면서도 결국에는 남인 것이다.

"사람들은 말이야……." 하고 그는 더듬더듬 말을 꺼냈다. "누구나 다 똑같을 수는 없어. 어떤 사람은 눈이 크고 어떤 사람은 눈이 작잖니? 입이 큰 사람도 있고, 입이 작은 사람도 있고, 키가 큰 사람도 있고, 뚱뚱한 사람도 있지. 그러니까 아빠 얘기는…… 모든 사람이 서로 다르고…… 그래, 또 같을 필요도 없다는 말이야. 이를테면 유진이는 할머니가 계시지만 예지는 할머니가 안 계시잖아?"

스스로 생각하기에도 공허한 말처럼 느껴졌다.

"그리고 또……."

아이를 달래는 묘책 중의 하나. 딴청 피우기.

"그래, 염소는 뿔이 달렸지만 아빠는 뿔이 없잖아? 만일 아빠가 염소처럼 뿔이 없다고 해서 속상해한다면 어떻겠니?"

"하지만 염소는 사람이 아니잖아."

"물론 염소는 사람이 아니지. 하지만 아빠는 가끔 '왜 나는 뿔이 없지?' 하고 속상해하거든."

"뿔이 있으면 뭐가 좋은데?"

"뿔이 있으면? ……글쎄, 머리에 뭔가 걸어놓을 수 있지 않을까? 이를테면 컵이나 수건 같은 거 말이야."

"컵이나 수건을 왜 머리에 걸어?"

마침내 유진이가 웃었다. 머리에 컵이나 수건을 걸 일이 없다면 뿔 따위는 필요 없듯이, 생각하기에 따라서 엄마도 꼭 필요한 존재는 아닐지도 모른다. 아이에게 필요한 것은 애정을 쏟아주고 관심을 가져주는 사람이지, 엄마라는 추상적인 존재는 아닐 테니까. 내가 유진이한테 두 몫의 관심을 쏟아준다면 결국 다른 아이들과 마찬가지가 되지 않을까? 그러나 그런 일이 '하나 더하기 하나는 둘'식의 수학 계산과는 전혀 다른 문제라는 것도 그는 잘 알고 있었다. 어떻게든 되겠지. 그는 자리에서 일어났다.

"우리 팥빙수 먹으러 갈까? 지난번에 아빠랑 갔던 그 빵집 말이야."

유진이가 자리에서 일어나며 말했다.

"아, 저번에 연화 언니랑 갔던 그 집!"

'연화'라는 말이 나오자 헌제는 또 가슴이 무너지는 느낌이 들었다. 유진이는 이제 기분이 많이 풀려 있는 듯이 보였지만, 유진이 손을 꼭 쥐고 걸어가며 헌제는 내내 가슴이 아렸다. 누군가를 사귈 때마다 그 흔적들은 왜 이렇게 여기저기 흩뿌려지는 것일까.


헌제는 소파에 누워 습기 때문에 회칠이 벗겨진 천장을 멍한 눈길로 쳐다보고 있었다. 부스스 일어난 회딱지가 빗자루로 훑으면 비듬처럼 우수수 쏟아져 내릴 것만 같았다.

그는 벌써 일주일째 유진이를 재우고 집을 나와 화실에서 밤을 새우고 있었다. 모레 아침까지는 '무슨 일이 있어도' 끝내야 할 그림책 삽화들이 있었기 때문이었다. 이미 마감 날을 여러 번 어겼기 때문에 출판사 사장은 거의 명령에 가까운 말투로 '무슨 일이 있어도 월요일까지는 끝내달라'고 요구했다. 만

일 이번에도 어기면 집달리라도 보내겠다는 투였다. 그러나 일
이 손에 잡히지 않았다. 그의 직업은 하루 벌어 하루 먹고사는
막노동과 거의 다를 바가 없었다. 다달이 들어가는 생활비를
조달하려면 적어도 한 달에 한 권꼴로 삽화를 그려야 했는데,
문제는 그게 월급을 받듯 규칙적으로 할 수 있는 일이 아니라
는 데 있었다. 어떤 때는 여러 달 동안 일감이 없다가 어떤 때
는 한 달에 세 권씩 그려야 할 때도 있었다. 일이 없을 때는 불
안했고, 일이 몰릴 때는 지겨웠다. 무슨 일이 있어도? 만일 자
동차에 치여 병원에 실려간다면, 갑자기 오른손이 마비되어버
린다면, 또는 지진이 일어나 온 도시가 땅속으로 푹 꺼져버린
다면……. 그러나 그런 일이 일어나기를 기대하며 일을 미룰 수
는 없는 노릇이었다. 그는 한숨을 쉬며 소파에서 일어나 그리
다 만 삽화들이 어지럽게 널려 있는 책상으로 갔다.

고장 난 시계가 버림 받고 슬퍼하는 장면을 그려야 할 차례
였다. 고장 난 시계가 주인한테 버림받고 쓰레기통에 버려졌
는데, 우연히 청소부 아저씨의 눈에 띄어 수리를 받게 된다.
청소부 아저씨는 고친 시계를 버스정류장에 걸어놓고, 길 가
는 사람들은 시계를 보며 입에 침이 마르도록 칭찬을 하고,

시계는 보람을 느끼고…….

시계가 우는 모습을 어떻게 표현해야 할지 궁리하다가, 헌제는 갑자기 불끈 짜증이 치솟았다. 지난번에는 부서진 의자가 슬퍼하는 장면을 그려야 했고, 또 언젠가는 녹슨 못이 슬퍼하는 장면을 그린 적도 있었고, 병든 암탉이 슬퍼하는 장면을 그린 적도 있었고, 심지어는 길가에 뒹구는 돌멩이가 슬퍼하는 장면을 그린 적도 있었다. 주인공만 다를 뿐 한결같은 이야기들이었다. 감동은커녕 '어휴, 또 그 이야기야!' 하고 짜증부터 튀어나오는……. 이렇게 동화를 쓴다면 아마 세상에 존재하는 사물의 숫자만큼 동화를 쓸 수 있을 것이었다. 빈병, 무뎌진 칼, 녹슨 가위, 이 빠진 그릇, 한물간 흑백텔레비전, 망가진 전화기, 낡은 선풍기, 늙은 개, 소, 말, 고양이……. 그리고 나는 그 모든 사물들의 슬퍼하는 모습들을 그려야 할 테지. 그는 투덜거리며 연필을 쥐고 도화지에 밑그림을 그리기 시작했다.

– 쓰레기통에 버려진 시계는 몹시 슬펐어요.

그림책 원고에는 그렇게 적혀 있었다. 헌제는 고장 난 시계가 눈물을 흘리며 엉엉 울고 있는 모습을 그렸지만, 이내 도화지를 구겨버렸다. '몹시 슬픈' 자는 결코 엉엉 울지 않으며, 오직 억울한 자만이 엉엉 우는 법이다. 억울함은 타인을 향한 감정이지만, 슬픔은 스스로를 향한 감정이니까.

"아이는 아빠가 맡을 거예요." 가정법원에서 이혼 심사 받을 때 아이 양육권을 어떻게 할 것이냐는 판사의 물음에 아내는 헌제를 앞질러 그렇게 대답했다. 마치 헌제의 입에서 엉뚱한 대답이 튀어나올까 두렵기라도 한 것처럼. 물론 그가 유진이를 맡기로 사전에 협의가 되어 있기는 했다. 협의라기보다 아내가 그렇게 하자고 했고 그가 동의했던 것이다. 아이의 양육권뿐만 아니었다. 아내는 이혼의 모든 수속과 절차를, 그런 일을 여러 차례 겪어본 사람처럼 혼자 처리했다. 재산은 아이의 양육을 맡은 당신이 3분지 2를 갖고 나머지를 내가 갖는다, 집 안 가구 가운데 오디오 세트와 비디오와 장식장과 전자레인지는 내가 갖고 나머지는 당신이 갖는다, 나는 모친의 면접교섭권을 행사하여 주말에 1박 2일 동안 유진이를 데려가 함께 자고 올 수 있다, 만일 당신이 새로 결혼한다면 유진이 장래를 위해 만나는 터울을 조절할 수 있다……. 아내는 미리 적어두기라도 한 것처럼 세세한 사항까지 조목조목

따졌고, 그가 한 일이라고는 아내가 하자는 대로 순순히 동의해준 일뿐이었다. 이혼 서류도 아내가 두 장을 작성하고, 그는 아내가 지적하는 자리에 도장만 꾹꾹 찍어주었다. 그때까지도 이혼이라는 문제가 그리 실감나게 받아들여지지 않았기 때문이었는지도 몰랐다. 어느 날 유진이를 데리고 외출했다가 돌아와 보니, 아내는 그사이에 가져가기로 한 짐들을 싣고 떠나버렸다. 청소까지 해놓고 갈 여유는 없었던 모양인지 가구를 들어낸 자리에는 먼지 덩어리들이 수북이 쌓여 있었고, 가구가 놓여 있던 장판에는 노란 얼룩이 묻어 있었다. 그 자국을 보자 비로소 아내가 떠났다는 사실이 실감났다. 그는 유진이를 안방에 앉혀놓고 빗자루로 수북이 쌓여 있는 먼지 덩어리들을 쓰레받기에 쓸어 담았다. 그리고 베란다에서 화분을 들고 와 가구가 놓여 있던 자리에 놓았다. 텅 빈 자리를 보면 자꾸 눈물이 날 것 같았기 때문이었다. 밤에 유진이를 재우고 난 다음에야 그는 손으로 입을 틀어막고 꺽꺽 울음을 터뜨렸다. 슬픔은 그런 것이다.

— 쓰레기통에 버려진 시계는 몹시 슬펐어요.

그는 새 도화지 위에 이번에는 고장 난 시계가 상심하여 풀이 죽어 있는 모습을 그렸지만, 그것 또한 마음에 들지 않았다. 상심과 슬픔도 다르다. 상심은 희망에서 비롯된 것이지만, 슬픔은 절망에서 비롯된 것이니까.

몹시 슬펐어요. 몹시 슬펐어요. 몹시……. 하도 여러 번 되뇌어 읽으니까 그 말 자체가 아주 우스꽝스럽게 느껴졌다. 그는 연필 꽁무니를 이빨로 잘근잘근 물어뜯으며 벽에 걸린 시계를 바라보았다. 마치 광고에 나오는 시계처럼 10시 10분을 가리키고 있었다. 알라딘의 요술 램프 모양을 하고 있는 그 시계도 언젠가 연화가 선물한 것이었다.

연화가 화실을 떠난 그날 밤, 그는 그야말로 쓰레기통에 버려진 기분이었다. 그를 버린 사람은 아내였고, 그가 버린 사람은 연화였다. 그런데 아내한테는 버림받았다는 느낌이 전혀 들지 않는데 도리어 연화한테는 버림받았다는 느낌이 드니 정말 묘한 일이었다. 따지고 보면 사람의 관계에서 대체 누가 누구를 버린다는 말인가. 단지 그저 버림받은 느낌이 드는 사람이 있을 뿐. 연화가 사준 알라딘 시계를 바라보고 있자니 또 눈물이 나오려고 했다. 슬픔이란 그런 것이다. 억울함도 아니고, 상심도 아니고, 두고두고 가슴이 아픈 것. 하지만 그것을 어떻게 그림으로 나타낼 수 있단 말인가. 헌제는 갑자기 자기 직업에 짜증이 났다.

빌어먹을! 시계 따위가 슬퍼하다니! 시계 따위가!

시계 가까이 놓여 있는 책장이 그에게 뭔가 하소연을 하고 있는 느낌이 들었다. 1, 2, 4, 3, 5······.『현대 판화 전집』가운데 3권과 4권의 위치가 바뀌어 있었다. 헌제는 순서를 바로잡기 위해 자리에서 일어섰다.

그때 '똑똑' 하고 가볍게 문을 두드리는 소리가 들렸다.

"집에 들어가다가 불이 켜져 있기에 올라와 봤어요."

헌제가 문을 열어주자 명신은 그렇게 말하며 안으로 미끄러져 들어왔다. 마치 이제 충분히 친해졌으니 내게도 그럴 권리가 있다는 듯이 당당한 태도였다. "일하시는 데 제가 방해가 된 것은 아닌가요?" 하고 말했지만 미안한 기색은 조금도 없었다. 방금 시간을 확인했는데도 헌제는 공연히 시계를 다시 한번 쳐다보았다.

"사실은 자동차 열쇠를 돌려드리려고 왔어요."

명신은 양손에 들고 있던 비닐봉지를 내려놓고 손가방을 뒤졌다. 술에 취해 정신을 잃었던 사건 이후로 명신은 두 번 더 화실에 찾아왔었다. 한 번은 깜박 잊고 자동차 열쇠를 돌려주지 않았다며 왔고, 또 한 번은 급히 쓸 일이 있는데 자동차를 한 번 더 빌려줄 수 없느냐고 부탁하러 왔었다. 그때마다 명신은 양손에 새로 생긴 할인 매장 이름이 새겨진 비닐봉지를 하나씩 들고 있었다. 자동차 열쇠를 돌려주든 말든 상관도 없는 일이었지만, 왜 그때그때 열쇠를 돌려주지 않고 꼭 다시 한번 나타나서 열쇠를 돌려주는지 헌제는 이해할 수 없었다. '자동차를 빌려 갈 때마다 저 여자를 두 번씩 만나야 한다면, 차라리 열쇠를 돌려받지 않는 편이 낫겠다.' 그렇게 생각하면서도 헌제는 명신이 내미는 열쇠를 군소리 없이 받아 책장 한 귀퉁이에 올려놓았다.

"잘 썼어요."

"네?"

"자동차 말이에요. 잘 썼다구요."

"아, 네……."

"원래 자동차하고 마누라는 남한테 빌려주는 게 아니라면서요?"

자기 화실임에도 불구하고 헌제는 서 있을 장소를 찾지 못

251

해 서성거렸다.

"어차피 저는 운전면허도 없는데요, 뭐."

"그럼, 차라리 저한테 임대를 주면 어떨까요?"

"네?"

"돈 받고 빌려달라는 말이에요. 어차피 안 쓰고 놀려둘 바에야 차라리 저한테 사용료를 받고 빌려주는 편이 낫지 않겠어요?"

헌제는 상대방이 요구하는 게 뭔지 언뜻 감이 잡히지 않아 멀뚱멀뚱 명신을 쳐다보았다. 그리고 그제야 명신이 여느 때와는 달리 화장을 했음을 알아차렸다.

"부담스럽다면 그만두고요."

"아니, 그게 아니라…… 필요하시면 그냥 쓰세요. 저는 어차피……."

명신이 갑자기 킥킥 웃음을 터뜨렸다.

"아저씨가 제일 잘 쓰는 말이 뭔지 알아요? 아니, 그게 아니라……. 꼭 혼날까 봐 변명하는 아이 같아. 커피 한잔 주시겠어요?"

명신은 마치 제 집처럼 소파에 털썩 주저앉았고, 헌제는 할 일을 찾게 되어 다행이라는 듯이 커피물을 얹으러 가스레인지 앞으로 갔다.

"솔직히 말하면 저는 자동차를 유지할 만한 능력이 없어요. 수영장에서 버는 돈이라야 몇 푼 되지도 않거든요. 대신에 사용할 때마다 기름을 가득 채워놓고, 아저씨가 필요할 때 언제든지 운전기사 노릇을 해드릴게요. 어때요?"

"그게 편하다면 그렇게 하세요."

그는 등을 돌린 채 대꾸했다. "정말이에요?" 하고 되묻는 소리가 들렸지만 뒤를 돌아보지 않았다. 암탉이 주운 보석처럼, 어차피 그에게는 필요도 없는 자동차였다. 자동차 열쇠 때문에 뻔질나게 화실을 드나드는 꼴을 보느니 아예 통째로 맡겨두는 편이 나을지도 모르지.

"좋아요. 그럼 열쇠는 제가 다시 가져갈게요. 그리고 제 핸드폰 번호를 적어드릴 테니까 운전사가 필요하다 싶을 때는 언제든지 전화를 주세요. 제 핸드폰 번호는……."

명신은 당장 외워두라는 듯이 숫자를 하나씩 또박또박 읊으며 종이에 적었고, 헌제는 마치 그렇게 감시하고 있지 않으면 주전자가 도망갈지도 모른다는 듯이 커피 물이 다 끓을 때까지 물끄러미 주전자를 바라보고 있었다. 명신이 뒤에서 중얼거렸다.

"불쌍해요."

"네?"

명신이 자신에게 불쌍하다고 말한 것으로 생각하고 그는 깜짝 놀라 뒤를 돌아보았다.

"이 시계 말이에요. 풀이 죽어 있잖아요."

"아, 네……."

헌제는 당장 달려가 그림을 뒤집어놓고 싶었지만 커피를 타는 척 등을 돌리고 얼굴을 찌푸렸다. 다른 사람이 자신이 그리다 만 그림을 들여다보는 일은 그가 진저리 치도록 싫어하는 일 가운데 하나였다. 그래서 학창 시절에 사생 대회에 가도 사람들이 지나다니지 않는 가장 구석진 자리를 찾아가곤 했었다. 파리처럼 성가신 이 여자를 어떻게 쫓아내지? 그는 살충제라도 뿌리고 싶은 심정이었다.

"자, 제 핸드폰 번호 여기 책상 위에 올려놓을게요. 언제든지 전화하세요."

명신은 전화하라는 말을 힘주어 강조했지만, 헌제는 그런 일은 절대로 없으리라고 생각했다. 그는 전화 자체를 혐오하는 사람이었다. 커피를 내밀자 명신은 예절 교육을 잘 받은 아이처럼 "고맙습니다." 하고 정중하게 인사하며 두 손으로 받았다. 헌제는 책상을 정리하는 척하며 슬그머니 그림을 뒤집어놓았다.

"자기가 마음먹은 대로 그림을 그릴 수 있다면 참 재미있을 것 같아요. 그렇지 않나요?"

"글쎄요…… 물속에서 마음대로 수영을 할 수 있는 게 더 재미있을 것 같은데요."

무뚝뚝하게 대꾸했으나 그녀는 여전히 눈가에 웃음을 담은 채 재잘거렸다.

"수영이야 조금만 배우면 누구나 할 수 있잖아요."

"그렇게 따지면 그림도 마찬가지 아닙니까?"

"그림은 어떤 소질 같은 게 필요하지 않나요? 학교 다닐 때 제 친구 가운데 그림을 아주 잘 그리는 애가 있었어요. 아니, 지금 생각해보니 그림이라기보다 만화에 가깝겠네요. 왜 순정만화에 나오는 여자들 있잖아요? 눈이 왕방울만 하고 목이 기린처럼 긴 여자들 말이에요. 그 애는 그런 여자들을 아주 잘 그렸어요. 교과서든 공책이든, 하여간 그릴 만한 여백이 있는 곳에는 모조리 그림을 그려놓지 않으면 못 배기겠던가 봐요. 언젠가 한번은……."

"소질이라기보다 관심이겠지요."

명신이 수다를 늘어놓을 기색을 보이자 헌제는 재빨리 말허리를 끊어버렸다.

"물론 그렇겠죠. 언젠가 한번은……."

"누구나 관심이 있는 일은 더 열심히 하기 마련이죠. 수영도 그렇지 않을까요?"

"아무래도 그렇겠죠."

명신은 마구 앞으로 달려가다가 갑자기 길을 잃어버린 사람처럼 떨떠름한 표정으로 잠시 입을 다물었다. 헌제는 너무 노골적으로 말을 막은 게 아닐까 싶어 명신의 얼굴을 힐끔 쳐다보았다. 그러나 명신은 자기가 무슨 말을 하려던 참이었는지 어리둥절한 표정을 짓고 있을 뿐 불쾌한 기색은 아니었다. 그는 조금 미안한 생각이 들어 변명처럼 덧붙였다.

"저는 어릴 적부터 운동에는 소질도 없고 관심도 없었어요."

명신은 조금 전에 하려던 이야기는 까맣게 잊고 무슨 생각이 들었는지 쿡 웃었다.

"아저씨가 처음 수영장에 나온 날부터 그런 줄 알았어요. 아저씨 몸 자체가 '나는 운동을 못한다'고 선언이라도 하듯이 느슨하게 풀어져 있던걸요, 뭐. 저는 아저씨처럼 이상하게 걷는 사람은 처음 봤어요. 꼭 쇠고랑 찬 죄수처럼 발을 질질 끌면서 흐느적흐느적…… 아마 물속에서 땅 위를 걷듯이 했더라면 훨씬 더 쉽게 수영을 배웠을 거예요. 어? 제 말이 기분 나쁘게 들렸어요?"

명신은 헌제의 찌푸린 얼굴을 빤히 들여다보며 나름대로 애교 섞인 말투로 물었다. 헌제는 사실은 기분이 나빴지만 갑작스러운 질문에 속마음을 들킨 듯하여 얼굴이 붉어졌다.

"아뇨, 그렇지 않아요."

"말을 함부로 해서 죄송해요. 그런데 다른 운동도 전혀 못하시나요?"

"네."

"배드민턴이나 탁구 같은 것도 못해요?"

"해본 적도 없어요."

"자전거 타기나 줄넘기는 어때요?"

"못해요. 학교 다닐 때 누구나 다 하는 턱걸이나 윗몸일으
키기조차 못했어요."

그렇게 말하다가 헌제는 혹시 명신이 자신을 놀리고 있는
게 아닌가 싶어 힐끔 쳐다보았지만, 무슨 까닭인지 그녀 얼굴
에는 실망하는 기색이 역력히 떠올랐다.

"물론…… 수영 말고 다른 운동도 다 잘하시겠죠?"

헌제는 어떻게 호칭해야 좋을지 몰라서 주어를 생략한 채
어정쩡하게 물었다.

"잘한다고는 할 수 없지만 안 해본 운동은 거의 없어요. 레
슬링이나 권투도 해본걸요."

"레슬링요?"

헌제는 어릴 적 텔레비전에서 봤던 프로레슬링을 떠올렸고,
명신이 삼각팬티를 입고 무시무시한 복면을 쓴 사내에게 박치
기를 날리는 상상을 해보았다.

"왜요? 드물기는 하지만 우리나라에도 여자 레슬러도 있고
여자 권투선수도 있어요. 물론 그런 운동은 어쩌다 한번 해본
것이기는 하지만……. 저는 어떤 운동 종목이 있으면 꼭 해봐
야 직성이 풀리거든요. 혹시 철인 경기라고 들어보셨어요?"

"아뇨."

운동에 무지한인 그는 당연히 로봇을 상상했다. 철인 28호
나 마징가 제트 같은.

"정식 이름은 '철인 삼종 경기'라고 해요. 그냥 '삼종 경기'
라고 하면 대개 올림픽 코스를 말해요. 제가 좋아하는 경기
는 철인 코스예요. 대회에 따라 조금 차이가 있기는 하지만
대체로 한 사람이 수영, 사이클, 마라톤을 다 하는 거라고 생
각하면 돼요. 저는 운동 가운데 이 경기를 제일 좋아해서, 대
회가 있으면 무슨 일이 있어도 참가해요. 국내에 몇 안 되는
여자 선수 가운데 한 명이기도 하구요. 뭐, 기록은 열네 시간
대여서 그리 좋다고 할 수는 없지만, 기록보다 참가하는 데
의미가 있으니까……."

"열네 시간요? 열네 시간 동안 쉬지 않고 달린다는 말인가
요?"

그는 그제야 명신의 얼굴을 똑바로 쳐다보았다. 화장을 했
지만 햇볕에 그을린 피부를 모두 가릴 수는 없었던지 얼룩덜
룩한 자국이 그대로 드러나 보여 차라리 화장을 안 하는 편
이 낫겠다 싶었다.

"네. 여자 세계기록은 여덟 시간 오십 분대이지만, 꼭 기록 세우려고 하는 운동은 아니니까……."

"뭐 하러 그런 운동을 해요?"

말해놓고 보니 어리석은 질문이어서 그는 얼른 덧붙였다.

"그러니까 제 말은…… 그런 운동을 하는 특별한 이유가 있느냐는…… 뭐, 그런 말이죠."

"특별한 이유요? 그런 건 없어요. 그냥…… 좋아서요. 도착 지점을 통과하고 나면 뭔가 해냈다는 짜릿한 쾌감 같은 것도 있고. 왜, 그런 종류의 쾌감은 힘들면 힘들수록 더 커지기 마련이잖아요? 아저씨는 그런 기분 느껴본 적이 없으세요? 이를테면 며칠 밤을 새운 끝에 멋진 작품을 완성했다거나."

물론 밤을 새워 작업한 적은 많았다. 졸업한 뒤 그가 했던 하이퍼리얼리즘 계통의 작품은 워낙 시간이 많이 걸리는 작업이었다. 어떤 때는 겨우 50호짜리를 그리려고 한 달 내내 밤을 새운 적도 있었다. 하지만 작품을 완성하고 나면 짜릿한 쾌감은커녕 허무한 생각만 들었다. 아무리 고치고 또 고쳐도 그림은 현실과 똑같을 수가 없었던 것이다.

"글쎄요, 그건…… 멋진 작품을 그려본 적이 없어서……."

명신은 커피를 한 모금 홀짝 마신 다음 헌제 얼굴을 빤히 쳐다보며 말했다.

"작품을 완성했다는 자체가 멋지게 느껴지지는 않나요?"

"네?"

"철인 경기는 시간 제한이 있어요. 십칠 시간 안에 코스를 통과하지 못하면 실격 처리되거든요. 그건 그냥 규칙일 뿐이고, 그 시간이 지났는데도 계속 달리고 있다고 해서 뭐 강제로 쫓아내겠어요, 어쩌겠어요? 그래서 경주를 계속하고 싶은 사람들은 그냥 달려요. 저도 한번은 자전거에서 넘어지는 바람에 발을 삐어서 이십 시간이 넘어서야 도착 지점에 들어온 적이 있는걸요. 물론 그럴 때는 그렇게까지 짜릿한 쾌감을 느끼지는 못하지만, 어쨌든 끝까지 달렸으니까 좋잖아요."

"허무하지는 않나요? 그러니까 제 말은……."

그는 뭐라고 표현해야 할지 몰라 한참 동안 더듬거리다 "너무 허무하지 않느냐는 말이죠." 하고 같은 말을 반복하고 말았다. 그러나 명신은 헌제가 하려는 말뜻을 모두 알아들었다는 듯이 눈을 반짝이며 딱 잘라 말했다.

"아뇨. 자기가 좋아서 하는 일인데 왜 허무해요?"

차돌처럼 야무진 여자였다. 직업적인 습관으로 그는 명신의 인상을 어떤 캐릭터로 써먹으면 좋을지 머릿속에 그려보았다. 이를테면 '똘똘이의 모험'과 같은 만화에서 똘똘이 역을 맡기면 딱 알맞을 인상이었다.

"아참!"

명신이 아주 재미있는 일이 있다는 듯이 눈을 반짝이며 말했다.

"제가 유진이를 가르치게 되었어요."

"네?"

"수영 말이에요. 사실 저는 어린이반 강습은 네 시 것을 맡고 있었는데, 유진이가 두 시에 수영장에 오기에 일부러 바꿨어요. 잘했죠?"

명신은 대단한 공로라도 세운 듯 말했지만, 헌제는 그녀와 자꾸 엮이는 것 같아 왠지 떨떠름했다.

"뭐, 그럴 필요까지야……."

"솔직히 말하면 유진이네 반을 맡고 있던 동료가 먼저 바꾸자고 제안을 했어요. 자기는 그 시간에 무슨 일이 있다면서요. 그래서 마침 잘됐다 싶어 얼른 바꿔줬지요. 아니, 그것도 사실이 아니네. 속으로는 좋으면서 온갖 싫은 내색과 갖은 생색을 다 내고는 마지못해 바꾸는 척했죠. 그 친구 아주 상습범이거든요. 무슨 사생활이 그리 많은지 제멋대로 시간을 바꿔서 수영장에서도 싫어해요. 사람이 나쁘다는 뜻은 아니고, 그저 시간 관리에 조금 문제가 있다고 할까. 이것도 일종의 직장인데 그렇게 제멋대로 행동하면 다른 사람들한테 피해를 주잖아요? 언젠가 한번은…….”

“언제부터 유진이를 가르칩니까?”

그녀가 마음껏 이야기하도록 내버려 두면 마포나루를 건너던 거룻배가 태평양까지 흘러가 버리는 식이 되었기 때문에 헌제는 통제를 해야 했다.

“아, 벌써 두 번 가르쳤어요. 내가 선생님이랍시고 나타나니까 녀석이 다른 애들한테 은근히 뻐기더라구요. ‘나, 저 언니 안다.’ 그러면서요. 참, 애들이란! 사실 저는 어른들보다 아이들을 가르치는 게 더 재미있어요. 물론 어린이반이라면 아주 질색하는 동료들도 많아요. 무엇보다 통제하는 데 골치가 아프거든요. 게다가 조금만 잘못해도 안전사고가 나기 십상이거든요. 그래서 저는 무조건 수영장 안으로 들여보내요. 수영장이니까 물속에서 사고가 날 것 같지만, 아이들 경우는 물 밖에서 사고가 많이 나거든요. 십중팔구는 뛰어다니다가 미끄러져서 넘어지는 사고예요. 그래서 어린이반을 맡으려면 수영장 강사보다 유치원 교사와 같은 마음가짐을 가져야 해요. 저는 아이들을 아주 잘 다루거든요. 이를테면……."

"유진이는 수영을 곧잘 하던가요?"

"글쎄요. 하지만 아빠보다는 낫겠죠, 뭐." 하고 말하며 명신은 생긋 웃어 보였다.

"그건 농담이구요, 보통 아이들은 어른들보다 훨씬 수영을 빨리 배워요. 어떤 사람들은 아이들이 태아 때 양수에 들어 있던 기억이 남아 있기 때문에 빨리 배운다고도 하지만, 제 생각에는 그렇게까지 복잡하게 따질 것 없이 그냥 아이들이 아직 몸이 덜 굳어 있기 때문이 아닌가 싶어요. 굉장히 유연하거든요. 심지어 어떤 아이들은 물속에 들어가자마자 곧바로 헤엄쳐요. 사실 물만 두려워하지 않으면 수영도 땅 위를 걷는 거나 거의 마찬가지거든요."

헌제가 알고 싶은 것은 다른 아이가 아니라 유진이였지만, 다시 물어보기도 어색해 그냥 잠자코 듣고만 있었다. 한참 동안 엉뚱한 얘기를 늘어놓다가 마침내 명신이 말했다.

"조금 운동부족인 듯싶기는 하지만, 아마 유진이는 잘할 거예요. 성격이 아주 적극적이거든요. 그러면 금방 늘어요. 어떤 애들은……"

다른 말들은 귀에 들어오지도 않고 마치 빨간 색연필로 동그라미라도 친 듯 딱 한 구절만 귀에 번뜩 들어왔다. 헌제는 세상에 그보다 더 듣기 좋은 말은 없을 듯싶었다. 유진이는 잘할 거예요!

# 적과 동지

"하지만 그 남자는 여자를 알아보지 못했어요. 사고를 당할 때 머리를 다쳐 기억상실증에 걸렸기 때문이죠."

"그런데 기억상실증이 그렇게 흔한 병인가요? 왜 만화나 연속극 같은 걸 보면 주인공이 툭하면 기억상실증에 걸리잖아요? 꼭 감기나 무좀에 걸리듯이 말이에요. 하지만 저는 살아오는 동안 그런 병에 걸린 사람을 한 번도 본 적이 없어요. 아니, 누가 그런 병에 걸렸다는 얘기조차 못 들어봤어요. 혹시 주변에 기억상실증에 걸렸다는 사람 얘기를 들어본 적이 있나요?"

"아뇨. 하지만……."

"그렇죠? 더구나 드라마에 나오는 기억상실증 환자들은 모든 기억을 다 잃어버리지는 않거든요. 이를테면 어떤 여자와 관계된 기억만 잃어버렸다든가, 어떤 사건과 관계된 기억만 잃어버렸다든가, 뭐 그런 식이죠. 말하자면 자기가 기억하고 싶지 않은 기억만 쏙 뽑아내서 잃어버리는 거죠. 얼마나 편리해요. 어? 그런 일이 있었니? 난 몰라. 기억상실증이거든! 꼭 이러는 것 같거든요. 저는 드라마에서 기억상실증에 걸린 사람을 보면 고문을 해서라도 반드시 기억을 되찾게 만들고 싶어져요."

"왜 그렇게 해야 하는데요?"

"얄밉잖아요. 이를테면 제가 명신 씨한테 돈을 꿨다고 해봐요. 그런데 어느 날 갑자기 제가 기억상실증에 걸린 거예요. 그것도, 다른 것들은 다 기억하는데 오직 돈을 꾸었다는 사실만 기억하지 못한다고 해봐요. 명신 씨 같으면 안 얄밉겠어요?"

"그런 경우에는 얄밉다기보다……."

"엄밀히 말하면 고문을 받아야 할 사람은 바로 그런 대본을 쓴 작가예요. 너 솔직히 말해. 사건 정리가 안 되니까 그냥 귀찮아서 기억상실증 환자로 만든 거지! 기억상실증에 대해 제대로 알아보지도 않고 썼지! 순순히 불어!"

세진은 보이지 않는 상대를 고문하는 시늉을 했고, 명신은 그런 세진을 재미있다는 듯이 바라보았다. 그리고 헌제는 두 사람의 대화를 거의 소음으로 단정한 채 책상머리에 앉아 삽화를 그리고 있었다. 저것들이 왜 남의 작업실에 와서 떠들고 있지! 그의 뒷모습은 분명 그렇게 툴툴거리고 있었지만, 명신과 세진은 헌제에 대해 조금도 아랑곳하는 눈치가 아니었다.

자동차 열쇠를 아예 맡겨버렸지만 명신은 여전히 이런저런 핑계를 들이밀며 뻔질나게 화실을 들락거렸고, 그러다 보니 때마침 찾아온 세진과도 마주치게 된 것이었다. 헌제는 예전에 수영을 배우러 다녔던 수영장의 강사라고 명신을 소개하면서도 혹시 세진이 두 사람의 관계를 오해할까 봐 염려스러웠으나, 세진은 그 말을 액면 그대로 받아들일 뿐 조금도 달리 생각하는 눈치가 아니었다. 무관심 때문인지 예의 때문인지 모르지만, 어쨌건 세진은 남의 사생활에 대해 꼬치꼬치 캐묻는 법이 없었다. 헌제는 그런 세진이 편하기도 했고 불편하기도 했다. 그가 자신이 이혼한 사실을 알고도 모른 체하는 것인지 진짜 모르는 것인지 도무지 속내를 알 수 없었던 것이다. 그런 면에서는 명신도 마찬가지였다. 두 사람은 마치 '내 할 말도 많은데 남의 일까지 꼬치꼬치 캐묻게 생겼냐'는 듯이 쉴 새 없이 자기 얘기만 떠들어댈 뿐이었다. 그들이 상대방한테 뭔가 물어보는 일이 있어도 그건 진짜 의견을 묻는다기보다는 그저 자기 얘기를 계속하기 위한 숨 고르기에 지나지 않았다.

두 왕수다쟁이들은 인사를 끝마치기가 무섭게 떠들어대기 시작했고, 그들의 대화를 묵묵히 듣고 있던 헌제는 그들을 쫓아낼 방법도 달리 없었던지라 슬그머니 자리에서 일어나 '나는 지금 이만큼 바쁘니 그만 나가주기 바란다'는 항의의 뜻으로 삽화를 그리기 시작했지만, 두 사람은 헌제의 태도에 아무런 관심도 갖지 않았다. 헌제는 삽화를 그리는 척하고 있었지만 사실은 연필로 도화지에 빽빽하게 선을 긋고 있을 뿐이었다. 그리고 그 밑에 '기억상실증'이라고 적었다.

"뭐, 그럴 수도 있는 일 아닌가요? 이 사람이 저 사람을 좋아하는데, 저 사람은 또 다른 사람을 좋아하고……. 뭐, 흔한 일은 아니지만, 저는 있을 수도 있는 일이라고 봐요."

명신이 볼멘소리로 말했다. 화제가 또 바뀐 모양이었다. 명신이 무슨 말을 하던 끝에 최근에 방송중인 연속극 이야기를 꺼냈는데, 세진은 사사건건 반박을 하고 나섰다.

"저는 그건 순전히 출연료를 아끼기 위한 수작이라고 봐요. 이를테면 A B C D가 각각 E F G H를 좋아한다고 해봐요. 그러면 여덟 명의 배우가 필요하잖아요? 그런데 A B C D가 저희들끼리 서로 얽히고설켜서 지지고 볶는다면 네 명한테만 출연료를 줘도 되잖아요? A는 B를 좋아하고 B는 C를 좋아하고 C는 D를 좋아하는데 D는 A를 좋아한다. 얼마나 경제적이에요! 사랑은 똑같이 네 번 하는데 배우는 네 명만 필요하니까. 그런 걸 보면 저는 또 작가를 고문하고 싶어져요. 너, 등장인물이 많으면 귀찮으니까 이렇게 썼지!"

세진은 또 고문하는 시늉을 했고, 헌제는 도화지에 '고문'이라고 적었다. 정말 고문당하고 있는 기분이었다.

"그리고 무엇보다, 꼭 이 사람이면 안 된다는 식의 사랑 자체가 웃기지 않아요? A는 B를 사랑해야 할 역사적 사명을 띠고 이 땅에 태어났다. 아니, 사랑이라는 게 그런 건가요? 말도 안 돼! 그건 스토커들이나 하는 짓이라구요."

"그래서 또 작가를 고문하고 싶어지나요?"

"맞아요! 고문을 해야 돼. 너 태어나서 여태까지 사랑 한 번 못 해봤지! 해도 머릿속으로 짝사랑만 해봤지!"

"맙소사! 건더기 빼고 국물 빼고…… 그럼 대체 무슨 재미로 드라마를 봐요? 물론 저는 그게 거짓말이라는 걸 다 알고 있어요. 아마 대부분의 사람들이 다 그럴걸요. 거짓말인지 알면서도 적당히 속아주는 거죠. 그래야 재미있으니까. 만화를 보면서 돼지가 어떻게 말을 해, 여우가 어떻게 말을 해, 그렇게 따지면서 보면 무슨 재미로 만화를 봐요? 절대로 안 속으려고 이것저것 따지는 사람들이야말로 사실은 진짜로 속고 있는 거예요. 그것도 일종의 피해망상증이라구요. 슬픈 장면이 나오면 그냥 울고, 악당이 나오면 그냥 분개하면 되잖아요? 작가도 나름대로 시청자를 울고 웃게 하느라 얼마나 궁리했겠어요. 저것은 거짓말이니까 나는 절대로 속지 말아야 해. 꼭 이래야 되나요?"

"물론……."

예상하지 못한 반격이었던지 신나게 떠들어대던 세진은 주춤하며 도움을 바라는 듯 헌제를 돌아보았다. 헌제는 '피해망상증'이라고 쓴 다음 밑줄을 그었다. 세진이 당하는 게 너무 고소한 생각이 들어 속으로 웃음까지 나왔지만, 그렇다고 명신의 편을 들어주고 싶은 마음도 없었다. 누가 옳고 그르건 지금은 두 수다쟁이가 똑같이 그의 적이었다. 저것들을 어떻게 쫓아내지? 헌제는 종이를 엎고는 의자에서 일어섰다.

"우리, 나가서 점심이나 먹고 올까요? 배 안 고파요?"

점심을 먹고 식당을 나오면 작별하기 쉬우리라고 기대하며 헌제는 두 사람에게 말했다.


"메밀국수를 처음 먹었을 때는 정말 신기했어요. 그때가 고등학교 때였던가? 왜, 다른 음식들은 다 둥근 그릇에 담겨 나오잖아요? 저는 세상에 네모난 그릇이 있다는 생각은 전혀 해본 적이 없었거든요. 물론 이것을 그릇이라고 할 수 있는지 어쩐지는 모르지만, 어쨌든 그랬어요. 게다가 냉면처럼 국물이 있는 것도 아니고, 스파게티처럼 소스에 버무려 먹는 것도 아니고, 국수를 무슨 튀김처럼 간장에 찍어 먹는다는 게 너무 이상하게 느껴지지 않아요? 누가 이런 음식을 생각해냈을까?"

명신은 젓가락으로 간장 그릇을 휘휘 저으며 조잘거렸지만,

세진은 아무 대꾸도 없이 초점 잃은 눈길로 명신의 손놀림만 멍하니 쳐다보고 있었다. 맥 빠진 사람처럼 어깨를 축 늘어뜨린 채 아무 표정도 없었다. 한 번 면박을 당했다고 쉽게 기가 죽을 놈은 아닌데……. 헌제는 별일도 다 있다고 생각했다. 점심시간이 지났기 때문인지 일식집에는 손님이 많지 않았다. 주방에는 식빵 모양의 하얀 모자를 쓴 요리사가 부지런히 칼질을 하고 있었다. 헌제는 주방 테이블 천장 위에 주렁주렁 매달려 있는 검은 천들을 바라보았다. 붉은 글씨로 뭔가 잔뜩 적어놓았지만, 일본 말을 모르는 사람들한테는 아무 의미도 없는 무늬에 지나지 않았다.

"이렇게 간장에 와사비를 풀어서 먹는 것은 한국식이래요. 간장에 풀면 와사비의 매운 향이 사라지기 때문에 일본 사람들은 음식에 와사비를 살짝 발라서 간장에 찍어 먹는대요. 초밥을 먹을 때처럼 말이죠. 왜, 와사비만 따로 먹으면 코끝이 찡하잖아요? 일본 사람들은 그런 느낌을 좋아하나? 와사비를 우리말로 뭐라고 하는 줄 아세요? 고추냉이래요. 와사비는 전혀 고추처럼 생기지도 않고 냉이처럼 생기지도 않았는데 왜 그런 이름을 붙였는지 몰라. 뭔가 이유가 있겠죠. 왜, 일본 말은 죽어도 쓰면 안 된다고 주장하는 사람들 있잖아요? 꼭 그 래야 하나 몰라. 이를테면 일본 사람들이 김치를 '기무치'라 고 하지 않고 자기네 나름대로 엉뚱한 말을 만들어 쓰면 우리 도 기분 나쁠 것 아니에요? 와사비는 원래 일본산이고, 그 식 물의 학명도…… 아, 잠깐만. 드시지 마세요."

헌제가 물을 마시려고 잔을 드는데 명신이 갑자기 제지했다. 그러고는 건너편 식탁을 닦고 있던 아주머니에게 말했다.

"아주머니, 여기 물잔 좀 바꿔주시겠어요? 이가 조금 빠진 것 같아요. 사진 찍을 때 우리는 '김치' 하지만 서양 사람들 은 '치즈' 하잖아요? 그게 더 멋있게 느껴졌던지 저희 아버지 는 사진을 찍어줄 때 저더러 꼭 '치즈' 하라고 했어요."

자세히 들여다보니 물잔의 입 닿는 부분이 조금 깨져 있었 다. 잔을 눈 가까이에 대고 들여다봐야 겨우 알아차릴 만큼 아주 작은 균열이었다. 저렇게 쉴 새 없이 떠들면서 언제 이걸 발견했지? 헌제는 신기하다는 생각이 들었다.

"그래서 어릴 적 사진들을 보면 죄다 입이 오리주둥이처럼 일그러져 있어요. 그때는 아버지가 왜 '즈' 하고 발음할 때처 럼 이상한 입 모양을 하고 사진을 찍으라고 하는지 도무지 이해를 할 수가 없었어요. 요컨대 '즈'가 중요한 게 아니라 '치'가 중요하다는 걸 몰랐던 거죠. 나중에 영어를 배우게 돼서야 그 까닭을 알았죠. 우리는 치즈를 두 음절로 발음하지만 그 사람들은 한 음절로 발음한다는 사실을 말이에요. 물론 저는 학교 다닐 때도 영어는 딱 질색이었어요. 성적도 나빴구요. 영어 선생님은 좋아했지만……. 고맙습니다. 저희 영어 선생님은……."

명신은 물잔을 바꿔주러 온 아주머니에게 깍듯이 인사하고 다시 말을 이었는데, '고맙습니다'와 '저희 영어 선생님' 사이에 조금도 간격이 없어서 정황을 모르는 사람이 들으면 영어선생님이 고마운 분이라고 이해할지도 모를 일이었다. 음식을 먹으면서도 그녀는 말을 멈추지 않았고, 입이 두 개 달린 것도 아닌데 어떻게 그럴 수 있는지 헌제는 그저 놀라울 따름이었다.

"한 동네에서 오래 사는 건 그리 좋은 일이 아닌 것 같아요. 동네 터에 무슨 끈끈이라도 붙어 있는지 저희 동네 사람들은 대부분 이삼십 년씩 한 동네에 살고 있는 터줏대감들이거든요. 아니, 어쩌면 그보다 더 오래되었는지도 모르죠. 제가 기저귀를 차고 돌아다닐 때 같이 살던 사람하고 아직까지 같이 산다고 상상해봐요. 누군가 자기 성장 과정을 줄곧 지켜보고 있다면 어쩐지 징그럽게 느껴지지 않아요? 집에 들어갈 때 동네 사람들하고 마주치면 꼭 무슨 몰래카메라 같은 데 찍히고 있는 기분이 들어요."

주제가 하도 많이 바뀌어 가뜩이나 남의 말을 이해하는 데에 더딘 편인 헌제로서는 그녀가 무슨 말을 하는지 제대로 따라잡을 수가 없었다. 산 얘기를 하나 싶어 산에 가보면 그녀는 어느새 바다로 떠나버리고 없는 식이었다. 알아듣는지 못 알아듣는지 세진은 입을 헤 벌린 채 명신의 얘기를 귀담아 듣고 있었는데, 참견 한 마디 안 하는 것을 보아 세진과 같은 떠버리조차 그녀의 수다에는 질린 모양이었다.

"한 동네에 오래 사는 사람들은 대개 길눈이 어둡대요. 열차가 선로를 따라가는 것처럼 매일 똑같은 길만 오가니까 당연히 그럴 테죠. 그래서인지 저희 집 식구들은 다들 길눈이 어두워요. 저희 오빠는 대구에 출장 갔다가 길을 잃어버린 적도 있어요. 숙소로 잡아둔 여관에서 저녁 먹으려고 잠깐 밖에 나왔는데, 돌아가는 길을 찾을 수가 없더래요. 그래서 어

떻게 한 줄 아세요? 옷 가방은 물론이고 양복저고리까지 여
관에 벗어둔 채 그날로 서울로 되돌아왔어요. 물론 그건 영원
히 못 찾았죠. 코앞에 있는 여관도 못 찾으면서 어떻게 서울까
지 왔느냐고 물으니까, 그냥 택시를 잡아 타고 역까지 가자고
했대요. 세상에! 그 여관 주인이 얼마나 이상하게 생각했겠어
요. 옷 가방이랑 양복저고리만 달랑 남겨둔 채 손님이 사라져
버렸으니 말이에요. 틀림없이 어디 밖에 나가서 자살한 줄 알
았을 거야. 그래서 제가 오빠더러 앞으로 출장 갈 때는 실을
한 타래 사 가라고 그랬어요. 동굴 탐사할 때처럼 한쪽 끝은
여관방 문고리에 묶고 다른쪽 끝은 허리에 묶은 다음 식당에
가라고 말이에요. ……양념장이 모자라지 않아요? 좀 더 달
라고 할까요?"

"아뇨. 난 괜찮은데……."

헌제는 의견을 묻듯 세진을 돌아보았다. 세진은 손에 젓가
락을 든 채 앞에 놓인 음식을 먹을 생각도 않고 명신의 입만
멍하니 바라보고 있다가 고개도 돌리지 않고 대꾸했다.

"나도 괜찮아."

"저는 저희 집 식구들하고는 달라요. 한번 가본 길은 절대

로 안 잊어버려요. 초등학교 때는 온 동네를 싸돌아다녔고, 중학교 때는 온 시내를, 고등학교 이후로는 전국을 싸돌아다녔죠. 제가 가본 모든 길들이 제 머릿속에 지도처럼 또렷하게 새겨져 있어요. 다른 나라에는 한 번도 안 가봤지만…… 외국여행하려고 돈을 모으고 있는데 잘 안 돼요. 얼마간 모이면 꼭 쓸 일이 생기거든요. 지난번에는 등산 장비 사느라고 모은 돈을 몽땅 써버렸어요. 텔레비전 광고에 암벽등반하는 장면이 나왔거든요. 그걸 보다가 갑자기 밧줄 하나를 붙잡고 허공에 대롱대롱 매달려 있는 기분이 어떨까 하는 생각이 들더라구요. 그래서 다음 날로 예금을 찾아 산악회에 가입하고 장비까지 구입했어요. 그런 식이에요. 피는 못 속이는가 봐요. 돌아가신 저희 아버지가 꼭 그랬거든요. 우리 형제들 중에 아버지를 닮은 사람은 저밖에 없어요. 나머지는 모두 어머니를 닮았죠. 저희 어머니가 갑자기 어떤 일을 하고 싶은 충동을 느낀다든가 하는 일은 상상도 할 수 없어요. 예를 들면 갑자기 냉면이 먹고 싶어졌다고 해봐요. 그러면 그냥 밖에 나가서 냉면을 먹고 오면 되잖아요? 그런데 저희 어머니는 안 그래요. '왜 갑자기 냉면이 먹고 싶지?' 하고 온 식구들한테 물어봐요. 보통 우리가 이런 말 들으면 '아, 냉면이 드시고 싶으신가 보다.' 하고 생각할 도리밖에 없잖아요? 그런데 저희 어머니는 진짜 몰라서 물어보시는 거예요. 냉면을 먹고 싶은지 아닌지 확신이 안 서기 때문에 말이에요. 그래서 자식들이 '냉면 드시러 가시겠어요?' 하고 권하면, 그때야 '아니, 귀찮다.' 하며 포기해버리고 말죠. 그러니 치질이 생길 만도 하지. 뭐든 그런 식이에요. 그렇게 성격이 다른 사람들이 왜 결혼을 하게 되었는지 이상하지 않아요? 저희 어머니 말씀이 걸작이에요. 너희 아버지가 분주하게 왔다 갔다 하는가 싶더니 어느새 부부가 되어 있더구나. 세상에! 아마 결혼을 뒤뜰에 있던 화초를 앞뜰로 옮겨 심은 것쯤으로 생각하나 봐."

명신은 어느새 식사를 마치고 휴지로 입을 닦고 있었으나, 한마디 대꾸도 없이 음식만 먹고 있던 헌제는 아직 반도 먹지 못한 상태였다. 세진은 명신의 이야기를 귀담아 듣느라 아예 음식에 손도 대지 않고 있다가 명신이 "잠깐 실례하겠어요." 하고 말하며 화장실에 가자 그제야 몇 젓가락 입에 떠 넣었다.

"저 여자, 굉장하지 않니?"

세진이 속삭였다.

"뭐가?"

'말이 많기로는 너도 만만치 않아.' 하고 쏘아붙이고 싶은 충동을 억누르며 헌제는 되물었다. 그러나 세진의 관점은 달랐다.

"어떻게 저렇게 무궁무진한 화젯거리를, 어떻게 저렇게 거침없이 표현할 수 있느냐 말이야! 말이 막힌다든지, 적절한 표현이 안 떠오른다든지, 뭐 그런 게 하나도 없잖아. 아마 써놓은 대본을 읽어도 저렇게는 못할걸. 도대체 저 여자 머릿속 구조는 어떻게 되어 있는 거야?"

역시 수다쟁이가 수다쟁이를 보는 시각은 다르구나, 하고 헌제는 생각했다.

"나는 저 여자가 무슨 얘기를 하는지 반도 못 알아들어."

"너 같은 성격에 어디서 저런 여자를 구했지?"

헌제는 국수 가락이 목에 걸리는 느낌이 들었다.

"뭐? 지금 무슨 소리를 하는 거야? 아까 말했잖아. 저 여자는 그저 내가 다니던 수영장의 강사일 뿐이야. 나는 저 여자한테 수영을 배웠고. 그러니까 나는⋯⋯."

헌제는 두 사람 관계를 뭐라고 설명해야 좋을지 몰라 말문이

막혔다. 그에게는 너무 단순한 관계가 다른 사람한테는 매우 복잡하게 보일 수도 있으리란 생각이 들었기 때문이었다.

"한마디로 말해 너는 저 여자한테 아무 관심도 없다, 그 얘기냐?"

세진은 화장실 쪽을 힐끔힐끔 살펴보며 물었다.

"물론이지! 게다가……."

"관심이 없으면 그만이지, 왜 그렇게 과민 반응이야?"

세진은 도리어 수상쩍다는 표정을 지었다. 헌제는 그동안 얼마나 그녀한테 시달려왔는지 낱낱이 일러바치고 싶은 심정이었지만, 그건 마치 적에게 적의 동태를 보고하는 일이나 마찬가지였다. 헌제는 차라리 입을 다물기로 했다.

"내가 무슨 과민 반응을 보였다고 그래?"

그렇게 퉁명스레 되묻고는 다시 음식을 먹으려다 헌제는 문득 다른 데 생각이 미쳐 세진을 돌아보았다. 여자를 구해? 그럼 이 녀석이 내가 이혼해서 혼자 살고 있다는 사실을 알고 있다는 건가?

"혹시 너……."

헌제는 뭐라고 말해야 좋을지 몰라 한참 우물거렸다. 세진이 뭘 물어보고 싶으냐는 표정으로 기다리고 있었으므로 헌제는 묻고 싶은 말을 포기하고 고개를 돌렸다.

"너야말로 저 여자한테 관심 있는 거 아냐?"

"관심? 물론이지. 누구한테나 관심을 끌 만한 여자잖아."

"그럼 사귀어보지 그래. 내가 보기에도 둘이 잘 어울릴 것 같은데."

헌제는 진심으로 말했다. 두 훼방꾼들이 서로 어울려 눈앞에서 사라져준다면 그보다 더 기특한 일은 없을 것 같았다.

"내가? 이봐, 나는……."

세진은 잠시 멈칫거리다가 한숨을 내쉬며 "다음에 얘기하자." 하고 중얼거리며 입을 다물었다. 뭔가 내뱉고 싶은 말이 입에 가득 고여 있는 것 같은 표정이었다. 사실 헌제 또한 세진이 결혼을 했는지 안 했는지 모르고 있었다. 그저 세진의 행동거지로 미루어 아직 미혼이겠거니 여기고 있을 뿐이었다. 그런 문제에는 관심도 두고 싶지 않았다. 그 낱말조차 입에 담기 싫을 정도로 결혼은 지긋지긋했으므로.

식당 문을 나서자 명신은 수영 강습이 있다며 가버렸지만, 세진은 미적미적 헌제를 따라왔다. 그는 화실로 돌아가 고장 난 시계를 그려야 했다. '무슨 일이 있어도' 지켜야 할 원고 마감 날을 또 어겼기 때문에 이제 출판사 사장으로부터 거의 암살 위협까지 받고 있었다. "너 안 바쁘냐?" 하고 암시를 주었는데도 눈치 없이 쫄랑쫄랑 따라오는 세진을 향해 헌제는 강아지를 쫓듯 돌멩이라도 주워 던지고 싶은 심정이었다. 건물 입구에 다다랐을 때, 헌제는 단도직입적으로 말하기로 마음먹었다.

"자, 이제 여기서 작별 인사를 하자. 오늘은 내가 할 일이 좀 많아서."

"그래? 그럼, 그렇게 하지 뭐……."

세진은 몹시 아쉬운 듯 우물쭈물 대꾸하더니 악수를 하고는 돌아섰다. 세진의 뒷모습은 왠지 풀이 잔뜩 죽어 있었고, 그런 모습을 보니 헌제는 몹쓸 짓을 한 듯 공연히 마음이 아파 "세진아!" 하고 다시 불러 세웠다.

"미안하다. 내일까지 삽화를 끝내지 않으면 나를 죽이겠다고 협박하는 사람이 있어. 출판사 사장이 전화를 해서, 삽화를 내놓든지 목숨을 내놓든지 둘 중에 하나를 택하래. 벌써 마감 날을 다섯 번이나 어겼거든. 그래도 목숨은 건지고 봐야 하지 않겠냐?"

세진이 씁쓸하게 피식 웃었다.

"짜식, 그래도 이젠 제법 농담도 할 줄 아네."

세진은 뒤돌아 가면서 손을 흔들었고, 그런 뒷모습을 보고 있던 헌제는 어쩐지 세진이 두 번 다시 찾아오지 않을 것만 같은 기분이 들었다. 그런데 그것은 후련한 기분이 아니라 허전한 기분이었다. 그는 그런 기분을 떨쳐버리려는 듯 일부러 경쾌한 발걸음으로 화실로 올라갔다.


집에 올 때마다 느끼는 점이지만 어머니는 유진이를 보는 일에 점점 지쳐가고 있었다. 아이가 성장하면 몸이 고단한 일들은 줄어들지만, 정신적으로 부대껴야 할 일들은 늘어나기 마련이었다. 사실 유진이 교육을 어머니에게 모두 맡겨놓는다는 게 무리임을 그도 잘 알고 있었다. 식물이 다양한 종류의 양분을 받고 자라가듯 아이도 다양한 종류의 애정을 받으며 자라야 하는 것이다. 할머니 애정이 모자라서가 아니라 편중되는 것이 문제였다. 할머니 사랑은 관용에 가까워서 어지간한 잘못쯤은 그냥 덮어두고 넘어가기 십상이었다. 그러나 지나친 관용은 아이를 응석받이로 만들고, 버릇없는 아이로 만들고, 혼자 힘으로는 아무것도 할 수 없는 무능력자로 만들 위험이 있었다. 또 그것은 아이의 공상을 거짓말로 발전시키고, 한때의 호기심을 도벽으로까지 발전시킬 수 있었다. 할머니는 그저 관용만을 베풀 뿐 아이를 훈육할 줄 몰랐고, 집에서 아이를 훈육할 수 있는 사람은 헌제뿐이었다. 그러나 생활비를 벌어야 했으므로 그는 집에 오래 머물러 있을 수가 없었다. 그런 문제 때문에 그는 어머니와 자주 부딪쳤다.

"제발 그렇게 떠먹여 주지 마세요. 유진이가 한두 살 먹은 어린앤가요? 네가 수저 들고 먹지 못해!"

헌제는 아예 식탁 밑에 손을 감추고 앉아 야금야금 밥을 받아먹고 앉은 유진이를 향해 눈을 부라렸다.

"이렇게 해서라도 먹이지 않으면 두 숟가락도 안 먹는 걸 어떡하니? 하루 종일 굶게 내버려 둘 수도 없고."

"자꾸 버릇을 그렇게 들이니까 그렇죠. 하루 종일 과자를 입에 달고 사니 식욕이 있을 턱이 있나요."

"내버려 둬라. 너희도 다 그렇게 키웠지만 별 탈 없이 잘 자라지 않았니."

그것은 사실이 아니었다. 어머니는 좀 엄한 편이어서 그는 어릴 적에 집에서 과자를 먹어본 적이 거의 없었다. 어쩌다 반찬 투정이라도 하면 그 즉시 밥상에서 쫓겨나곤 했었다. 단지 어머니가 할머니 입장으로 바뀌면서 그런 기억들을 까맣게 잊어버렸을 뿐이었다.

"빨리 수저 들지 못해!"

어머니만 탓할 수도 없는 노릇이어서 헌제는 다시 한번 유진이를 다그쳤다.

"그래, 아빠 말이 맞다. 이제 네가 먹어라. 착하지?"

할머니가 구슬리자 유진이는 할머니와 아빠 눈치를 번갈아 본 다음 마지못해 숟가락을 들었다.

"그리고 그 장난감 치워! 아빠가 밥 먹을 때 장난감 가져오면 안 된다고 했지?"

유진이는 식탁 위에 올려놓았던 장난감 고릴라를 슬그머니 밑으로 감추며 거의 울상이 되었다. 이제 한 번만 더 다그치면 울음을 터뜨리겠다는 신호였다. 주둥이를 내밀고 삐죽거리는 유진이의 표정을 보자 헌제도 한 걸음 물러설 수밖에 없었다. 그가 세상에서 가장 두려워하는 소리가 바로 유진이 울음소리였다. 이혼한 뒤부터 그는 길을 가다가도 아이 울음소리가 들리면 혹시 유진이가 아닐까 싶어 뒤를 돌아보았다. 심지어는 화실에서 그림을 그리다가도 유진이 울음소리가 들리는 듯한 환청에 사로잡혀 집에 전화를 걸기도 했다. 이제 달래줘야 할 차례였다. 그는 목소리를 한껏 누그러뜨린 채 물었다.

"요즘 수영장 다니는 것 재미있어?"

유진이는 시무룩한 표정으로 고개를 끄덕였다. 그 순간 헌제는 화제를 잘못 꺼냈음을 깨닫고는 아차 싶었다. 그러나 이미 때는 늦었다. 어머니 눈빛이 반짝거리고 있었던 것이다.

"지난번에 너를 싣고 왔던 그 아가씨 말이야……."

"참, 엄마도. 내가 뭐 짐짝인가요, 싣고 오게."

어머니가 무슨 말을 하려는지 뻔히 알고 있었지만 헌제는 일부러 퉁명스레 말을 잘랐다.

"그래, 싣고 왔든 모셔 왔든, 어쨌든 그 아가씨가 유진이를 가르치고 있다던데, 사실이니?"

"할머니가 수영장에 와서 그 언니랑 얘기도 했잖아."

기분이 어느 정도 풀어진 유진이가 눈치도 없이 쏙 끼어들었고, 어머니는 잠시 머쓱한 표정을 짓더니 유진이 입에 멸치한 마리를 집어넣었다. 물론 어머니는 사실 여부를 몰라서가 아니라 헌제로부터 직접 그 말을 듣고 싶었을 것이다. 그는 이렇다 저렇다 대꾸를 하지 않았다.

"유진이한테 아주 잘해주는 모양이더라. 내가 보기에는 ……."

"너, 또 할머니가 떠먹여 줄 때까지 기다리는 거야?"

헌제는 딱히 누구를 향해서라고 할 것 없이 얼굴을 찌푸렸고, 어머니는 발칵 언성을 높였다.

"나도 어떻게 돌아가는 형편인지 좀 알아야 거기에 맞게 처신을 할 것 아니냐?"

"뭐가요?"

"몰라서 묻니? 그 처녀하고 어떤 사이인지 나도 알아야 ……."

"아무 사이도 아니에요. 지난번에 제가 수영장에 다닐 때그 여자한테 수영 배웠다고 말씀드렸잖아요. 그것도 겨우 다섯 번 정도나 됐을까?"

"겨우 그런 사이인데 그렇게 유별나게 굴어?"

"누가 유별나게 군다고 그러세요?"

"너하고 얘기를 하느니 이 굴비랑 얘기하는 게 더 속시원하
겠다."

할머니가 젓가락으로 식탁 위에 놓인 굴비를 가리키자, 유
진이가 냉큼 물었다.

"굴비가 어떻게 말을 해?"

"그럼 내가 아무 사이도 아닌 여자한테 유진이를 맡겼다는
말이냐?"

"유진이를 맡겨요? 그건 또 무슨 말씀이세요?"

"할머니, 굴비가 어떻게 말을 해, 응?"

"유진아, 가만 있어!"

"수영 끝난 뒤에 유진이를 자동차에 태우고 나가서 놀다 오
더라. 네가 자동차 열쇠까지 맡겼다면서?"

"아니, 그건……."

"너랑 자주 만난다면서. 화실에도 자주 가고. 그래서 나는
네가 그 처녀랑 사귀는 줄 알고 유진이를 맡겼지. 그럼 그 아

가씨가 나한테 거짓말을 한 거니?"

"거짓말은 아니지만, 그 여자는…….."

오직 저를 귀찮게 하기 위해서 찾아올 뿐이에요, 하고 말할 수는 없는 노릇이었다.

"그냥 불쑥불쑥 찾아와요. 아니, 그런 일이 있으면 저한테 전화를 하지 그냥 덜컥 허락하면 어떻게 해요? 그리고 유진이 너, 낯선 사람이 차에 타라고 한다고 냉큼 타면 안 된다고 아빠가 몇 번 말했니?"

"그 언니가 낯선 사람이야? 그리고 그건 우리 차잖아?"

"맞아. 네가 자동차 열쇠까지 맡긴 사람을 앞에 두고 '그래도 사실을 확인해야 하니까 잠깐 전화를 하겠습니다.' 하고 말하란 말이냐? 너 같으면 그렇게 할 수 있겠니?"

할머니와 손녀가 동시에 반격을 해왔고, 또 그 말이 맞았으므로 헌제는 억울하고 답답했지만 딱히 할 말을 찾을 수가 없었다. 뭔가 간교한 음모에 휘말려들고 있는 듯한 기분이 들었다.

"어쨌든…… 저는 그 여자와 아무 관계도 아니에요. 화실에 자주 오는 것은 사실이지만, 그 여자가 왜 자꾸 찾아오는

지 저도 몰라요. 그리고 자동차 열쇠는 맡긴 게 아니라 빌려
달라고 해서 빌려준 것뿐이에요."

"그러니까 정리하자면, 너는 그 아가씨한테 아무 관심도 없
는데 그 아가씨 혼자 너한테 관심을 갖고 있다, 그런 말이 되
겠구나. 맞니?"

"그 여자가 무슨 생각을 하는지 제가 어떻게 알아요? 엄마
는 자꾸……."

헌제는 사태가 이대로 발전하도록 내버려 두면 안 되겠다는
생각을 했고, 다음에 명신을 만나면 분명히 따져야겠다고 마
음먹었다. 그때 할머니와 손녀 사이에 잠시 의미 있는 눈짓이
오고가더니 유진이가 또랑또랑한 목소리로 말했다.

"나는 그 언니 좋아!"

"뭐? 유진이 너는 어른들 얘기에 끼어들지 마!"

"나도 그 아가씨가 좋다!"

"아이 참, 엄마! 애가 듣는 앞에서…… 가만, 지금 둘이서
미리 짜고 하는 말이죠?"

헌제는 할머니와 손녀를 번갈아 흘겨보았다.

"인물이 좀 못난 게 흠이지만, 뭐 얼굴 팔아먹고 살 것도

아니고…… 도리어 잘난 여자들이 더 문제지. 왜 꼴값한다는 말도 있지 않던?"

"할머니, 왜 욕해?"

"욕이 아냐. 얼굴값 한다는 뜻이지."

"엄마, 지금 무슨 말씀을 하시는 거예요? 생김새가 문제가 아니라 저는 그 여자에 대해……."

"그게 뭔데?"

"아무것도 몰라요. 모르는 여자나 마찬가지라구요."

"처음부터 아는 사람이 어디 있니? 차차 알아나가는 게지."

"얼굴값 한다는 게 뭐야?"

"유진아, 너는 좀 빠져!"

"할머니가 나중에 설명해줄게."

그때 갑자기 유진이가 교과서를 읽듯이 말했다.

"나는 그 언니 좋아! 아빠가 그 언니랑 결혼했으면 좋겠어."

"뭐? 너, 그 말…… 할머니가 하라고 시켰지? 엄마는 왜 애한테까지……."

헌제가 짜증을 내며 어머니를 돌아보았지만, 어머니도 깜짝 놀란 표정으로 유진이를 쳐다보고 있었다.

"나는 아무 말도 안 했어. 진짜야."

이번에는 어머니와 아들이 서로 눈길을 마주쳤고, 헌제는 입에 밥알을 문 채 얼빠진 사람처럼 멍하니 유진이를 바라보았다. 유진이가 다시 또렷하게 말했다.

"맞아. 할머니가 시키지 않았어. 그건 내 생각이야. 아빠가 그 언니랑 결혼했으면 좋겠어. 나는 엄마가 필요해."

헌제는 지금 무슨 일이 일어나고 있는지 갈피를 잡을 수가 없었다. 다만 한 가지 분명한 것은, 어머니가 방금 자리에서 일어났으므로 얼마 뒤면 민제와 규제가 툴툴거리며 현관으로 들어서리라는 사실이었다.


세 형제는 헌제의 화실에 옹기종기 모여 앉았다. 손님을 위한 배려가 조금도 없는 화실이어서 세 형제가 앉아 있는 의자는 저마다 다른 모양이었다. 민제는 때로 간이침대로 쓰기도 하는 소파에 앉았고, 규제는 등받이가 없는 동그란 의자에 앉았고, 헌제는 너무 오래 사용해 군데군데 비닐이 벗겨진 회전 의자에 앉아 있었다. 늘 그렇듯이 세 형제는 서로 눈길을 마주치지 않으려고 최대한 애쓰며 한동안 멀뚱멀뚱 앉아 있었다. 어머니 앞에서 여자와 교제하는 문제에 대해 이야기를 나눠봐야 돌아가면서 눈총만 받을 게 뻔한지라 형제들끼리 술이라도 한잔하며 대화를 나누겠노라 둘러대고 집을 나왔지만, 세 형제 가운데 술을 마실 줄 아는 사람은 아무도 없었다. 그래서 놀이터 의자에 앉아 처마 밑 참새들처럼 오들오들 떨고 있다가 결국 헌제의 화실까지 온 것이었다. 세 사람 모두 어머니에게 많은 대화를 나눴다는 인상을 주기에 충분한 시간까지만 모여 있다가 헤어지면 그뿐이라는 생각을 하고 있었다.

규제가 먼저 조심스럽게 입을 열었다.

"형 생각은 어떨지 몰라도, 유진이한테 엄마가 필요한 건 사실이야."

헌제는 규제 뒤에 쌓여 있는 그리다 만 삽화 더미를 보자 더욱 마음이 무거워졌다. 삽화를 끝낼 가망이 없으니 이제 목숨을 내놓는 도리밖에 없겠군.

"그런데 그 여자가 형한테 관심이 있는 건 사실이야?"

이번에는 민제가 물었다. 두꺼운 눈두덩 때문인지 민제는

언제 봐도 졸린 것 같은 얼굴을 하고 있었다.

"그걸 내가 어떻게 아냐? 그 깊은 속마음을."

"물어보지 그랬어. 나한테 관심이 있냐고."

"너희 같으면 그렇게 할 수 있겠냐?"

"우린 도저히 그렇게 못 하지."

민제와 규제가 동시에 고개를 젓자, 세 형제는 실없이 웃었다. 규제가 말했다.

"물어보나마나 너무 뻔한 사실 아냐? 왜 관심도 없는 여자가 남자 화실에 뻔질나게 드나들겠어?"

"형은 그 여자를 어떻게 생각하는데? 그게 중요한 거 아닌가?"

"아주 골치 아프게 생각하지. 할 일은 산더미같이 밀려 있는데, 네가 앉아 있는 그 소파에 자리를 잡고 쉴 새 없이 조잘거리는 거야. 그렇다고 노골적으로 나가라고 할 수도 없고. 너희는 그럴 때의 심정을 알지?"

"우리야 물론 알지."

민제와 규제가 또 동시에 고개를 끄덕이며 웃었고, 헌제는 홀로 처절히 싸우던 요새에서 동지를 만난 듯이 가슴이 뜨거워졌다. 민제가 정색을 하고 말했다.

"그 여자하고 형 관계는 내가 알 바가 아냐. 그건 형이 알아서 할 문제지. 하지만 유진이가 그런 말을 한 것은 딱히 그 여자가 좋아서가 아니라 엄마가 필요했기 때문이야. 그건 형도 느끼고 있는 사실 아냐?"

헌제가 더듬더듬 말했다.

"그렇다고, 내가, 뭘, 어떻게 할 수 있겠냐?"

세 형제는 약속이라도 한 듯 침울하게 입을 다물었다. 한참만에 규제가 물었다.

"형, 정말 결혼할 마음 없어?"

헌제는 고개를 끄덕였다.

"그런 건 정말 두 번 다시 하고 싶지 않아."

또 한참 동안 침묵이 계속된 끝에 헌제가 물었다.

"그러는 너희는 왜 결혼을 안 하냐? 너희 때문에 내가 항상 엄마한테 두 배로 욕을 먹잖니? 형 꼴을 보고 동생들이 결혼을 안 한다고."

"솔직히 그런 면도 없지는 않지만…… 우리야 어디 못 하는 거지, 안 하는 건가? 규제 너는 안 그러냐?"

"뭐…… 나도 그렇지. 난 여자 앞에 앉아 있으면 그 여자가 내 목을 조르는 것 같아서 숨이 막혀. 그렇잖아? 하기 싫은 말도 억지로 해야 되고, 괜히 웃어줘야 하고……."

"맞아. 선이라도 보러 나가면 여자들은 으레 남자가 모든 걸 다 해줘야 한다는 듯이 새침하게 앉아 있어. 얼마나 재롱을 잘 떠는지 봐줄 테니 시작해봐, 꼭 그런 표정을 하고서 말이야. 만일 재롱을 떨지 않고 그냥 오지? 그러면 뒷구멍으로 온갖 비난을 다 퍼붓는 거야. 선보러 나와서 입에 밥만 퍼 넣고 앉아 있다는 둥, 며칠 동안 굶겨서 선보러 보냈냐는 둥……."

민제는 그때 선본 사건이 두고두고 원망스러웠던지 볼멘 목소리로 투덜거렸다. 헌제는 픽 웃었다.

"그런 말 들으면 엄마가 뭐라고 그러실지 잘 알지?"

민제와 규제도 따라 웃었다.

"잘 알지. 이런 숙맥들! 너희를 장가보내느니 내가 시집을 가고 말겠다!"

한차례 실없는 농담이 오간 뒤 또 침묵. 이번에는 민제가 먼저 말을 꺼냈다.

"이럴 때는 역시 해결사가 있어야 하는데……."

규제는 민제의 얼굴을 쳐다보았고, 헌제는 신발을 쳐다보았다. 얼마나 오래 신었던지 뒤축이 닳아 거의 바닥에 닿을 지경이었다. 저 녀석 신발 하나 사줘야겠구나. 헌제는 공연히 미안한 생각이 들었다.

"완제가 있었으면 우리가 말도 꺼내기 전에 콩인지 팥인지 담판을 지었을 거야. 그렇지 않니?"

"그랬을 테지. 해결사니까."

이 집구석에서 남자처럼 생긴 물건은 완제밖에 없다. 어머니는 남편과 세 아들한테 분통을 터뜨릴 때마다 그렇게 말하곤 했었다. 성가신 외판원을 돌려보낸다거나, 잘못된 상품을 상점에 가지고 가서 따진다거나, 얌체 짓 하는 이웃과 다

툰다거나 하는 일들이 생기면, 아버지를 비롯한 네 남자는 행여 자신을 부를까 봐 숨을 장소 찾기에 바빴고, 오직 완제만이 왜 이런 일이 진작 생기지 않았냐는 듯이 팔을 걷어붙이고 나섰다. 그래서 어렸을 때부터 식구들은 완제를 '해결사'라고 부추겼고, 그 탓에 완제는 더욱 신바람을 내며 모든 골칫거리들을 기꺼이 처리해주었다. 그러나 이번만은 사정이 달랐다.

"완제라고? 따지고 보면 이 모든 일이 완제 고것 때문에 생긴 거야."

"완제가 뭘 어쨌기에?"

"나한테 그 빨간 자동차를 억지로 떠맡기고 갔잖아."

"그게 뭐 어쨌다는 거야? 왜 애매한 자동차를 탓해?"

"그 여자가……."

하다가 헌제는 치사한 생각이 들어 입을 다물었다. '그 빨간 자동차를 빌미로 계속 화실을 찾아왔기 때문이지.' 하고 말할 생각이었으나 스스로 생각해도 억지스럽게 여겨졌다. 더구나 헌제 자신을 포함한 온 식구가 다 완제 편이었기 때문에, 완제를 비난하는 사람은 곧바로 모든 동지를 잃어버린 채 홀로 공동의 적이 되어버리기 마련이었다. 우리의 영웅이자 하나뿐인 여동생한테 책임을 돌리는 치사한 형. 동생들 눈빛에는 벌써 적개심이 떠오르고 있었다. 사실 그는 빨간 자동차에게 운전면허 시험에 여러 번 떨어진 원한까지 덤터기를 씌우고 있었으나, 명신과 면허 시험에 떨어진 일은 아무 상관도 없었다.

"너희는 자동차 필요 없어? 저 애물단지 좀 누가 가져갈 수 없니?"

규제와 민제는 거의 동시에 시큰둥하게 대꾸했다.

"나는 이미 차가 있잖아."

"나는 운전면허도 없는데, 뭐."

"그럼, 가까운 친구들 중에 줘버릴 만한 사람도 없니? 아니면, 너희가 팔아서 용돈이라도 쓰든가."

동생들은 '왜 그렇게 귀찮은 일을 우리한테 떠맡기느냐'는 표정으로 서로 힐끔 눈치를 보았다.

"그렇게 싫으면 그냥 그 여자한테 줘버리면 되잖아."

"맞아. 그게 제일 낫겠네."

헌제는 손으로 얼굴을 감싸 쥐었다.

"야, 내가 앓느니 죽지……."

어머니 말대로 정말 이 집구석에서 남자처럼 생긴 물건은
완제밖에 없었다. 헌제도 갑자기 완제가 그리워졌다.

# 불안한 평화

벌써 한 달 가까이 명신은 화실에 코빼기도 보이지 않았고, 세진 또한 전화 한 통 걸지 않았다. 그 덕에 헌제는 출판사 사장에게 목숨 대신 삽화를 보낼 수 있었고, 마감이 닥친 다른 삽화들도 대충 마무리할 수 있었다.

그날 저녁 이후 유진이는 아빠의 결혼 문제를 다시 꺼내지 않았을 뿐만 아니라 도리어 더 명랑해 보이기까지 했다. 어머니도 살금살금 아들의 동태를 살피기는 했지만 대놓고 캐묻지는 않았고 형제들을 소집하는 일도 없었다. 정말 오랜만에 찾아온 평화였으나, 그의 마음까지 그렇지는 않았다. 마치 불면증 환자가 처음에는 똑똑 떨어지는 수돗물 소리 때문에 잠을 못 자고 나중에는 다음번 물방울이 언제 떨어질지 기다리며 잠을 못 자듯이, 헌제는 이 평화가 언제 깨질지 불안해서 평화롭지 못했다.

처음 며칠 동안 그의 머릿속은 명신에게 따질 말들로 가득 차 있었다. 자꾸 나한테 접근하는 속셈이 대체 뭐냐, 왜 남의 아이를 아버지 허락도 없이 차에 태우느냐, 나는 당신한테 아무 관심도 없고 또 당신과 노닥거릴 만큼 한가한 사람도 아니다, 주변 사람들이 당신과의 관계를 오해하도록 내버려 두고 싶지 않으니 자동차 열쇠를 돌려주고 화실에도 찾아오지 말기 바란다 등등……. 그는 삽화를 그리면서도 머릿속으로는 내내 그 궁리만 하고 있었다. 막상 명신이 나타나면 과연 그런 얘기를 내뱉을 수 있을지 장담할 수는 없었지만, 어쨌든 상상하는 것만으로도 그는 살이 떨릴 만큼 짜릿한 기분을 충분히 맛볼 수 있었다. 아니, 그렇게 심하게 말할 필요까지는 없어도 그 이상한 여자와 관계가 더 진전되지 못하도록 막아야 한다는 사실만큼은 분명했다. 무엇보다 말을 할 때 떨지 않는 일이 가장 중요했으므로 그는 머릿속으로 끊임없이 예행 연습을 하며 칼을 갈고 또 갈았다.

그러나 칼을 휘두를 상대가 나타나지 않으니 환장할 노릇이었다. 마치 백만 대군을 일거에 함몰시킬 어마어마한 함정을 준비했는데 정작 적군이 나타나지 않아 아무 쓸모도 없게 된 꼴이었다. 그렇다고 전화를 하거나 일부러 찾아가서 '여기 조촐한 함정을 마련했사오니 부디 왕림하여주시기 바랍니다.' 하고 말할 수도 없는 노릇이었다. 헌제는 도리어 자신이 함정에 빠진 것 같은 느낌마저 들었다.

시간이 지남에 따라 그의 칼은 녹슬고, 예행연습은 긴장감이 빠지고, 기껏 준비한 말들은 점점 과거 시제로 바뀌어가고 있었다. '나한테 접근하는 속셈이 뭐냐'가 '……뭐였느냐'로 바뀌는 식으로. 그래서 이제는 그런 말을 한다는 자체가 우스꽝스럽게 느껴졌고, 접근하지 말라는 말을 하려고 빨리 접근해주기를 기다리고 있는 자신이 바보 같아 보였다. 그는 명신에게 더욱 화가 났고, 자신에게 더욱 짜증이 났다. 제기랄! 이 여자는 도대체…….

그러나 묘한 일이었다. 명신이 도통 나타날 기미를 보이지 않자 그의 마음은 점점 전혀 다른 종류의 불안으로 바뀌고 있었다. 인정하고 싶지는 않았지만, 그것은 분명 염려였다. 정확히 따지면 그녀가 수영장에도 나오지 않는다는 말을 유진이한테 들은 다음부터였다. 빨간 자동차는 은퇴한 노인처럼 심심한 모습으로 아파트 주차장 한구석에 늘 오도카니 놓여 있었고, 그것을 볼 때마다 헌제는 그녀한테 무슨 일이 생긴 게 아닌지 궁금했고 은근히 걱정도 되었다. 심지어 명신과 세진이 동시에 나타나지 않는다는 사실에도 생각이 미쳤다. 그날 명신과 처음 만난 자리에서 세진은 뭔가 석연치 않은 태도를 보였고 그녀에게 관심이 있다는 말까지 넌지시 비치기도 했었다. 만일 두 사람이 한눈에 반해 밀월여행이라도 떠난 것이라면 그는 쌍수를 들어 환영할 터였다. 그러나 누가 뭐라고 할 사람도 없는데 언질이라도 주고 떠날 일이지 왜 남의 속을 답답하게 하느냐 말이다! 전화를 걸어 확인하면 그뿐이겠지만, 헌제에게 있어서 그런 일은 상상도 할 수 없었다. 받는 일도 끔찍한데 걸기까지 하랴, 그것이 전화를 대하는 그의 태도였다.

한 달쯤 되어서야 헌제는 명신의 일을 더 생각하지 않게 되었지만, 이번에는 또 다른 종류의 불안감이 찾아왔다. 그것은 명신이 다시 나타나면 어쩌나 싶은 불안이었다. 그러면 그는 그 모든 성가심을 다시 겪어야 하고, 그녀를 쫓아내기 위한 모든 예행연습을 다시 해야 할 것이었다. 자주 느낀 것은 아니지만, 그것은 여태까지 겪은 불안 가운데 최악의 것이었다. 이래저래 그는 한 달 내내 불안감에서 벗어날 도리가 없었다.


헌제는 큰길 가에 있는 술집에서 세진을 만나기로 했다. 생김새는 일식집 같았으나 '닭 잡아먹고'라는 이름으로 미루어 보아 주로 닭고기 안주를 파는 술집임을 짐작할 수 있었다. 술집 쪽문 옆에 상갓집에서 흔히 볼 수 있는 조등(弔燈) 모양의 붉은 등이 달려 있었는데, 술이라면 질색인 헌제에게는 술집이나 상갓집이나 그리 다를 바가 없게 느껴졌다. 세진은 이미 닭 꼬치를 안주 삼아 술을 마시고 있다가 헌제를 보자 밝게 웃으며 손을 흔들어 보였다. 헌제는 세진이 처음 연락했을 때 술 마시고 치통을 앓았던 생각이 났고, 오늘은 아무리 권해도 절대로 술을 먹지 말아야겠다고 마음을 다져 먹었다.

"오랜만이다." 하며 세진은 손을 내밀어 악수를 청했다. 세진이 평소와는 뭔가 다르게 느껴져서 그 달라진 점이 뭔지 곰곰이 살펴보았지만 딱히 꼬집어낼 수가 없었다.

"한잔할래?"

세진이 물었고, 헌제는 "아니." 하고 대꾸했다.

"왜, 또 충치가 재발할까 봐?"

헌제는 달아날 비상구를 미리 봐두려는 듯이 실내를 유심히 살펴보았다. 주로 꼬치안주만 파는 집인 듯 메뉴판에는 여러 종류의 꼬치 이름들이 나열되어 있었다. '꼬치'를 중심으로 글자 간격을 맞췄기 때문에 세로로 읽으면 '꼬 꼬 꼬 꼬꼬' 하고 닭 소리를 적어놓은 것처럼 보였다. 실내가 워낙 좁다 보니 안쪽 좌석은 거의 가스실이나 다름없이 담배 연기가 자욱했다. 그 연기 속에서 두 사내가 모이를 쪼는 닭들처럼 이마를 맞대고 수군거리고 있었다. 얼굴이 뻘개진 사내는 연기가 피어오르는 담배를 쥔 손을 휘두르며 뭔가 설명하고 있었고, 뒤통수만 보이는 사내는 고개를 주억거리고 있었다. 이제는 그런 식의 상호가 너무 많아 그리 기발하게 느껴지지도 않는 술집 이름이 벽 곳곳에 적혀 있었다. 닭 잡아먹고. 그러고 보니 '오리발 내민다'라는 상호를 가진 오리구이 식당도 어디선가 본 듯한 생각이 들었다.

"그동안 어디 갔었니?"

헌제는 세진을 바라보며 물었다. 그러고 보니 달라진 점은 바로 세진의 얼굴이 아닐까 싶었다. 예전처럼 빤질빤질하고 유들유들하던 기름기가 느껴지지 않았다.

"왜? 보고 싶었어?"

세진이 물었고, 헌제는 픽 웃었다.

"그럴 리가."

세진도 마주 웃었다.

"너 같은 고슴도치가 나를 보고 싶어 할 리가 없지. 술이 싫으면 저녁 식사라도 할래?"

"아니, 먹었어. 그냥 술이나 한잔할게."

웬일이냐는 듯이 장난스럽게 눈을 한 번 휘둥그렇게 뜬 다음 세진은 주인에게 잔을 하나 더 달라고 청했다. 너 같은 고슴도치? 어디서 들어본 듯한 말이었다.

"그 아가씨는 요즘도 자주 찾아와?"

세진이 술을 따르며 물었고, 헌제는 "누구?" 하고 되묻고 나서야 명신을 가리키는 말임을 깨달았다.

"그 쉴 새 없이 말하는 아가씨 있잖아."

"아니, 요즘은 안 와."

"왜? 헤어졌어?"

"뭐? 야, 너는……."

헌제가 눈을 부라리자 세진은 날아오는 화살이라도 막는
듯한 동작으로 재빨리 손을 내밀었다.

"아, 미안, 미안! 네 말로는 사귀는 사이가 아니라고 했
지?"

"내 말 때문이 아니라 사실이 그렇지 않아."

"사실은, 사귀는 사이가 아니다……?"

앞부분의 억양을 높여 말하자 그 말은 색다른 뜻을 담게
되었다.

"아니, 그것도 아냐. 어느 모로 보나 사귀는 사이가 아니라
고 말해."

"젠장, 알았어. 어느 모로 보나 사귀는 사이가 아니다. 됐
어?"

"그래."

헌제는 만족한다는 듯이 고개를 끄덕였다. 잠시나마 세진
과 명신이 함께 밀월여행을 떠났을지도 모른다고 상상했던 적

이 있었음을 떠올리고 그는 속으로 웃었다.

"내가 보기에는 참 괜찮은 아가씨 같던데……."

세진이 술을 입에 털어 넣으며 중얼거렸다. 벌써 세 사람한테 듣는 말이었다. 어머니, 유진이, 그리고 이제 이 녀석까지. 헌제는 명신이 왜 갑자기 자신의 인생에 등장하여 중요한 화제의 인물이 되어버렸는지 기이한 생각마저 들었다.

"그러니까 너더러 사귀어보라고 했잖아."

헌제가 그렇게 대꾸하자 세진은 술기운에 멍해진 눈을 헌제 쪽으로 바짝 들이대며 말했다.

"야, 나 결혼했어."

헌제는 그제야 세진이 총각이 아니라는 사실을 알게 되었다. 결국 실수를 한 셈이었다.

"어, 그래? 미안하다. 나는 몰랐어. 네가 한 번도 그런 말을 안 하기에……."

세진이 낮은 목소리로 중얼거렸다.

"한 달 전에."

"뭐?"

헌제는 어리둥절했고, 세진은 등을 쭉 펴서 자세를 똑바로 세우고 앉았다.

"사실은 저번에 청첩장 건네주면서 말하려고 했는데, 그 아가씨가 있어서…… 그리고 네가 가라고 했잖아. 바쁜 일이 있다면서."

"야, 그렇다고 그냥 가면 어떻게 해! 그리고 네가 결혼하는 것하고 그 여자하고 무슨 상관이야? 왜 청첩장을 못 건네줘?"

세진은 헌제를 바라보며 장난스럽게 빙글빙글 웃었다.

"청첩장을 주면? 왔을 거야?"

"그야……."

당연히 안 갔을 것이다. 이혼한 뒤로 헌제는 단 한 번도 남의 결혼식에 가본 적이 없었다. 그가 결혼에 관련된 행사에 참가한 것은 오직 완제의 약혼식뿐이었다. 완제가 시집 식구들이 사는 미국에서 결혼식을 하는 바람에 하나뿐인 여동생 결혼식에조차 가지 못했다. 물론 갈 마음만 있었다면 비행기 표를 끊어서 가면 그만이었지만 구태여 그렇게까지 하고 싶지는 않았다. 무엇보다 그는 결혼에 관련된 모든 것에 거의 공포에 가까운 기피증이 있었고, 이혼한 사람은 남의 결혼을 축복

할 자격이 없다는 식의 엉뚱한 자격지심마저 느끼고 있었다.

"내가 네 심정 다 알지. 나도 너랑 같은 종류거든. 고슴도치."

"뭐?"

"그 아가씨도 그랬잖아. 나더러 피해망상중이라고. 그 말
들으니까 뜨끔하더라."

그러고 보니 생각났다. 연화. 그를 고슴도치라고 했던 사람
은 바로 연화였다. 그런데 이 녀석이 연화를 알고 있는 걸까?
헌제는 술잔을 들어 마시는 척했지만 입술만 살짝 적시고는
다시 내려놓았다. 대놓고 말은 안 했지만, 그를 고슴도치처럼
더욱더 가시를 곤두세우게 만든 장본인은 바로 연화 자신이었
다. 비록 이혼하기는 했지만 그때까지만 해도 언젠가는 누군
가를 다시 만나 사랑하고 결혼하게 되리라고 막연히 생각하고
있었다. 그러나 연화와 헤어진 뒤부터는 그런 생각조차 하지
않게 되었다. 이혼한 뒤에는 결혼이 끔찍하게 느껴졌지만, 연
화와 헤어진 뒤에는 사랑 자체가 끔찍하게 느껴졌던 것이다.

"나, 재혼이거든."

"그래?"

그랬구나……. 헌제는 새삼스레 세진의 얼굴을 바라보았다.

312

"너처럼 애도 하나 딸렸고. 나는 누나들이 워낙 많아서 너보다야 형편이 나았지. 서로 엄마 노릇을 못 해줘서 안달이거든."

마지막으로 화실에 찾아왔던 날, 연화는 애가 하나 달려 있는 남자와 결혼한다고 말했었다. 그리고 헌제더러 고슴도치 같다는 말도 했었다. 연화 탓이 아니었다. 그건 분명했다. 숙맥이며, 머저리이고, 겁쟁이에, 약해빠진 그가, 가진 무기라고는 고작 강아지 한 마리도 위협하지 못할 가시밖에 없는 고슴도치인 그가, 연화를 지켜낼 자신이 없었을 뿐이다.

"너, 이미 알고 있었구나?"

"뭘?"

"그러니까……."

세진은 기가 막힌다는 표정을 지었다.

"야, 당연하지. 그렇게 이혼한 티를 팍팍 내고 다니면서 다른 사람들이 모르기를 바란단 말이야? 차라리 이마에 써 붙이고 다니면서 모르기를 바라는 게 낫지."

평소에 그런 말을 들었으면 당장 신경이 곤두섰을 테지만, 세진한테 그런 이야기를 들으니 이상하게도 마음이 덤덤했다.

헌제는 아주 조심스럽게 물었다.

"너, 연화 아니?"

세진이 술잔을 입으로 가져가던 동작을 멈추고 되물었다.

"연화? 연화가 누구야?"

아니구나. 헌제는 미리 생각해놓은 대로 재빨리 말을 바꿨다.

"사람 이름이 아니라 가게 이름이야. 꽃 가게."

"갑자기 웬 꽃 가게?"

"아니, 결혼 축하 꽃다발이나 보낼까 해서……."

헌제는 얼버무리면서 자신의 순발력이 제법 기특하다고 느꼈다.

"원님 행차 뒤에 나팔 분다더니, 결혼식 다 끝나고 꽃다발은 무슨…… 관둬라, 야. 네가 꽃다발을 보낸다니까 왠지 징그럽게 느껴진다."

세진은 술을 입에 털어 넣은 다음 '카아' 하고 쓴 소리를 뱉었고, 헌제는 어색하게 웃었다.

"결혼하니까 좋니?"

"그래, 좋다고 해야겠지. 결혼을 했다기보다 당한 기분이야. 누나가 일곱이나 되다 보니 한 명씩 돌아가면서 중매를

서도 일곱 번 아니냐. 우리 누나들이 보통 극성이 아니거든. 거의 일주일에 한 번은 강제로 선을 봤는데, 나중에는 누가 누군지 얼굴도 기억 못 하겠더라. 선보러 나온 여자들이야 그런 사정을 알게 뭐냐? 내가 주일마다 교회에 가듯이 주말마다 선보러 다닌다는 사실을 말이야."

세진은 사건의 전모를 공개하듯 결혼하기까지의 과정을 세세하게 설명했고, 헌제는 그 말을 건성으로 들으며 탁자가 흔들릴 때마다 일렁거리는 술잔 속의 파동을 물끄러미 관찰하고 있었다. 파동이라 해야 기껏 작은 일렁임일 뿐인데, 왜 배 속에만 들어가면 엄청난 파도가 되어 속을 뒤집어놓는 것일까?


헌제는 술을 반 잔도 채 먹지 않았지만 세진은 엉망으로 취해버려 몸도 제대로 못 가눌 정도였다. 화실로 데려가서 재울까 했지만 세진이 신혼임을 떠올리자 응급차에 실어서라도 집으로 보내야 할 것 같았다. 뼈가 술에 녹아버렸는지 세진은 땅바닥에 흐물흐물 주저앉으며 헛소리처럼 자꾸 "헌제야, 헌제야." 하고 그의 이름을 불러댔다. 헌제는 그냥 길거리에 내팽개치고 가버리고 싶은 마음이 굴뚝같았지만, 그럴 수는 없었다. 세진은 신혼이고, 무슨 일이 있어도 집으로 가야 했다.

"야, 너희 집 어디야? 집에 찾아갈 수 있겠어?"

세진은 말도 들리지 않는 모양인지 그저 계속 "헌제야, 헌제야." 하고 그의 이름만 애타게 불러댔다. 지나가던 사람이 들으면 동성연애라도 하는 것으로 착각할 지경이었다. 그는 세진의 양복 주머니를 뒤져 뭔가 단서가 될 만한 물건을 찾아보았다. 지갑에 명함이 들어 있었지만, 거기에는 회사 전화번호만 적혀 있었다. 12시가 가까운 시간에 회사에 직원이 남아 있을 리는 없겠지만, 달리 붙잡을 지푸라기도 없는지라 그는 세진을 거의 질질 끌다시피 해서 공중전화 쪽으로 데려갔다. 역시 아무도 전화를 받지 않았다. 주민등록증에 주소가 적혀 있었지만 신혼살림을 새로 꾸렸다는 말로 미루어보아 그게 현재 주소인지 장담할 수도 없었다. 그 주소를 믿고 서울의 반대쪽 끝까지 세진을 싣고 갔다가 아니라는 게 밝혀지면 그보다 더 낭패는 없을 것 같았다.

헌제는 공중전화 밑에 쪼그리고 앉았다. 이제는 화실에 데려가 재우는 일 말고는 달리 선택할 방법이 없었다. 그러나 거듭 '헌제야, 헌제야'를 외쳐대는 세진의 목소리가 너무 애처

롭게 들려 헌제는 어떻게 해서든 그를 신부한테 데려다주고 싶었다. 적어도 전화라도 해줘야 할 것 같았다. 새장가를 간 지 얼마 되지도 않으면서 무슨 쌓이고 맺힌 사연이 그리 많아 엉망으로 취해버렸는지는 알 수 없었지만, 어쨌든 결혼 초장부터 금이 가도록 내버려 둘 수는 없었다. 그는 세진이 안쓰러워 보이기도 하고 한심스러워 보이기도 했다. 자신처럼 아예할 생각이 없다면 모르지만, 이왕 결혼을 했다면 어떻게든 지켜내야 할 것이 아닌가 말이다.

그는 세진의 주머니를 뒤져 핸드폰을 꺼냈다. 사람들이 그곳에 자신의 인적 사항 같은 것을 입력해놓기도 한다는 데에 생각이 미쳤던 것이다. 그러나 핸드폰이라는 물건을 손에 잡아본 적조차 없는 헌제로서는 도대체 무슨 단추를 눌러야 그런 것이 튀어나오는지 알 도리가 없었다. 핸드폰에 달려 있는 단추처럼 생긴 것들은 죄다 눌러보았지만 그놈의 기계는 도무지 요지부동이었다.

"야, 이 핸드폰 어떻게 쓰는 거야? 그거라도 말해줘!"

헌제는 세진의 귀에 대고 소리를 질렀지만, 돌아오는 답변은 여전히 그놈의 "헌제야, 헌제야." 타령뿐이었다. 지나가는 사람을 붙들고 뭔가 물어보는 일은 그가 좀처럼 하지 않는 일이었지만, 물어보고 싶어도 물어볼 사람이 없었다. 어찌 된 영문인지 차도 쪽으로 자동차만 쌩쌩 달릴 뿐 인도 쪽에는 쥐새끼 한 마리 뵈지 않았던 것이다. 그렇다고 차도에 뛰어들어 지나가는 자동차를 세우고 물어볼 수도 없는 노릇이었다. 한참 만에 자전거를 타고 가는 사람이 하나 나타나자 헌제는 재빨리 그에게 달려갔다.

"저기, 혹시……." 하다가 헌제는 머뭇거렸다. 자전거에 탄 사람은 허리가 꾸부정한 노인이었던 것이다. 요즘은 노인들도 핸드폰을 곧잘 가지고 다니니까. 그는 핸드폰을 내밀며 말을 걸었다.

"실례지만…… 이 핸드폰 어떻게 사용하는지 아십니까? 사실은 제 친구가 ……."

그를 핸드폰 파는 외판원으로 여겼던지, 노인은 귀찮다는 듯이 고개를 저으며 그냥 가버렸다. 닭 쫓던 개처럼 노인의 뒷모습을 바라보다가 그는 갑자기 불끈 짜증이 치솟았다. 뒤돌아보니 세진이 줄 끊어진 꼭두각시 꼴을 하고 축대에 등을 기댄 채 바닥에 축 늘어져 있었다. 우선 저 녀석부터 한 대 걷

어차 줘야지. 헌제는 세진 쪽으로 돌아가며 거의 습관적으로 '이럴 때 완제가 있었으면.' 하고 생각했다. 꿩 대신 닭이라고 민제나 규제가 혹시 핸드폰 사용법을 알지도 모른다는 데 생각이 미쳤으나, 그는 동생들 전화번호조차 외우지 못했고, 전화번호 수첩 따위는 애당초 갖고 있지도 않았다. 화실 벽 어느 구석엔가 적어두기는 했을 것이었다. 이래저래 세진을 일단 화실로 끌고 갈 도리밖에는 없었다.

그때 주머니에 잡히는 종이쪽지가 있었다. 꺼내보니 언젠가 명신이 적어준 핸드폰 번호였다. 운전사가 필요하다 싶을 때는 언제든지 전화를 주세요, 하고 말하면서 적어주었던 것이다. 명신에게 무슨 일이 생긴 게 아닐까 염려하던 무렵에 무심코 주머니에 넣어둔 모양이었다. 명신에게 전화를 하는 것은 제 발로 수렁에 걸어 들어가 멱을 감는 일이나 마찬가지였다. 그러나 헌제는 전화를 걸고 싶은 걷잡을 수 없는 유혹을 느꼈다. 핸드폰이니만큼 다른 사람이 받게 될 염려는 없을 것이었다. 자고 있을지도 모를 일이었으나, 몇 번 신호음이 울려도 안 받는다 싶으면 그냥 끊어버리면 그만이었다. 더구나 고작 핸드폰 사용법만 묻는 정도이니 그리 부담을 주는 일도 아닐 터였다. 하기는 바로 그 '고작'이 문제이기는 했다. 고작 핸드폰 사용법을 물으려고 한밤중에 느닷없이 전화를 거는 사내라면 누구라도 그 동기를 의심하지 않겠는가. 하지만 그런 의심이 들지 않도록 지금 상황을 자세히 설명해주면 될 것이었다. 이런 상황은 흔히 있을 수 있는 일이다. 헌제는 그렇게 자위했다. 비록 핸드폰을 사용할 줄 모르는 사람이 그리 흔하지는 않겠지만.

그는 매력이라고는 찾아볼 수도 없는 그녀의 외모를 떠올렸고, 또 그녀가 그동안 얼마나 자기를 성가시게 했는지, 얼마나 귀 따가운 수다쟁이인지를 구태여 머릿속에 떠올렸다. 그래, 나는 단지 핸드폰 사용법이 알고 싶은 것뿐이야. 그 밖에 달리 무슨 이유가 있겠어?

헌제는 공중전화 앞으로 다가가 떨리는 손으로 명신의 핸드폰 번호를 꾹꾹 찍어 눌렀다. 마지막 숫자는 8이었다. 그는 그 마지막 한 자리 숫자를 앞에 두고 머뭇거렸다. 그 숫자를 누르는 순간 그의 인생은 전혀 낯선 또 다른 길로 접어들게 될 것이라는 예감이 들었기 때문이었다. 그것은 예감이라기보다 거의 확신에 가까워서 그는 으스스 몸을 떨었다. 그는 8이

라는 숫자에 손을 댄 채 누르느냐, 마느냐 망설이고 또 망설
였다. 나는 그저 핸드폰 사용법을 알고 싶을 뿐이야. 술 취한
내 친구를 집에 데려다주기 위해. 그의 신혼을 지켜주기 위
해. 단지 그뿐이야. 그는 눈을 질끈 감고 집게손가락에 힘을
주었다. 전화 수화기에서 어떤 여자의 목소리가 들려왔고, 그
는 가슴이 철렁 내려앉았다.

　－다이얼이 늦었사오니 다시 걸어주십시오. 다이얼링 이즈
레잇…….

"정말 아저씨가 저한테 전화를 하리라고는 꿈에도 생각하지 못했어요. 왜 만화 같은 데 보면 충격받았을 때 사람 머리 위에 '쿵!'이라는 글자가 쓰여 있잖아요? 진짜 꼭 그런 기분이었어요. 그래서 제 머리 위에도 혹시 '쿵!'이라는 글자가 적혀 있지 않을까 싶어 위를 쳐다보기까지 했다니까요. 우리 생활이 만화 같다면 참 재미있지 않겠어요? 예를 들어 어떤 사람한테 반하면, 그 사람 눈 모양이 갑자기 하트 모양이 되는 거예요. 그러면 우리는 그 사람 눈 모양만 보고도 자기를 사랑하는지 안 하는지 알 수가 있잖아요? 또 갈등을 하면 머리 둘레에 천사와 악마가 나타나서 서로 싸우잖아요? 만일 진짜로 그런 일이 일어난다면 저는 하루 종일 갈등만 할 거예요. 고것들 싸우는 모습이 참 귀엽거든요. 저는 어릴 적부터……."

명신은 운전대를 잡고 조잘거렸고, 헌제는 의자에 머리를 기댄 채 그녀의 말을 묵묵히 듣고 있었다. 세진은 뒷좌석에 몸을 새우처럼 구부린 채 잠을 자고 있다가 갑자기 생각난 듯 한 번씩 알아들을 수 없는 소리를 중얼거렸다. 명신을 볼 때마다 늘 느껴왔던 점이지만, 그녀는 완제와 거의 같은 과(科)

라고 해도 좋을 만한 여자였다. 해결사. 헌제 앞에 나타나자마자 그녀는 세진의 핸드폰을 뒤져 집 전화번호를 알아냈고, 세진의 아내한테 전화를 걸어 현재의 정황을 다정한 목소리로 조리있게 설명하고는 부근 지리만 알려준다면 집까지 안전하게 데려다주겠다고 말했다. 곧이어 빨간 자동차를 몰고 와 세진을 태웠고, 마치 늘 다니던 길을 가듯 조금도 거리낌없이 세진의 집을 향해 차를 몰았다. 한 사람이 그렇게 많은 일을 어떻게 그토록 능숙하게 처리할 수 있는지, 헌제는 진심으로 감탄해 마지않았다.

"수영장을 그만두셨다면서요?"

헌제는 차창 밖의 밤 풍경을 바라보며 물었다. 사실 그는 자신이 어디쯤 와 있으며 어디로 가는지조차 모르고 있었다. 명신이 운전대를 잡고 있으니 모든 일을 그녀에게 맡기는 수밖에 없었다.

"아뇨. 얼마간 휴가를 낸 거예요. 제주도에서 철인 삼종 경기가 있었거든요. 여태까지 참가한 경기 가운데 최악이었어요. 제주도에 도착하자마자 배탈이 나서 아무것도 먹지 못했죠, 보내기로 한 자전거가 늦게 도착하는 바람에 제대로 훈련도 못 했죠, 게다가 지갑까지 도둑맞아서 제주도에 있는 내내 거지처럼 남들한테 얻어먹고 지냈어요. 그뿐인 줄 아세요? 경기하는 날에는 발뒤꿈치에 물집이 생겨서 제대로 뛰지도 못했어요. 가져간 운동화의 끈이 떨어져서 남의 운동화를 빌려 신었더니 그 모양이 되고 말았지 뭐예요. 아저씨한테 전화가 오기 직전까지도 제 기분은 정말 엉망이었어요. 전화해주셔서 고마워요."

명신은 그를 돌아보며 새삼스레 인사를 차렸고, 헌제는 당황하여 "아니, 도리어 제가……." 하고 말을 흐렸으나 왠지 가슴이 뭉클했다. 늦은 밤에 느닷없이 불러내 주정뱅이를 호송하는 책임을 떠넘긴 사람더러 고맙다니!

"그러고 보니, 이 차는 주로 술 먹고 쓰러진 사람을 실어 나르는 용도로 이용되네요. 지난번에는 아저씨, 이번에는 저 아저씨. 다음에는 누구죠?"

"글쎄요. 다음에는…… 누구지?"

농담에 익숙하지 않은 헌제로서는 뭐라고 대꾸해야 좋을지 몰라 한참 생각했다. 갑자기 명신이 차가 흔들릴 정도로 깔깔대며 웃었다.

"아니, 다음 차례가 누군지를 진짜로 생각하고 계신 거예요? 술 먹고 쓰러질 만한 사람들이 줄을 서서 기다리고 있나 보죠?"

"아니, 그게 아니라⋯⋯."

헌제는 영문을 몰라 더듬거렸으나, 명신은 길가에 차를 세워야 할 정도로 웃어댔다. 그녀는 다시 차를 출발시키고도 혼자 계속 킥킥 웃었다.

"죄송해요. 아저씨는 정말 특이하고 재미있는 분이에요."

"제가요?"

"저는 아저씨 생각만 하면 자다가도 일어나서 웃는걸요. 수영장에서는 턱이 빠지고, 술을 반병 마시고 기절하고, 전화기는 냉장고에 들어 있고⋯⋯. 저번에 길에서 우연히 만났을 때 '왜 모른 척하고 가려고 했느냐'고 물으니까 뭐라고 대답하신 줄 아세요? 그건 이제야 알아보았기 때문이죠. 세상에! 저는 그런 말은 우스갯소리에서나 나오는 줄 알았어요. 제가 왜 아저씨 화실에 자주 찾아가는 줄 아세요? 오늘은 무슨 재미있는 사건이 생길까 하는 기대 때문이에요."

헌제는 그녀의 말이 칭찬인지 놀림인지 갈피를 잡을 수 없었다. 명신이 얼굴에서 웃음을 거두고 물었다.

"제 말, 기분 나쁘게 들리셨어요?"

"아뇨. 그게 아니라…… 저는 남을 재미있게 할 만한 사람이 아니라서…… 그러니까 제 말은, 저는 농담도 잘 못하고…… 아니, 농담은커녕 말도 제대로 할 줄 모르거든요. 그래서 실수도 많이 해요."

"이런, 죄송해요. 저는 아저씨 약점에 대해서 말한 게 아니라, 단지 아저씨 개성에 대해서 말한 것뿐이에요. 그리고 때로는 스스로 생각하기에 약점인 것이 다른 사람이 보기에는 개성인 경우도 많아요. 어떤 책에서 읽은 얘기인데, 옛날에 중국의 어떤 여자가 위가 나빠서 늘 얼굴을 찡그리고 다녔거든요. 그런데 그게 도리어 매력적으로 보여서 다른 여자들도 다 따라서 얼굴을 찡그리고 다녔대요. 뭐, 그런 경우라고 할 수 있지 않을까요? 저는 어떤 사람을 볼 때 그 사람이 잘났느냐 못났느냐를 보는 게 아니라, 그 사람의 개성을 봐요. 그렇잖아요? 세상에는 잘난 사람도 흔해빠지고 못난 사람도 흔해빠졌지만, 개성 있는 사람은 몇 안 되거든요. 대부분의 사람들은 자기 개성이 뭔지도 몰라요. 나름대로 개성 있는 척하는

사람도 있지만, 그건 결국 잘난 척하는 거나 마찬가지더라구
요. 저는 그렇게 생각해요. 개성은 자기 약점조차도 자기 것
으로 인정하는 것이라고. 저런 망할 자식!"

"네?"

느닷없는 욕설에 헌제는 명신을 돌아보았다.

"아니, 저기 저 하얀색 차한테 한 말이에요. 갑자기 차선을
바꿔 끼어들잖아요. 어? 저 운전하는 꼴 좀 봐요. 음주 운전
아냐? 완전히 지그재그로 운전을 하네. 저런 놈은 붙잡아 세
워놓고 지나가는 사람마다 돌아가면서 한 대씩 따귀를 때려
줘야 해! 팍, 팍!"

명신은 한 손으로 운전대를 잡고 다른 손으로는 따귀를 때
리는 시늉을 했으나, 헌제는 그때까지도 따귀를 맞아야 할 운
전사가 모는 자동차를 찾지 못해 두리번거렸다.

"그런데 제가 아까 무슨 얘기를 하고 있었죠?"

"글쎄요, 그러니까……."

헌제는 명신의 말을 듣고 있지 않았었기 때문에 뭐라고 대
답할 말이 없었다.

"저는 늘 이 모양이에요. 말을 하면서도 무슨 말을 하는지

잊어버려요. 그냥 그때그때 머리에 떠오르는 대로 얘기를 하거든요. 아마 말을 하는 동안에 녹음을 해놓았다가 다시 들으면 어리둥절할 거예요. 내가 이런 말을 했었나, 하구요. 하지만 저는 상관하지 않아요. 내가 하고 싶어서 하는 말인데요, 뭐. 사실 이런 습관은 모두 저희 집 식구들 때문에 생겼어요. 다들 거의 벙어리나 다름없거든요. 그래서 식구들한테 얘기하는 거나, 벽에 대고 얘기하는 거나 그리 다를 바가 없어요. 답답할 때도 없지는 않지만, 뭐 그것도 나름대로 괜찮아요. 누가 보라고 일기를 쓰는 게 아닌 것처럼, 내가 하는 말들은 어차피 누가 들으라고 하는 말도 아닌걸요, 뭐. 왜 토론 좋아하는 사람들 있잖아요? 무슨 말을 하면 옳다, 그르다 꼬치꼬치 따지고 드는 사람들요. 저는 그런 사람들하고는 말 안 해요. 꼭 일기 검사받는 기분이 들거든요. 저는 일기 검사는 정말 질색이에요. 왜 학교 다닐 때 툭하면 일기 검사 하잖아요? 아저씨가 학교 다닐 때도 그랬어요?"

"네? 아, 그랬죠. 일기 검사⋯⋯."

"오죽했으면 일기를 두 권 썼겠어요. 하나는 검사용, 하나는 진짜. 그나마 자주 쓰지도 않았지만. 말이랑 글은 전혀 다른 것 같아요. 그냥 쉽게 생각하면 말을 그대로 글로 적으면 되지 않겠나 싶지만, 그게 아니거든요. 글은 자기가 쓴 것을 빤히 보면서 쓰기 때문에 더 어려운 것 같아요. 만화에 나오는 사람들처럼 무슨 말을 할 때마다 머리 위에 말 풍선이 그려지면서 그 안에 방금 한 말이 들어가 있다면, 아마 저는 아무 말도 못 할 거예요. 내가 '철수!' 하고 말하는 순간 '철수!'라는 글자가 눈에 빤히 보인다고 생각해보세요. 어색해서 어떻게 말을 해요? 아저씨, 채팅이라는 것 해보셨어요?"

"채팅? 그게 뭐예요?"

"컴퓨터로 다른 사람하고 대화를 나누는 거예요. 전화를 글로 써서 한다고 생각하면 비슷할까? 저는 딱 한 번 해봤는데, 너무 바보 같아 보여서 두 번 다시 안 해요. 예를 들어 누가 우스운 말을 하면 '하하하' 하고 적어요. 억울한 일이 있으면 '엉엉' 하고 적구요. 그 짓을 하고 있으려니까 제가 꼭 초등학교 교과서에 나오는 인물이 된 것 같은 기분이 들더라구요. 하하하, 오늘은 참 즐겁구나. 엉엉, 제 신발을 돌려주세요. 짝짝짝, 모두 박수를 치며 좋아했습니다."

명신은 초등학생이 교과서를 낭독하는 말투를 흉내 냈고,

헌제는 고개를 조수석 창 쪽으로 돌려 뭔가 바라보는 것처럼 꾸미고는 빙긋 웃었다. 정말 누가 들으라고 하는 말이 아닌지, 명신은 그가 대꾸를 하건 말건 혼자 계속 떠들어댔다. 너하고 얘기를 하다 보면 꼭 허공에 대고 떠들고 있는 기분이 들어, 벽하고 얘기를 하는 것 같아, 헌제는 살아오면서 그런 말을 한두 번 들은 것이 아니었다. 그래서 남들과 대화를 나눌 때에는 귀담아 듣고 뭔가 맞장구라도 쳐줘야 한다는 부담을 느꼈지만, 그럴수록 도리어 상대방의 말이 귀에 잘 들어오지 않았다. 명신의 말을 들으니 마음이 한결 가벼워지는 느낌이었다.

헌제는 의자에 머리를 기댄 채 가끔씩 눈알만 돌려 명신의 옆모습을 훔쳐보기도 했다. 다른 사람들이 말한 대로 정말 괜찮고, 또 마음에 드는 여자였다. 그러나 이성으로서 정감을 느낄 수는 없었다. 살을 비비고 싶은 느낌 없이 이성을 사랑하는 일이 가능한 것일까? 그래도 되는 것일까? 그는 명신의 말을 자장가 가락처럼 편안하게 듣고 있다가 깜빡 잠이 들었다.

"커튼 색깔이 집안 분위기하고 참 잘 어울려요. 어느 인테리어잡지에서 이 집 거실하고 비슷한 분위기를 가진 거실을 본 적이 있어요. 왜 인테리어 잡지 기사를 보면 그런 말 잘 쓰잖아요? 이러저러한 톤으로 배경을 깐 다음 이러저러한 부분에 악센트를 줬다. 이 집 거실을 보니까 그 말이 이해가 가네요. 원래 실내장식을 해본 적이 있으셨나요?"

명신은 언 손을 녹일 때처럼 커피 잔을 두 손으로 꼭 감싸 쥔 채 감탄 어린 눈길로 실내를 둘러보았다. 말 그대로 아닌 밤중에 홍두깨처럼 나타난 두 사람에게 아직도 얼떨떨한 표정을 짓고 있는 안주인은 그래도 다정하게 웃으면서 대꾸했다.

"아니에요. 그냥 관심을 갖고 있는 정도예요."

세진의 아내는 무척 상냥한 여자였지만, 헌제는 발가벗겨진 채 접시 위에 놓인 것처럼 쑥스럽고 민망하기 짝이 없었다. 밤늦게 코가 삐뚤어지게 취한 남편을 부축하고 남의 신혼집을 방문한 것부터가 무례한 일인데, 차 한잔하고 가라는 겉치레 인사에 명신은 한 번의 사양도 없이 냉큼 집 안에 발을 들여놓았던 것이다. 그는 한시바삐 집에 돌아가고 싶었으나 명신은 전혀 그럴 눈치가 아니었다.

"조명을 천장을 향하도록 하니까 실내 분위기가 더 차분해 보여요. 책을 읽는다거나 할 때 불편하지는 않나요?"

"꼭 그렇지도 않아요. 책을 읽을 때는 따로 실내등을 켜니까요. 저기 가운데 있는 작은 전등 있죠? 그 전등만 켤 수 있도록 따로 스위치를 달았어요. 사실 그렇게 돈이 많이 드는 것도 아닌데, 조명만 바꿔도 실내 분위기가 확 달라져요."

"그러고 보니까 정말 전등이 여기저기 달려 있네."

"전등을 여러 개 다는 게 공연한 낭비일 것 같지만 사실은 그렇지도 않아요. 여러 개 달아서 필요한 용도에만 맞춰 쓰면 전기 요금도 오히려 적게 나오거든요. 전구 수명도 길어지고."

명신이 발음을 또박또박 빠르게 하는 편이라면, 세진의 아내는 엿가락처럼 늘여서 길게 발음했다. 나긋나긋하게 보이려고 일부러 꾸민 말투인지 아니면 단순한 버릇인지 모르지만, 이를테면 '여러 개'를 '여어러 개'로 발음하는 식이었다. 그래서 옆에서 두 여자의 대화를 듣고 있자니 자진모리와 진양조 장단 가락을 번갈아 가며 듣고 있는 기분이 들었다.

"저렇게 하려면 전기공사를 따로 해야 하지 않나요? 천장 공사도 해야 하고. 공사를 인테리어 회사에 맡기셨어요?"

"아니에요. 그러면 비용이 커지거든요. 전등은 조명 가게에서 사고 동네에 있는 보수공사 가게 같은 데서 사람을 써서 달았어요. 필요한 자재를 제때에 갖다주고 어떻게 해야 하는지 정확히 지시만 해주면 그 편이 훨씬 싸게 먹혀요. 원래 공사라는 것이 대부분 인건비잖아요?"

"아무래도 그럴 테죠."

"공사를 한꺼번에 맡기면 서로 손발이 안 맞아서 공연히 하루 쓸 인부를 이틀 쓰게 되는 식이 되곤 해요. 자재가 제때에 안 와 인부가 손을 놓고 있는 일도 생기구요. 그러면 그 인부는 다른 곳으로 일하러 가버려요. 정작 물건이 오면 인부가 없어서 또 공사가 늘어지고. 일거리를 최대한 모아서 불필요하게 일손을 놀리지 않도록 처리하는 것이 제일 중요한 요령이죠."

두 여자는 서로 죽이 맞아 주거니 받거니 도란거렸는데, 헌제는 처음 만난 여자들이 어떻게 저렇게 금세 친해질 수 있는지 도무지 이해가 가지 않았다. 세진의 아내는 희고 갸름한 얼굴에 눈의 흰자위가 거의 보이지 않을 만큼 큰 눈동자를 가지고 있었는데, 게다가 목까지 길어서 전체적으로 보면 모딜리아니의 그림에 나오는 여자 같은 인상을 풍겼다. 명신이 거의 몸을 고정시킨 채 입만 놀려 말을 하는 반면, 그녀는 손과 머리를 흐느적거리며 말을 하는 데다 코맹맹이 소리로 말꼬리를 올리는 버릇까지 있어 애교스럽다기보다는 교태를 부리는 것처럼 느껴졌다. 그 여자는 때때로 보릿자루처럼 우두커니 앉아 있는 헌제에게 "고단해 보이신다." "우리 얘기가 재미없으신가 봐." 하고 사교적인 말을 던지기도 했으나 이내 명신과의 대화에 몰두했다. 그래서 헌제는 그 여자가 한 말이 도대체 그만 가달라는 뜻인지 아닌지 분간을 할 수 없었다. 실내 공사 이야기가 한바탕 끝나더니 이번에는 화제가 실내 장식품 문제로 넘어갔는데, 마치 탁구 치는 사람들처럼 주고받고, 주고받고 하는 식이어서 헌제는 어느 대목에서 끼어들어 집에 가자는 말을 해야 할지 기회를 잡을 수가 없었다.

"저런 철물로 만든 소품만 전문적으로 취급하는 가게가 있어요. 제가 그집 카탈로그를 가지고 있는데 보여드릴까요?"

세진의 아내는 카탈로그까지 가져와 펼쳐놓고 '지금까지는 겨우 인사치레를 한 정도에 지나지 않는다'는 듯이 본격적으로 대화를 나눌 자세를 갖췄다. 그래서 헌제는 여태까지는 집에 들어온 것이 예의가 아닌 것 같아 불편했는데, 이제는 집에서 나가는 것이 예의가 아닐 것 같아 불편했다.

"알고 계시나 모르겠지만, 저는 시누이가 일곱이나 되거든요."

"일곱이나요?"

"여자가 셋만 모여도 접시가 깨진다는데, 일곱이나 모이면 어떻겠어요? 물론 몇몇 분은 외국에 계시지만. 저는 온갖 정보를 다 듣고 살아요. 무슨 물건은 어느 가게가 좋다, 어떤 음식은 어디가 맛있다……. 새살림 장만하는 데도 도움을 많이 받았어요. 시누이 남편들도 온갖 분야에 다 계시고."

"식구가 많으니까 정말 재미있겠어요. 저는 위로 오빠만 둘 있는데, 어릴 때부터 여자 형제가 있으면 얼마나 좋을까 생각하곤 했죠. 이미 그렇게 태어난 것이야 어쩔 수 없고, 결혼이라도 누나들이 많은 사람하고 하고 싶어요. 뭐, 얄미운 시누이 같은 말은 다 옛말이잖아요? 정말 부러워요."

"그런데 결혼에 관심이 많나 보다. 집 꾸미는 일에 대해 자꾸 물어보는 태도가 보통이 아닌데."

"제가요? 아니에요. 그냥 궁금해서 물어보는 거예요. 저는 호기심이 많거든요."

화제가 실내 장식품에서 결혼 용품 마련하는 지혜로 넘어
가고, 다시 남자들 술버릇 문제에서 고단한 일상생활에서 어
떻게 몸 관리를 잘할 것인가의 문제로 넘어갈 무렵, 헌제는
불쑥이라도 끼어들지 않으면 안 되겠다고 생각했다. 쇼핑 따
라 나온 남편처럼 그는 심심했고, 피곤했고, 지겨움을 거쳐
마침내는 짜증까지 났다.

"이제 그만 가죠. 너무 늦었는데……."

두 여자는 그제야 마치 '어, 거기 누가 있었네.' 하는 표정
으로 헌제를 돌아보았다.

명신은 신발까지 신고 나서도 신발장 앞에 걸린 사진을 들
여다보며 "어머, 참 예쁘다. 신혼여행 가서 찍은 사진인가
요?"하고 말을 꺼냈고, 세진의 아내는 그 사진을 어떻게 찍
게 되었는지에 대해서 또 한참 설명했다. 두 여자가 어찌나 작
별을 아쉬워하던지, 아닌 밤중에 홍두깨가 갑자기 귀빈으로
둔갑한 꼴이었다.

겨우 둘이 남게 되어서야 명신은 헌제에게 말했다.

"죄송해요. 너무 따분하셨죠? 하지만 이게 다 아저씨 친구

분 신접살림의 평화를 위한 일이니까 이해하세요. 자, 이제 집에 가요."

빨간 자동차를 향해 또박또박 걸어가는 그녀의 뒷모습을 바라보며 헌제는 여우한테 홀린 기분이 들었다. 도대체 누가 누구한테 미안하고, 누가 누구한테 고마운 것인지, 어디서부터 어디까지가 자신의 의도이고, 어디서부터 어디까지가 명신의 의도인지 도무지 종잡을 수가 없었던 것이다. 그러나 적어도 한 가지 확실히 알 수 있었던 것은, 세진이 아침에 눈을 떴을 때 아내한테 그리 많이 닦달당하지는 않으리라는 사실이었다.

# 밥 냄새가 나는 여자

공중 전화의 숫자 단추 하나 누른 일이 모든 상황을 바꾸어놓고 있었다. 명신은 이제 뻔질나게 정도가 아니라 마치 출근부에 도장이라도 찍으러 오듯 한 번씩 화실에 들렀고, 어쩌다 그녀가 나타나지 않는 날이면 헌제는 그녀한테 무슨 일이 생긴 게 아닐까 싶어 궁금한 생각마저 들었다. 심지어 그녀가 조잘거리는 소리를 들으며 그림을 그려도 그리 불편하게 느껴지지 않았다. 그럴 때는 그저 음악을 틀어놓았거니 여기면 그만이었다. 그런데 묘하게도 그런 배짱 편한 자세로 듣자, 거의 한 뭉치의 소음이나 다를 바 없던 명신의 말이 점점 더 또렷하게 귀에 들려왔다.

명신은 수영 강습이 끝난 뒤 때때로 유진이와 놀아주기도 하고, 자동차에 태우고 야외에 나가 바람을 쐬어주기도 했다. 헌제는 유진이를 통해 그 얘기를 듣고 있기는 했지만 별 참견을 하지 않았다. 워낙 능숙하고 야무진 여자니까 그저 알아서 잘하려니 믿고 있었다. 그러나 때로는 유진이가 명신에게 정을 붙이도록 내버려 두는 게 과연 옳은 일일까 싶은 생각이 들기도 했다. 한 번 든 정을 떼는 게 얼마나 시리고 아픈 일인지 이미 잘 알고 있었으므로. 그래서 그는 되도록 명신을 동생처럼 생각하려 했고, 유진이한테도 고모처럼 생각하도록 유도했다. 이를테면 유진이가 "오늘 언니가 자동차 태워줬어." 하고 말하면 헌제는 "그래, 예전에 완제 고모도 그랬지." 하고 대꾸하는 식이었다. 명신이 그걸 어떻게 생각할지는 몰라도, 어쨌든 나중을 대비해둘 필요는 있었다. 헌제는 그나마 명신이 완제와 닮은 점이 많아서 다행이라는 생각이 들기도 했다.

"저는 문제를 복잡하고 심각하게 생각하는 건 딱 질색이에요."

여느 때와 마찬가지로 명신은 소파에 앉아 조잘거리고 있었다. 헌제는 등 너머로 들려오는 그녀의 말에 간간이 귀를 기울이기도 하면서 새로 맡은 그림책 삽화를 그리고 있었다. 평소와는 달리 깔끔한 옷차림을 하고 있어서 그녀가 시내에 볼일이 있나 보다 하고 생각했다. 보통때는 손에 잡히는 대로 주워 입었음직한 옷차림을 하고 다녔기 때문이었다. 임산부들이 입는 것 같은 큼직한 원피스나 오빠의 것이 분명해 보이는 헐렁한 셔츠, 솔기가 너덜너덜해진 청바지, 심지어 운동복 차림으로 나타나기도 했다. 헌제도 옷차림에 그리 신경을 쓰는 편은 아니었지만, 스스로 생각하기에도 너무 심한 옷차림이다 싶으면 그녀는 누가 나무란 것도 아닌데 "수영장에 가면 어차피 수영복만 있고 있는걸요, 뭐." 하고 종알거리기도 했다.

"어릴 적부터 그랬어요. 왜 깜박 잊고 준비물을 안 가져갔다거나, 숙제를 못 해 왔다거나 하면 안절부절못하는 애들 있잖아요? 여자애들 중에는 특히 그런 애들이 많거든요. 저는 그런 애들 보면 무척 한심하게 느껴졌어요. 선생님이 벌을 주면 받고, 손바닥 때리면 그냥 맞으면 되잖아요?"

"그러면 되죠."

붓을 놀리면서 헌제는 복창을 하듯 대꾸했으나, 사실은 뭐가 그러면 되는지 알고 있었던 것은 아니었다.

"저는 아무리 심각한 문제라도 아주 단순하게 생각해버려요. 일이 닥치면 그때 가서 생각하지, 뭐. 이러고 말거든요. 저희 집 식구들은 저랑 완전히 반대예요. 아무리 사소한 문제도 굉장히 심각하게 생각해요. 꼭 하늘이 무너질까 봐 걱정하는 토끼처럼 말이에요. 오늘 아침에 오빠가 이빨 닦는데 갑자기 거울에 금이 갔거든요. 저희 오빠는 지금도 혹시 사고라도 당할까 봐 불안에 떨고 있을 거예요. 만일 사고가 나면 그건 쓸데없는 걱정 때문이지, 거울한테 무슨 죄가 있겠어요. 거울이야 깨진 것만도 억울할 텐데. 아저씨도 그런 터부 같은 걸 믿으세요?"

"글쎄요, 때로는…… 믿죠."

그는 믿는 정도가 아니라 거의 신봉하고 있었다. 심지어 그녀만 나타나면 나쁜 일이 생긴다고 믿은 적도 있었으니까.

"저는 안 믿어요. 그까짓 거울 하나 때문에 하루 종일 벌벌 떨고 있는 게 너무 한심하고 바보 같지 않아요? 생각이 너무 단순해서 그런가? 저는 어릴 적부터 생각이 단순하다는 말을 많이 들었어요. 그래서 수학도 잘 못했어요. 특히 응용문제 있잖아요? 아버지가 공원에 산책하러 간 다음에 강아지는 몇 분 뒤에 출발하고 또 아들은 몇 분 뒤에 출발했는데, 그러면 셋은 몇 시 몇 분에 만나게 되느냐. 그런 식의 문제가 나오면 정답은커녕 그게 무슨 소리인지 이해하느라 시간을 다 보내죠. 그런 걸 왜 따져야 하죠? 셋이 만났을 때 그냥 시계를 보면 되잖아요? 그리고 그 집안 식구들은 뭣 때문에 그렇게 골치 아프게 산책을 가죠? 그냥 다 함께 가면 좋잖아요. 꼭 나를 골탕 먹이려고 일부러 그렇게 산책을 가는 것 같아."

"설마 그렇겠어요."

헌제는 픽 웃었다. 명신의 말을 알아듣는 것부터가 대단한 발전이었다.

"소설책 읽을 때도 그래요. 왜 그런 데에 나오는 인물들은 아무리 사소한 일을 겪어도 거기에 뭔가 심오한 뜻이 있는 것처럼 생각하잖아요? 하다못해 날아온 돌멩이를 맞아도, 그 순간 이러저러한 생각이 그의 뇌리를 스쳤다, 뭐 그런 식으로 반응을 하거든요. 저 같으면 그냥 '아야!' 하면서 돌멩이 던진 놈을 찾아내려고 두리번거릴 텐데. 모든 일을 그렇게 심각하고 심오하게 생각하면서 살아가야 한다면, 아마 저는 스트레스를 받아 머리가 터져버리고 말 거예요. 저 그만 갈게요."

명신이 갑자기 자리에서 발딱 일어섰고, 헌제도 붓을 놓고 일어섰다. 그는 명신의 깔끔한 옷차림이 새삼 눈에 띄어 별다른 생각 없이 물었다.

"오늘, 어디 가나 보죠?"

명신은 어울리지도 않게 새침한 표정을 꾸며 보이더니 약간 쌀쌀맞은 말투로 대꾸했다.

"네, 선보러 가요."

"네? 선……."

헌제는 그 말이 농담인지 진담인지 알 수 없어 머뭇거렸다.

"왜요?"

"아니, 뭐……."

헌제는 그녀가 무엇에 대해서 '왜요?'라고 묻는지 몰라 말꼬리를 흐렸다. 남이 선보러 가는데 왜 네가 시비냐는 뜻일까, 아니면 왜 붙잡지 않느냐는 뜻일까? 명신은 짓궂게도 그의 표정에서 나타나는 변화를 자세히 관찰해두겠다는 듯이 빤히 쳐다보고 있었고, 헌제는 얼굴이 뻘개졌다.

"가지 말까요?"

명신이 다시 묻자, 그는 허겁지겁 말했다.

"아뇨. 가요. 당연히, 진심으로 가야지요."

"진심으로 가라구요?"

'진심으로 하는 말인데, 당연히 가야지요'가 뒤엉켜서 나온 말이었다.

"아니, 그게 아니라…… 당연히 가야 한다는 말이에요. 그러니까……."

명신의 입가에 슬그머니 웃음이 떠올랐지만, 헌제는 당황한 나머지 그것을 보지 못했다.

"알겠어요. 당연히 갈게요."

명신은 그가 대꾸할 틈도 주지 않고 쪼르르 화실 밖으로 나가버렸고, 헌제는 한차례 뺨을 얻어맞은 사람처럼 잠시 동안 문짝만 멍하니 바라보다가 소파에 털썩 주저앉았다.

왠지 똑같은 일을 두 번 당한 기분이 들었다. 명신도 연화처럼 그가 붙잡아 주기를 바랐던 것일까? 그랬을지도 모르는 일이었다. 그렇게 뻔질나게 화실을 드나들었건만 그는 한 번도 명신에게 특별한 감정을 내보인 적이 없었다. 처음에는 성가시게 여겼고, 근래에는 여동생을 대하듯 덤덤하게 맞았을 뿐이었다. 만일 완제가 선보러 간다고 했다면, 그는 그저 '잘 다녀와' 하고 말했을 것이었다. 명신에게도 그렇게 말해야 했을까? 그러나 명신은 완제이면서도 완제가 아니었다. 물론 그는 명신과 결혼할 마음이 조금도 없었고, 그녀가 이성으로 느껴지지도 않았다. 설사 명신이 다른 남자와 결혼을 한다 하더라도 완제가 결혼할 때처럼 덤덤하게 받아들일 수 있을 것 같았다. 그런데 그날 왜 그렇게 떨리는 손으로 그녀에게 전화를 걸었으며, 선보러 간다는 말을 듣고 놀란 토끼처럼 가슴이 철렁 내려앉았을까? 그는 자신의 감정도, 그녀의 감정도 뭐가 뭔지 종잡을 수가 없었다. 하지만 한 가지만은 분명했다. 잘 다녀와, 하고 말했다면 적어도 대범해 보이기는 했을 것이다. 당연히 가야 하다니! 무슨 그따위 얼빠진 말이 있단 말인가!


명신이 가고 난 뒤, 그는 일이 손에 잡히지 않았다. 그녀가 낯선 남자와 마주 앉아 있으리라는 질투심 때문이 아니었다. 화가 나서 가버렸으니 어떤 식으로든 사과를 해야 한다는 부담감 때문도 아니었고, 명신과의 관계를 어떻게 정리해야 좋을지 알 수 없는 혼란 때문도 아니었다. 딱히 무엇 때문인지 알 수는 없었지만, 하반신 없이 허공을 둥둥 떠다니는 것처럼 마음이 안정되지 않았다. 그는 책상 위에 놓인 포스터컬러 물감 다섯 개 가운데 하나만 각진 모양의 뚜껑을 갖고 있는 게 못마땅해 보여 바꿔놓기도 하고, 벽에 걸린 그림이 2도쯤 삐뚜름하게 기울어져 있는 게 눈에 거슬려 바로잡아 놓기도 했으며, 실내화 끝에 삐져나온 실오라기 두 올이 보여 가위로 잘라내기도 했다. 책장 선반의 책들을 높이가 같은 것끼리 다시 꽂아보기도 하고, CD들을 색깔별로 분류해놓기도 했다. 그래도 화실 안에 있는 모든 물건들이 뭔가 저마다 불만을 터뜨리며 툴툴거리고 있는 기분이 들었다.

그는 한참 동안 소파에 우두커니 앉아 있다가 메모 쪽지들을 뒤적거려 완제의 전화번호를 찾아냈다.

완제는 먼저 "헬로." 하고 말했다가 그가 "완제니?" 하고 묻자 비로소 "누구야?" 하고 되물었다.

"큰오빠야."

완제가 졸린 목소리로 물었다.

— 헌제 오빠? 거기 어디야?

"작업실이야. 잘 있었니?"

– 응, 잘 있어. 그런데 웬일이야? 무슨 일 있어?

"아니, 그냥 네 목소리 듣고 싶어서 전화했어."

– 뭐?

"그냥 전화했다고 말했어. 네 목소리가 듣고 싶어서."

– 그게 다야?

"그래, 아무 일도 없어. 그냥 전화한 거야."

헌제는 다정하게 말했고, 완제는 어이없다는 듯이 물었다.

– 지금 몇 시인 줄 알아?

그는 힐끔 시계를 쳐다보았다.

"응, 다섯 시 이십 분."

갑자기 완제의 목소리가 높아졌다.

– 여기는 새벽 세 시 이십 분이야, 새벽!

그제야 한국 시간과 미국 시간이 다르다는 사실에 생각이
미쳤다.

"어, 그래? 미안해. 나는 몰랐어. 그럼, 계속 자."

그는 황급히 전화를 끊었다. 10초쯤 뒤에 전화벨이 울렸다.
물론 완제였다.

─ 도대체 어떻게 된 거야? 술 마셨어? 아니, 오빠가 그럴 리는 없고…… 정말 무슨 일이 있는 거 아냐?

완제는 반드시 무슨 일이 있어야 한다는 듯이 캐물었다.

"아냐, 없어. 그냥 네 목소리를 듣고 싶어 전화한 거야. 난 거기가 새벽인 줄도 몰랐고."

─ 무슨 일이 있지 않고는 오빠가 절대로 나한테 먼저 전화할 리가 없어. 우리 집 남자들이 어떤 사람들인지 내가 모를 것 같아? 정체불명의 세금 고지서가 날아들었다든가, 백화점에서 엉뚱한 물건이 배달되었다든가, 분명히 그런 일이 있었을 거야. 내가 오빠들 때문에 미국에 와서도 도무지 마음이 안 편해. 무슨 일이 있었는지 말해봐. 구청에 가서 호적등본 떼어 오라는 부탁 말고는 다 들어줄게.

짜식…… 헌제는 공연히 코끝이 찡했다.

"아무 일 없어. 사실은 거기가 지금 몇 시인지 알고 싶어서 전화한 거야. 그걸 알았으니까 이제 됐어."

─ 맙소사! 수면제 먹고 자라며 깨우는 식이네. 오빠 주제에 웬 농담? 오빠 진짜 술 마셨어? 아, 알았다! 오빠, 연애하지? 맞지?

완제는 잠자다가 일어난 사람답지 않게 갑자기 호들갑을 떨었다.

"아냐. 네 말대로 내 주제에 웬 연애겠니? 그냥 울적해서 혼자 술 한잔하다가 갑자기 네가 보고 싶어서 전화했어. 전화 요금 많이 나오겠다. 그만 끊자."

─ 오빠가 울적하다고 술을 마셔? 차라리 지금 코끼리 등에 올라가 춤을 추고 있다고 하면 내가 그 말을 믿겠어. 저번에도 그랬잖아? 오빠가, 그 누구더라…… 왜 갑자기 이름이 생각나지 않지? 어쨌든 개가 핥아놓은 죽사발처럼 허여멀건하게 생긴 그 여자랑 사귈 때 말이야.

연화를 말하는 모양이었다. 딱 한 번 봤을 뿐인데 이상하게 완제는 연화를 그리 탐탁하게 여기지 않아 이름 대신 꼬박꼬박 '개가 핥아놓은 죽사발처럼 생긴 여자' 또는 '일본 가면처럼 허여멀건한 여자'라고 지칭하곤 했다. 연화 얘기가 나오자 헌제는 괜히 전화를 했다 싶었고 빨리 끊고 싶었다.

─ 생각 안 나? 남의 근무시간에 찾아와서는 얼굴이 보고 싶어 왔네, 어쩌네, 하며 너스레를 떨었잖아. 내가 한두 번 겪어봤나? 우리 집 남자들 속셈이야 척하면 딱이지. 내 목소리

가 듣고 싶다, 이거는 '나는 마음에 드는 여자가 생겼다.' 하는 말하고 똑같은 말이야. 저번에 규제 오빠도 그러던걸.

"규제가?"

– 몰랐어? 내 목소리 듣고 싶어서 전화를 했다면서 느닷없이 한다는 말이 청담동 부근에 있는 분위기 좋은 식당 좀 소개해달라는 거야. 그래서 내가 여자 생겼냐고 물었더니 죽어도 아니래. 기가 막혀! 금방 자기 입으로 '여자하고 식사할 만한'이라는 단서까지 달아놓고 말이야. 그래서 내가 아무 말도 안 하고 식당만 소개해줬어. 식당을 알고 싶어 전화한 게 아니라는 걸 내가 빤히 아는데 뭐 하러 캐물어? 아니나 다를까 하루도 못 가서 다시 전화를 해서는 '완제야, 여자하고 식사할 때 무슨 얘기를 하면 되니?' 하고 물어보더라구. 우리 집 남자들 어쩌면 그렇게 닮았을까? 거의 복제 인간들이나 마찬가지야. 자, 말해봐. 오빠는 어디에 있는 식당을 원해?

"야, 나는 진짜 그런 게 아니야. 나는 그저……."

– 됐어. 내가 백번 떠들어봤자 오빠 입에서 연애한다는 말이 나올 리 없지. 전화 끊은 다음 십 분의 여유를 줄 테니까, 고해성사하고 싶은 마음이 들면 다시 전화해. 만일 십 분 뒤

에 전화를 했는데 계속 통화중신호음이 들리면, 그때는 내가 엄마랑 통화하고 있는 줄 알고.

"뭐? 안 돼, 그건!"

– 전화해줘서 고마워. 사랑해, 오빠. 안녕!

딸깍, 전화가 끊겼다. 이런! 헌제는 공연히 긁어 부스럼을 만들었다고 생각했다. 그러나 가슴이 찡했다. 사랑스러운 내 여동생 완제…….


집에 들어서자 눈에 들어온 광경에 헌제는 입을 다물 수가 없었다. 명신이 부엌 조리대 앞에 서서 어머니가 음식 만드는 일을 돕고 있었던 것이다. 유진이가 얼이 빠져 서 있는 그의 팔에 매달렸다.

"아빠, 언니 왔어."

어머니는 그저 고개만 젖혀 힐끔 아들을 쳐다보았고, 명신 은 방글방글 웃으며 마치 퇴근한 남편을 맞는 새색시처럼 "이 제 오세요?" 하고 인사를 했다.

"아, 아니, 이런……."

헌제는 여우한테 홀려 엉뚱한 집에 잘못 찾아온 기분이었다. 명신은 정말 꼬리 아홉 달린 여우처럼 시치미를 딱 떼고 물었다.

"왜요?"

"아니…… 선보러 간다고 그랬잖아요."

"맞아요. 여기가 선보기로 한 장소예요. 뭐, 제가 잘못 말한 거 있어요?"

"아니, 나는…… 유진아, 가만 있어!"

헌제는 당혹한 마음에 공연히 그의 팔에 매달려 그네를 타고 있는 유진이를 나무랐다. 어머니가 뭔가 썰고 있었던지 손에 칼을 쥔 채 돌아보았다.

"내가 같이 저녁 먹자고 초대했다. 민제와 규제도 오기로 했고."

"삼촌들도 온대."

유진이가 후렴을 넣듯 말했다.

"아니, 엄마, 그러면 저한테 미리 귀띔이라도 해야지……."

"제가 모른 체하자고 그랬어요."

명신이 냉큼 말했고, 유진이가 또 후렴을 넣었다.

"우리 모두 짰어. 아빠를 놀려주자고."

헌제는 적진에 혈혈단신으로 뛰어든 장수처럼 마땅히 누구를 공격해야 좋을지 몰라 세 여자를 번갈아 가며 쳐다보았다. 믿었던 가족한테마저 배신당한 마당인지라 그는 그저 두 손을 들고 투항하는 도리밖에 달리 묘책이 없었다.

"참, 나! 이거야 원……."

그는 고개를 절레절레 흔들었다.

"아까 아저씨를 더 곯려주고 싶었는데, 웃음이 터질 것 같아서 도저히 그 자리에 있을 수가 있어야죠. 제가 선보러 간다니까 아드님께서 뭐라고 말한 줄 아세요? 당연히 진심으로 가야죠! 그게 대체 무슨 말이에요? 아마 저는 또 일주일 동안 자다가 일어나서 웃을 거예요."

명신은 배를 잡고 웃었고, 어머니는 헌제를 흘겨보며 혀를 찼다.

"우리 집 남자들은 하나같이 숙맥들뿐이야. 쟤 아버지랑 연애할 때 어땠는지 아니? 결혼하자는 말을 못 해서 어찌나 쩔쩔매는지, 나중에는 하도 복장이 터져서 내가 먼저 결혼하자고 말했어. 내가 먼저 말하지 않았으면 아마 그 양반은 끝

까지 말 못 했을 거야. 그랬으면 저 애물단지들도 안 봤을 텐
데…… 저기 있는 양파 좀 다듬어주겠니?"

명신이 "네, 어머니." 하고 대꾸하자, 헌제는 또 한 번 눈이
휘둥그레졌다. 그가 모르는 사이에, 그의 의지와는 상관도 없
이, 그의 허락도 안 받고 두 여자는 벌써 고부 사이가 되어 있
었던 것이다. 이건 말도 안 돼! 도저히 있을 수 없는 일이야!
그는 한시바삐 사태를 바로잡지 않으면 안 되겠다고 생각했다.


"아까 완제 씨하고도 통화했어요."

명신이 수돗물에 그릇을 헹구며 말했고, 헌제는 순간적으
로 '완제 씨'가 누군가 어리둥절하게 느껴져 "네?" 하고 되물
었다. 명신의 입에서 완제 이름이 나오니 낯설게 느껴졌던 것
이다. 민제는 유진이와 함께 그림 퍼즐을 맞추고 있었고, 규
제는 심심한 표정으로 그들이 노는 모습을 지켜보고 있었고,
어머니는 과일을 깎고 있었다. 그러나 헌제는 뒤돌아보지 않
고도 그들의 시선을 모두 느낄 수 있었다.

"아까 화실에서 미국으로 전화하셨다면서요? 어머니가 먼

저 받고 나서 저를 바꿔주셨어요. 당장 비행기표를 끊어 달려올 기세여서 그걸 말리느라고 정말 애먹었어요. 오빠가 새벽 세 시에 전화를 했는데 내가 어떻게 여기 잠자코 있을 수 있겠느냐, 중요한 사건은 꼭 내가 없는 장소에서만 일어나는 것 같다……. 중요한 사건이라는 게 뭘 두고 하는 말인지 모르겠어요. 나는 그저 저녁 식사 초대를 받아서 왔을 뿐인데. 설거지를 할 때 늘 그렇게 세제를 많이 바르나요?"

헌제는 "네?" 하고 되묻고는 손에 든 사발을 내려다보았다. 아까부터 같은 그릇에 계속 비누칠을 해대고 있었던 것이다.

"적당히 바르고 그만 좀 넘겨주지 않겠어요?"

"아, 그렇게 하죠."

헌제는 옆 개수대로 그릇을 넘기고 다른 그릇을 잡았다.

"아마 전화 요금이 엄청나게 나왔을 거예요. 우리는 거의 한 시간 동안이나 얘기를 했거든요. 그리고 우리는 서로 굉장히 잘 통한다는 결론을 맺고 전화를 끊었어요."

"그래요? 그 애가 무슨 얘기를 하던가요?"

사실은 명신이 무슨 얘기를 했는지가 더 궁금했지만 헌제는 그렇게 물었다.

"뭐, 주로 오빠에 관한 얘기들이죠. 어릴 적 얘기, 학창 시절 얘기, 대학 시절 얘기, 결혼 시절 얘기…… 그런 얘기들요."

명신은 '대학 시절'과 '결혼 시절'을 똑같은 어조로 말했지만, 헌제는 하마터면 그릇을 떨어뜨릴 뻔했다. 완제 지가 뭘 안다고 그런 얘기까지 늘어놓은 것일까? 헌제는 두 눈썹 사이가 접히는 것을 느끼며 명신에게 말했다.

"그만 가서 앉아 있어요. 나머지는 저 혼자 해도 충분해요. 그래도 손님인데……."

"저는 설거지를 좋아해요. 특히 헹구는 거요. 이렇게 찬물에 손을 담그고 있으면 기분이 좋거든요. 저는 몸에 열이 좀 많은 편이에요. 그래서 겨울이 되면 저는 완전히 이동식 난로 취급을 당해요. 친구들이 서로 내 손을 자기 주머니에 집어넣으려고 다투기까지 하거든요. 왜 겨울에 군고구마나 찐빵 같은 것을 사서 주머니 속에 넣고 가면 따뜻하잖아요? 내 손이 무슨 군고구마인 줄 알아."

나란히 서서 그릇을 닦다 보니 가끔씩 서로 어깨가 부딪히게 되었는데, 그럴 때마다 헌제는 흠칫 놀라서 몸을 빼곤 했다.

"그건 토끼 코야. 사슴 코가 아니야."

거실 쪽에서 유진이 목소리가 들렸고, 민제가 뭔가 웅얼웅얼 대꾸하는 소리도 들렸다. 자세히 귀를 기울이면 바이올린처럼 높은 음색을 가진 어머니 목소리와 콘트라베이스처럼 낮은 음색을 가진 규제의 목소리를 들을 수 있었고, 바로 옆 귓가에서 친구들과 어울려 군고구마 장사를 했던 경험담을 조잘거리는 명신의 목소리가 첼로 독주처럼 들려왔다. 그것은 한 편의 잘 조화된 협주곡이었고, 헌제는 그 나른하고 평화스러운 소음에 가슴이 따뜻해지는 기분을 느꼈다.

그러나 이내 허물어질 것이 뻔한 모래성을 쌓고 있는 짓이나 다름없었다. 그는 명신과 결혼할 수 없었다. 인생이 오직 무너뜨릴 목적으로 공들여 벽돌을 세우고 있는 도미노 놀이가 아닌 바에야 그런 짓은 두 번 다시 할 수 없었다. 단지 그의 인생만 건다면 그것이 설사 무모한 도박일지라도 한 번쯤 뛰어들 수도 있을 것이다. 그러나 유진이 인생까지 걸 수는 없는 노릇이었다. 결말이 너무 뻔한 도박에 제 딸의 인생을 걸고 뛰어드는 것은 미친 짓이나 다름없었다. 그는 도저히, 절대로 결혼할 수 없었다. 그리고 명신을 위해서라도 관계가 더 진전되기 전에 그 점을 분명히 밝혀야 하리라 생각했다.

"왜 학교 다닐 때 남학생들이 여학생 꽁무니 쫓아오는 일 있잖아요? 저는 그런 일을 당해본 적이 한 번도 없었어요. 남자들이 힐끔힐끔 쳐다보는 시선을 느껴본 적도 없구요. 제 친구 중에 아주 예쁘게 생긴 애가 있는데, 그 애는 거의 지남철이었어요. 조금 과장을 섞어 말하면 남자애들이 어찌나 달려드는지 제대로 걸어다닐 수가 없을 지경이었죠."

헌제는 명신의 말을 건성으로 들으며 머릿속으로 자신이 해야 할 말들을 정리하고 있었다. 그리 추운 날씨도 아닌데 자꾸 턱이 떨리고 이빨이 딱딱 부딪치는 느낌이 들어서 헌제는 화실에 들어오자마자 석유난로에 불부터 지펴놓았다. 두 사람은 벌겋게 달아오른 원통형 난로를 사이에 두고 마주 앉아 있었다.

"왜 만화 같은 데 보면 예쁜 여학생 옆에는 항상 뚱뚱하고 못생긴 여학생이 하나 있잖아요? 그래서 남학생이 접근하면 커다란 덩치로 앞을 턱 가로막고 망치처럼 생긴 주먹을 들어 보이는. 그 애랑 같이 다니면 제가 바로 그런 여학생 꼴이 되었어요. 그리 뚱뚱한 편은 아니지만 어지간한 남자애들은 제 한주먹감도 안 되거든요. 실제로 몇 번 혼찌검을 내준 적도 있구요. 그런데 얼마쯤 지나니까 왠지 나 자신이 비참하게 느껴져서 그 애랑 같이 다니지 않게 되었어요. 워낙 저는 그런데에 신경을 잘 안 쓰는 편이었는데, 아마 사춘기여서 그랬나봐요. 그때 처음으로 제가 남자들한테 그리 매력 있는 여자가아니라는 사실을 깨닫게 되었죠. 남자들이 저한테 별 관심을 안 기울이니까 저도 덩달아 그렇게 되더라구요. 구태여 남자들한테 잘 보이려고 노력도 안 하게 되고. 저는 선보러 가본 적도 없지만, 설사 간다고 해도 아저씨 동생분이 선봤다는그 여자처럼 새침하게 앉아 있지는 않을 거예요. 아저씨 동생말이 백번 맞아요. 남자라고 해서 여자 비위만 맞추고 있어야한다는 법이 어디 있어요? 자기가 떠들고 싶으면 떠들고 싫으면 잠자코 있으면 그만이지, 그런 문제에 남자 여자 따질 필요가 있나요? 입 다물고 있는 게 뭐 여자의 특권이라도 되나요? 자기는 찍소리도 안 하고 있다가 왜 뒷구멍으로 남을 욕해요? 치사하게스리."

민제가 들으면 아주 고소해할 말이었지만, 명신이 그런 말을 하니까 민제를 편들고 있다기보다 수다쟁이들의 권리를 주장하고 있는 것처럼 느껴졌다.

"저기…… 할 말이 있어요."

헌제는 조심스럽게 말을 꺼냈다. 시뻘건 난로 앞에 앉아 있으면서도 자꾸 이빨이 떨렸다. 명신은 "뭔데요?" 하고 묻고는 눈을 반짝이며 그의 말을 기다리고 있었다.

"그러니까 저기……."

그는 조금 전에 머릿속에 정리한 말들이 마구 뒤죽박죽 뒤섞이는 느낌이 들었다. 명신이 빤히 쳐다보고 있었기 때문에 그는 겨우 10초쯤 머뭇거렸을 뿐인데도 그 시간이 엄청나게 길게 느껴졌다.

"어떻게 생각하실지 모르지만, 저는……."

"말씀해보세요."

명신은 말을 토하도록 등이라도 두드려주겠다는 듯이 몸을 바짝 앞으로 기울였다.

"결혼……."

그는 간신히 낱말 하나를 꺼낸 다음 힐끔 명신의 눈치를 살폈고, 그녀는 그가 입에 물고 있는 말을 강제로라도 꺼내야 하겠다는 듯이 서슴없이 내뱉었다.

"결혼하자구요?"

헌제는 그 말에 화들짝 놀랐다.

"아뇨, 저는 결혼할 수 없다는 말입니다. 그 말을 하고 싶었어요."

명신이 눈을 동그랗게 떴다. 실망하는 기색이 얼굴에 완연했다.

"누가 결혼하자고 그랬어요?"

두 사람은 서로 입을 다물었다. 난로의 빛 때문에 두 사람의 얼굴빛은 모두 붉게 보였는데, 실제로도 얼굴이 뻘건 헌제는 난로가 있어서 무척 다행이라고 생각했다. 표정을 감추는 데 도움이 되리라 싶어 탁자 위의 전등만 켜놓은 것도 무척 잘한 일 같았다.

"그렇게 생각한다면 다행한 일이지만······." 하고 서두를 꺼낸 다음 헌제는 지렁이 기어가듯 우물우물 말을 이어나갔다.

"저는 혹시 저희 어머니나 제 동생들이 한 말이나 태도에서······ 그러니까 명신 씨가 혹시 어떤 오해를 하면 어쩌나 싶어서요. 저는 결혼할 마음이 없고······ 또 할 수도 없는데······ 어머니나 동생들은 그런 사정을 잘 몰라요. 물론 저는······ 명신 씨가 무척 좋은 여자고······ 마음에도 들고, 또······ 저희 어머니나 동생들, 심지어 유진이까지도 다들 그렇게 생각해요. 또……."

"그런데 뭐가 문젠데요?"

헌제는 고개를 숙인 채 눈으로 바닥을 더듬고 있다가 명신의 물음에 번쩍 고개를 들었다.

"제가 결혼을 할 수 없다는 게 문제죠."

명신이 분위기와 어울리지 않게 쿡 웃었다.

"왜요?"

"왜냐하면…… 할 수 없으니까요. 사실을 말씀드리면…… 저는 사귀던 여자가 있었어요. 물론…… 그 여자는 이미 결혼을 했고, 또…… 그 여자가 마음에 걸려 결혼을 못 한다는 뜻은 아니고…… 그러니까 제가 말하고 싶은 것은…… 왜 그 여자와 결혼을 못 하게 되었느냐는 것인데…… 그게 그러니까…… 어디서부터 말해야 좋을지 모르지만……."

명신은 귀를 바짝 들이밀고 말을 듣다가 답답해서 못 견디겠다는 듯이 다그쳐 물었다.

"왜 결혼을 못 했어요?"

헌제는 심문받고 있는 기분이 들었다.

"그 여자 어머니와 만났는데 저는…… 그러니까 그 여자와 사귀겠다는 허락을 받으려고 했는데…… 그만 바지에 오렌지주스를 엎질렀어요."

"네?"

"자기 딸을 혹 딸린 남자와 결혼시킬 수 없다고, 입장을 바꿔놓고 생각해보라고…… 그래서 저는 뭔가 설득을 하려고 했는데…… 미리 준비한 말이 있었거든요. 그래서 그 말을 꺼내려고 했는데…… 그 순간 주스 잔이 넘어지고, 꽃병이 바닥에 떨어져 깨지고…… 제 바지는 오렌지주스로 엉망이 되고……."

헌제는 그때의 일을 떠올리는 게 너무 고통스러워 입을 다물었다.

"맙소사! 그럼 겨우 바지에 오렌지주스를 엎지른 일 때문에 그 여자와 헤어졌단 말이에요?"

"아니, 그게 중요한 게 아니라…… 저는 그 순간 모든 일에 갑자기 자신이 없어져버렸어요. 그 여자는 몰라요. 단지 자기네 집에서 반대를 하기 때문에 제가 헤어지자고 한 줄로만 알고 있어요. 하지만 사실은 그 여자 집에서 반대하기 때문이 아니라…… 제 자신조차도 반대하고 있었던 거예요. 그러니까…… 그 여자 어머니를 설득할 자신이 없어져버린 거죠."

"뭐가 뭔지 잘 모르겠네요. 그냥 그 여자가 갑자기 싫어졌다고 한다면 쉽게 이해하겠지만."

"절대로 그렇지 않아요. 저는 그 여자를 사랑했고……."

또 아직까지 사랑하고 있어요, 하는 말은 하지 않았다.

"뭔지 모르겠지만, 어쨌든 아저씨가 불쌍해 보이기는 하네요. 저는 바지에 오렌지주스를 엎질렀다고 해서 헤어진 사람을 한 번도 본 적이 없거든요. 하지만 염려 마세요. 저희 어머니한테 아저씨를 만날 때는 절대로 오렌지주스를 주문하지 말라고 할 테니까요."

"네? 아니, 제 말을 잘못 알아들으신 모양인데……."

명신이 헌제의 말을 가로막고 딱 부러지게 말했다.

"저랑 결혼해요! 아저씨랑 결혼하고 싶어요."

"네? 아니, 그건……."

"왜요? 바지에 오렌지주스를 엎지르는 것 말고 또 다른 이유가 있나요? 아저씨 입에서 결혼하자는 말이 나오기를 기다리다가는 정말 어머니 표현대로 제 복장이 먼저 터지겠어요.

우리 결혼해요. 저는 지금 청혼을 하고 있는 거라구요."

명신은 결혼하자는 말을 점심 식사하러 가자는 말과 거의 다를 바 없이 하고 있었다.

"아뇨. 결혼할 수 없어요. 물론 명신 씨가 무척 좋은 여자고, 또 마음에도 들고……."

"그 얘기는 아까도 했어요. 어머니도, 동생들도, 유진이도 모두 그렇게 생각한다, 됐어요?"

"아뇨. 저는 결혼할 수 없어요. 도저히 못 해요. 결혼은 그렇게 단순한 게 아니에요. 눈에 보이는 것 말고도 얼마나 많은 문제들이 있는지 명신 씨가 아직 몰라서 그래요."

"좋아요. 그럼 지금부터 삼십 초의 여유를 줄 테니까, 저랑 결혼할 수 없는 이유를 딱 세 가지만 대봐요. 그럼 제 말을 무를게요."

"명신 씨랑 결혼을 할 수 없다는 게 아니라…… 저는, 누구하고도 결혼하고 싶은 마음이 없어요. 아니, 할 수가 없어요. 만일 제가 결혼할 생각이 있었다면 그 여자랑…… 그러니까 제 말은…… 그 여자랑 할 수도 있었는데 안 했다는 말인데…… 만일 결혼을 하는 데에도 어떤 자격 같은 것이 있다면…… 저는 그럴 만한 자격이 없고…….”

“십 초!”

명신이 손목시계를 들여다보며 외쳤다.

“아니, 이건 장난이 아니에요. 저는…… 그러니까, 명신 씨
도 그동안 겪어봤으니까, 제가 결혼 상대로 얼마나 부적격한
남자인지 잘 알 거예요. 저는 능력도 없고, 우유부단하고, 전
화 한 통 걸 줄 모르는 머저리에, 하고 싶은 말도 제대로 못
꺼내는 숙맥이고, 다른 사람들이 다가오면 가시부터 곤두세
우는 고슴도치에…….”

“이십 초!”

“아니, 결혼이 무슨 애들 장난인 줄 아세요? 한 번 해봤다
가 안 되면 때려치우면 그만이라고 생각하는 거예요? 절대
로 안 그래요! 제가 이혼을 그저 심심풀이로 장난삼아 한 줄
알아요? 누구한테 말도 못 하고 혼자 끙끙 앓는 그런 문제들
이 얼마나 많은지 알아요? 아무리 작은 문제도 눈덩이처럼 커
지고, 그게 얼마나 사람을 피곤하게 하는지 알아요? 후회하
고 또 후회하다가 나중에는 저 인간이 내 인생에서 꺼져주기
만 하면 무슨 짓이라도 할 것 같은 기분…… 그런 끔찍한 기

분을 상상이나 할 수 있겠어요? 그래도 한때는 자기가 사랑했던 사람인데! 아무것도 아닌 일로 비참해지고, 아무것도 아닌 일로 증오하고…… 그건 정말…… 아무도 몰라요. 아무도……."

이미 30초가 지난 모양이었다. 명신은 손목시계에서 눈을 떼고 헌제를 물끄러미 바라보고 있었다. 헌제는 천장을 쳐다보며 중얼거렸다.

"저는 부부 관계를 할 수 없어요."

"네?"

명신이 눈을 동그랗게 뜨고 물었다.

"유진이를 낳고 난 다음부터 제대로 부부 관계를 할 수 없었어요. 식은땀만 흐르고…… 말을 듣지 않았어요. 물론 그게 이혼 사유의 전부는 아니었지만……."

"그러니까 발기가 되지 않는다는 말인가요?"

명신은 스스럼없이 말했고, '발기'라는 말에 얼굴이 달아오른 것은 도리어 헌제였다.

"말하자면…… 그렇죠."

명신은 머릿속이 복잡해진 듯 뭔가 골똘히 생각하고 있다가 한참 만에 물었다.

"예전에 사귀었다는 그 여자하고도 그랬어요?"

"그 여자를 좋아하기는 했지만…… 이성으로는 아무 느낌도 들지 않았어요. 아니, 아무 느낌이 들지 않은 것은 아니지만…… 하고 싶지 않았어요. 그러니까 제 말은…… 그런 일을 하고 싶은 감정이 일지 않았다는 얘기죠. 그러니 결혼을 해봤자 서로……."

"정말이에요?"

명신이 갑자기 눈빛을 반짝이며 물었고, 헌제는 그녀가 무엇에 대해 묻고 있는지 몰라 되물었다.

"뭐가요?"

"거짓말 아니냐는 거예요."

"제가 무엇 때문에 그런…… 아니, 지금 뭐 하는……."

헌제는 다음 말을 할 수가 없었다. 명신이 그의 곁으로 번개처럼 다가와 자신의 입술로 그의 입술을 짓누르고 있었기 때문이었다.

"아니, 이건……."

잠깐 입술을 뗄 때마다 그 틈을 이용해 외마디를 던졌지만, 곧바로 그녀의 입술이 다시 그의 입을 틀어막았다. 그래서 그는 언젠가 수영장에 빠졌을 때처럼 깡충깡충 뛰면서 물 밖으로 고개를 내밀 때마다 한 마디씩 내뱉는 꼴이 되었다.

잠깐만…… 흡! 우리는…… 흡! 제 얘기를…… 흡! 제

발…… 흡! 이런다고…… 흡!

"……아무것도 달라지지 않아요. 더구나 우리는…… 아니! 지금 뭐 하는 거예요?"

헌제는 깜짝 놀라 몸을 빼내려고 버둥거렸다. 그녀가 몸에 올라탄 채 그의 옷을 벗기기 시작했던 것이다. 마치 끓는 물에 데치지도 않고 닭 털을 뽑고 있는 것처럼 우악스러운 동작이었다.

"우린 아직…… 안 돼요! 제발…… 아니, 잠깐만! 잠깐만! 이건 정말…… 말도 안 돼!"

그는 필사적으로 저항했지만, 그녀가 무릎으로 두 팔을 완강하게 누른 채 깔고 앉아 있어서 꼼짝도 할 수 없었다. 그녀는 철인 3종 경기로 단련된 완력을 가지고 있었으며, 더구나 한때 레슬링까지 했다는 여자였다. 그녀는 노련한 그레코로만형 선수처럼 그의 가슴팍으로 집요하게 파고들었고, 그는 어떻게든 경기장 밖으로 달아나려고 허우적거렸다. 동전이 바닥에 떨어져 또르르 굴러가는 소리가 들렸다. 그녀의 맨살이 피부에 와닿자 그는 곧 익사하게 될 운명에 놓인 사람처럼 정신이 아득해졌다.

"이건 정말 너무……."

얼마쯤 지나자 그는 더 이상 반항하지 않았다. 아니, 반항할 필요가 없었다. 그의 몸이 반응을 하고 있었다.


헌제는 한쪽 손으로 명신의 어깨를 쓰다듬으며 난로의 붉은 불빛과 검은 그림자가 어우러져 빚어낸 천장의 얼룩덜룩한 무늬를 바라보고 있었다. 두 사람이 나란히 눕기에는 비좁은 소파여서 명신은 거의 올라타다시피 한 자세로 헌제의 가슴에 얼굴을 묻고 있었다. 수많은 포유동물들이 그러하듯, 사랑에 가장 예민한 감각은 시각이 아니라 후각인 법이었다. 가슴에 머리를 기대고 있어서 헌제는 그녀의 체취를 바로 코밑에서 느낄 수 있었다. 비록 독한 샴푸 향기에 덮여 있기는 했지만 그녀의 머리에서는 아주 오래전부터 맡아온 듯한 익숙한 냄새가 났는데, 한참 생각한 끝에야 헌제는 그것이 갓 지은 밥 냄새와 비슷함을 깨닫고는 실없이 웃었다. 해초 냄새니 국화꽃 향기니 하는 그 좋은 미사여구 다 접어두고 느닷없이 웬 밥 냄새냐 싶었던 것이다.

그녀는 30초의 여유를 줄 테니 결혼할 수 없는 이유를 딱 세 가지만 대라고 했지만, 이제 그는 30년의 여유를 준다고 해도 단 한 가지 이유조차 생각해내지 못할 것 같았다.

무슨 생각을 하는지 그녀는 아무 말도 않고 있었는데, 헌제는 그녀를 만난 이후 가장 오랫동안 입을 다물고 있는 순간이 아닐까 생각했다. 그러나 그녀는 역시 조잘거리고 있을 때가 보기 좋았다. 아니나 다를까, 자기 입이 너무 오래 쉬었다는 듯이 명신은 입을 열었다.

"이제 저랑 결혼하지 않아도 좋아요. 아저씨 마음대로 해요. 아저씨가 그렇게 거짓말까지 하면서 반항하는데 저라고 별수 있나요?"

"반항이 아니라…… 이런 경우에는…… 글쎄, 뭐라고 해야 할지……."

갑자기 등이 가려웠지만 명신이 그의 가슴팍을 즐기고 있는 듯했으므로 헌제는 움직이지 않았다. 무슨 생각이 들었는지 명신은 쿡쿡 웃었고, 그 진동에 헌제는 가슴이 간지러웠다.

"이럴 때 남자들은 이렇게 말해주면 좋아한다면서요? 아주 좋았어요. 짜릿했고, 만족했어요. 아저씨 좋아하라고 하는 말이 아니라 진짜예요."

"······ 그랬어요?"

"그런 정력을 가지고 있으면서 어떻게 참고 살았어요?"

"참은 게 아니라······ 하긴, 이제 내가 무슨 말을 해도 안 믿겠지만."

"아니, 믿어요. 사람들은 지레 겁먹고 아무 일도 못 하는 경우가 많거든요. 이제 그만 일어나요."

명신은 자리에서 일어나 옷을 주워 입었고, 헌제는 그녀를 놓아주는 게 무척 아쉬웠으나 혼자 벌거벗고 소파에 누워 있기도 민망한 일이어서 몸을 일으켰다. 명신은 옷을 입으면서도 여전히 쿡쿡 웃었다.

"제가 아주 끼가 많은 여자라고 생각하실지 모르겠지만, 사실은 아저씨가 먼저 저를 자극한 거예요. 저는 호기심이 많아서 궁금한 일이 있으면 못 참거든요. 솔직히 아까는 아저씨 말이 진짜면 어쩌나 싶어 굉장히 불안했어요. 그러면 제가 무슨 낯으로 아저씨를 보겠어요? 뽀뽀를 했는데도 반응이 없으니까 가슴이 철렁 내려앉더라구요. 정말 아슬아슬한 순간이었어."

그녀는 대단한 모험담이라도 늘어놓듯 재잘거리다가 스웨

터 목에서 머리를 빼내는 순간 동안만 잠깐 말을 멈추었다.

"제가 아저씨를 강간한 거라면 죄송해요. 어떤 벌이라도 달게 받겠어요. 하지만 아저씨 증세를 고쳐드렸다는 사실을 참작해서 너무 심한 벌은 내리지 마세요. 언젠가 책에서 읽은 건데요, 남자들은 때로 여자들을 만족시켜줘야 한다는 부담감 때문에 도리어 불감증에 걸리기 쉽대요. 아니, 책이 아니라 생활 정보지나 여성지 같은 데서 읽었을 거야. 왜 잡지 같은 데 보면 그런 거 있잖아요? 구로동에 사는 고민남, 불광동에 사는 고민녀. 저는 그런 상담란을 아주 자세히 봐요. 다른 사람들이 무슨 일을 가지고 고민을 하는지 궁금하거든요. 어떤 때 보면 상담원들의 답변도 재미있어요. '이런저런 병을 앓고 있다.' 하고 상담하면 '병원에 가세요.' 하고 답변하는 거예요. 또 '이런저런 고민이 있다.' 하면 '용기를 갖고 부딪치세요.' 그러고. 너무 당연하고 싱거운 대답 아니에요? 그런데 곰곰이 생각해보면 그것도 그래요. 사실 그 이상 뭘 어쩌겠어요? 병이 나면 병원에 가고, 고민이 있으면 부딪쳐 해결하고…… 다 그러는 거지. 대답도 싱겁고, 고민도 싱겁고…… 그런 걸 읽다 보면 사람 사는 일이 다 싱거운 일처럼 느껴져요.

등이 가려우세요? 제가 좀 긁어드릴까요?"

"아뇨, 괜찮아요."

명신은 이미 옷을 다 입고 머리카락을 가다듬고 있었는데, 입 가장자리에 머리핀을 문 채 말을 하느라 코맹맹이 소리가 났다. 헌제는 아까부터 등이 가려워 자꾸 긁적거리고 있었다.

"제가 언제부터 아저씨를 좋아한 줄 아세요? 이 화실에 처음 발을 들여놓았을 때부터였어요. 물론 그때는 아저씨가 독신인 것도 몰랐지만. 사람들은 보통 자기하고 취향이나 성격이 비슷한 사람들끼리 잘 맞을 것처럼 생각하는데, 꼭 그렇지도 않은가 봐요. 운동을 하다 보니 제 주변에는 근육질 남자들이 많거든요. 어떤 여자애들은 그런 남자들을 좋아해요. 그래서 소개도 많이 시켜줬어요. 그런데 그런 여자애들이 운동을 좋아하느냐 하면 꼭 그렇지가 않아요. 도리어 비리비리한 여자애일수록 그런 근육질들을 더 좋아하는 것 같아요. 또 이상하게 그런 남자들도 금세 쓰러질 것 같은 여자들을 좋아하더라구요. 꼭 서로 반반씩 섞어 중간을 만들려는 것처럼."

명신은 검정색 손가방을 뒤적거리며 뭔가 찾고 있었는데, 헌제는 그 속에 뭐가 들어 있을지 궁금했다. 사실 남자들이 가장 궁금하게 여기는 물건 가운데 하나가 바로 여자 손가방이었다. 명신은 작은 거울을 꺼내 자기 얼굴을 요리조리 들여다보고는 다시 집어넣었다.

"제가 이 화실에 처음 들어섰을 때 물감 냄새가 확 풍기더라구요. 사실 그때는 그게 물감 냄새인 줄도 몰랐어요. 학교 다닐 때 쓰는 수채화 물감에서는 이런 냄새가 안 나잖아요?"

"그건 아크릴 냄새일 거예요. 그 물감은 냄새가 좀 많이 나는 편이죠."

"그래요? 저는 그 냄새가 너무 좋았어요. 사실 그때까지만 해도 저는 화실이라는 곳에는 가본 적도 없었고, 화가들은 저하고는 전혀 다른 종류의 사람들이라고만 생각했거든요. 하기는 아저씨만 두고 따지면 그것도 아주 틀린 생각은 아니지만. 어쨌든⋯⋯."

"저기, 미안하지만⋯⋯."

헌제는 등을 긁적이며 말했다.

"제 등 좀 한번 봐주겠어요?"

"왜요? 뭐가 난 것 같아요?"

명신이 다가와 헌제의 등을 들여다보고는 말했다.

"아무것도 없는데요."

"정말이에요?"

그녀는 그의 등에 얼굴을 기울이고 자세히 살펴보았다.

"말끔해요. 왜요?"

"그러니까, 무슨 가시 같은 게 없냐는 말이죠. 예를 들면 뾰쪽한 고슴도치 가시 같은 것……."

명신은 그제야 말뜻을 알아듣고 외쳤다.

"어머나, 세상에!"

"왜요?"

"없어요. 정말 하나도 없어요. 예전에는 분명히 여기에 가시가 잔뜩 돋쳐 있었는데."

"그래요? 그것 참 다행이네."

헌제는 웃으며 명신을 다시 소파 위에 넘어뜨리고 입을 맞췄다. 갓 지은 밥의 비릿하고도 구수한 냄새가 그의 콧속에 가득 퍼졌다. 따지고 보면 세상에 밥 냄새만큼 좋은 냄새가 어디 있으랴. 그는 진정으로 식욕을 느꼈다.

# 미로에 빠진 자는 미로에게 길을 묻는다

"한번은 동네 친구들하고 굉장히 큰 눈사람을 만들기로 했
거든."

명신은 운전을 하며 옆자리에 앉은 유진이한테 어린 시절
이야기를 들려주고 있었고, 헌제는 뒷자리에 혼자 앉아 두 사
람의 대화를 엿듣고 있었다. 자리 배치가 영 마음에 들지 않
았지만, 그가 운전을 못 하니 어쩔 수 없는 노릇이었다. 처음
에는 유진이도 헌제와 함께 뒷자리에 앉아 있었는데, 명신의
이야기를 들으려고 자꾸 앞으로 몸을 내밀어 그럴 바에는 차
라리 앞자리에 앉히는 것이 더 안전하리라 싶어 자리를 옮겨
주었다. 평소에도 명신과 자주 나들이를 다닌 유진이는 그 자

리가 당연히 제 자리이고 아빠가 끼어든 바람에 공연히 뒷자리로 쫓겨났을 뿐이라고 생각하는 눈치였다. 뒤늦게 두 사람 나들이에 참여하기 시작한 헌제는 어쩐지 따돌림을 당한 기분이 들었지만 그리 기분 나쁜 따돌림은 아니었다.

"그래서 편을 둘로 갈라 한 편은 머리를 만들고, 다른 편은 몸통을 만들었어. 정말 하루 종일 눈덩이만 굴리고 다녔을 거야. 그런데 결국 만들지 못했어. 왜 그랬겠니?"

"몰라. 왜 그랬는데?"

"이건 수수께끼니까, 네가 생각을 해봐."

"갑자기 눈이 안 왔어."

"틀렸어."

"그럼…… 갑자기 비가 왔어."

"그것도 아냐."

"몰라. 왜 그랬는데?"

헌제도 궁리해봤지만 딱히 이거다 싶은 답이 떠오르지 않았다. 명신이 운전을 하며 말을 하는 것이나, 유진이가 앞자리에 앉아 있는 것이나 모두 불안하게 느껴져, 그는 자신이 한시바삐 운전면허를 따야겠다는 생각이 절실히 들었다.

"몸통 위에다 머리를 얹을 수가 없었던 거야. 너무 커서. 우리는 바보처럼 그 생각도 못 하고 그저 크게 만들 욕심으로 하루 종일 눈덩이만 굴리고 다녔던 거야. 그러다 보니까 눈덩이 하나가 어른 키만 해졌는데 그걸 어떻게 들어서 몸통 위에 얹겠니? 그래서 어떻게 했는지 알아?"

"몰라. 어떻게 했어?"

"이것도 수수께끼니까, 생각해봐."

"다시 부숴서 조그맣게 만들었어."

"미안하지만 아냐."

"그럼…… 머리를 새로 만들었어."

"땡! 틀렸어."

"그럼, 어떻게 했는데?"

유진이가 의자 등받이에 가려 안 보였기 때문에, 헌제의 눈에는 명신이 앞자리 어딘가에 앉아 있는 투명 인간하고 이야기를 나누고 있는 것처럼 보였다. 명신은 우주선 탑승원들이 입는 우주복처럼 생긴 옷을 입고 있었는데, 스키복을 가까이에서 본 적이 없는 헌제로서는 저런 옷을 입고 화장실에 가면 아주 불편하겠다 싶었다. 멜빵 부분이 조금 다르기는 했지만 유진이도 비슷한 옷을 입고 있었는데 명신이 사준 것이라고 했다.

"하는 수 없이 누워 있는 눈사람으로 만들었어. 눈덩이 두 개를 옆으로 나란히 붙여서 말이야. 눈, 코, 입도 모두 옆으로 누워 있는 모습으로 붙였지. 그리고 우리는 그 눈사람한테 이름을 붙여줬어. 잠자는 숲속의 눈사람! 그렇게 말이야. 유진이 너 잠자는 숲속의 공주 이야기 알아?"

"알아."

"그 얘기 너무 이상하지 않니? 공주가 백 년 동안이나 잠을 잤는데 왕자가 깨워서 결혼을 했잖아? 그럼 공주하고 왕자하고 못해도 일흔 살은 차이가 난다는 말인데, 서양 사람들은 일흔 살씩 차이가 나도 아무렇지도 않게 결혼하나 봐."

유진이가 느닷없이 물었다.

"언니하고 우리 아빠하고는 몇 살 차이야?"

"여섯 살. 언니는 고모하고 나이가 같아. 완제 고모 말이야."

"언니, 우리 아빠랑 결혼할 거야?"

명신이 약간 궁리하는 척하더니 헌제를 겨냥하고 말했다.

"글쎄, 네 아빠가 예쁘게 굴면 하고, 얄밉게 굴면 안 하고……."

헌제는 전혀 대화를 듣고 있지 않았다는 듯이 창밖의 풍경을 감상하는 척했다. 겨울 논밭에 드문드문 흰 눈이 덮여 있었다.

헌제는 스키장이라는 곳에는 한 번도 가본 적이 없었고 또 이번 나들이의 목적지가 스키장이라는 사실조차 몰랐다. 명신과 유진이는 서로만 아는 은밀한 눈빛을 주고받으며 헌제를 철저히 따돌렸는데 뭔가 음모를 꾸미고 있는 모양이었다. 차를 주차장에 세운 뒤 명신은 헌제를 스키장과 보도를 차단시키려고 둘러친 울타리 한쪽 구석으로 데리고 가서 말했다.

"우리가 깜짝 놀랄 만한 선물을 드릴 테니까, 여기서 기다리세요."

"정말 깜짝 놀랄 선물이야."

유진이가 후렴을 넣었다. 헌제는 외양간에서 여물을 뜯다가 느닷없이 우시장에 끌려나온 누렁이처럼 눈을 끔벅거리며 주위를 둘러보았다. 스키장에는 사람들이 꽤 많은 편이었는데, 그들이 입고 있는 스키복들 색깔이 어찌나 현란한지 헌제는 잡지 종이를 아무렇게나 오려 붙인 콜라주 같다는 생각이 들었다.

"조금 시간이 걸릴지 모르니까 추우면 저기 자판기에서 커피라도 뽑아 드세요."

헌제는 명신이 가리키는 쪽은 쳐다보지도 않고 물었다.

"우리 유진이가 스키를 탈 줄 안단 말이에요?"

명신과 유진이는 서로 얼굴을 마주 보며 웃었다.

"그런 걸 미리 알려고 하면 재미가 없죠."

그 정도 암시만으로도 '깜짝 놀랄 만한 선물'이 무엇인지 대충 짐작은 갔지만 도무지 실감이 나지 않았다. 유진이는 이제 겨우 여섯 살일 뿐이었고, 또 헌제는 여태까지 유진이를 자기처럼 운동신경이 무딘 아이로만 여겨왔다. 유진이는 두발자전거는 물론이고 그 또래 동네 아이들이 다 타고 노는 롤러스케이트조차 탈 줄 몰랐다. 그런데 하물며 스키라니.

명신과 유진이는 서로 어울려 킥킥거리며 꼭 읍내 정미소처럼 생긴 건물을 향해 가버렸다. 가뜩이나 추위를 많이 타는 편인 헌제는 몸을 구길 수 있는 한도까지 최대한 웅크린 채 발을 동동 굴렀다. 사람들이 북적대는 곳에 오면 그는 정신이 산란해 눈이 가물거리곤 했는데, 그가 서 있는 장소에서 얼마 안 떨어진 곳에 달려 있는 스피커에서 어찌나 요란한 음악 소리가 울리던지 귀마저 먹먹했다. 자기 아들 이름을 고래고래 소리쳐 부르는 아주머니의 날카로운 목소리도 들렸고, 누군가 그의 곁을 지나가며 "내가 아주 싼 곳을 알아." 하고 말했다. 울타리 너머 쪽으로 엉덩방아를 찧고 깔깔 웃는 여자가 보였고, 마치 오리들의 행진처럼 줄을 지어 뒤뚱뒤뚱 걸어가는 아이들 모습도 보였다. 얼굴을 반이나 가릴 만큼 큰 선글라스를 쓰고 쏜살같이 내달리는 사람도 있었고, 소금쟁이처럼 이리저리 몸을 틀며 스키를 타는 사람도 있었고, 넘어진 자리에서 몸을 일으킬 줄 몰라 쩔쩔매는 사람도 있었다. 소란, 요란, 현란을 합쳐놓은 장소를 찾으라는 수수께끼가 있다면 스키장이 꼭 맞는 정답일 것 같았다. 그는 그런 곳에는 잠시도 머물고 싶지 않았지만, 그 '깜짝 놀랄 만한 선물'을 꼭 받고 싶었기 때문에 자리를 뜰 수가 없었다.

언덕 위로 올라가는 리프트에는 사람들이 빨랫줄의 빨래

들처럼 주렁주렁 걸려 있었다. 그 리프트는 아주 천천히 움직였기 때문에 어떻게 보면 컨베이어 벨트 위에 운반되는 알록달록한 통조림처럼 보이기도 했다. 헌제는 문득 현대미술관으로 올라가는 리프트를 떠올렸다. 미술관에 갈 때마다 유진이는 언제나 리프트를 타자고 고집을 부렸지만, 허공에 대롱대롱 매달려 있는 기분을 싫어하는 헌제는 늘 그게 불만이었다. 그러고 보면 유진이가 워낙 운동신경이 무딘 게 아니라 아빠 성격에 맞춰 그렇게 되어버린 것인지도 몰랐다. 명신과 유진이도 저 알록달록한 빨래들 틈에 앉아 있으리라는 생각이 들자 비로소 그것이 빨래나 통조림으로 보이지 않고 사람으로 보였다. 자기와 닮지 않은 것들은 모조리 쓸데없는 짓으로 취급해버리는 것, 그것 또한 일종의 고슴도치와 같은 방어 습성이 아닐까.

명신과 유진이가 좀처럼 나타나지 않자, 그는 지나가던 젊은이를 붙잡고 물었다.

"실례지만…… 저 리프트 타고 올라갔다가 내려오려면 얼마나 걸릴까요?"

갓 구워놓은 것처럼 얼굴이 까만 젊은이는 질문의 요지를 잘 모르겠다는 듯이 모호하게 말했다.

"뭐, 그야 사람마다 다르겠죠."

"그럼, 올라가는 데만 얼마나 걸리나요? 아니, 누구를 기다리고 있어서……."

"올라가는 시간이야 얼마 걸리나요, 줄 서느라고 시간 다 보내지."

이제 됐냐, 하는 듯이 제 갈 길 가려는 젊은이를 붙잡고 그는 다시 물었다.

"여기서 스키 타는 데 필요한 도구를 빌려주기도 합니까? 잘 몰라서……."

"저기 저 건물에 가보세요."

젊은이는 읍내 정미소처럼 생긴 건물을 턱으로 가리키고는 휙 지나가버렸다. 이왕 가르쳐주는 거 좀 싹싹하게 말하면 혓바닥에 종기라도 돋니? 헌제는 민망한 마음에 젊은이 뒤통수를 쏘아보며 속으로 툴툴거렸다.

"스키에, 신발에, 옷까지 다 빌려줘요. 좀 비싸서 탈이지."

헌제 곁에서 그와 똑같은 몰골을 하고 서 있던 사내가 참견했다. 그는 촘촘한 체스판 무늬의 바지에 밤색 섀미 가죽점퍼를 입고 있었는데, 가죽이 눌려 생긴 얼룩이 군데군데 눈에 띄었다.

"강습을 받고 싶으면 강사도 붙여줘요. 좀 비싸서 탈이지."

"아, 그래요?"

스키장 물가가 비싼 데에 원한이라도 맺혔던지 사내는 '비싸서 탈이지'를 두 번이나 반복했다. 그는 바지 주머니에 손을 넣고는 추워서 못 견디겠다는 듯이 진저리를 치며 투덜거렸다.

"돈 내고, 떨고, 다리 아프고, 뭐 하러 저런 짓을 하는지 몰라."

돈을 무척 강조하는 사내였다. 헌제는 그의 친절에 뭔가 보답이라도 해야 할 것 같은 생각이 들어 물었다.

"저처럼 누굴 기다리시나 보죠?"

"말도 마세요. 일요일만 되면 애새끼들이 스키 타러 가자고 졸라대는 통에……. 땅덩어리도 좁은 나라에서 스키는 무슨 얼어죽을 놈의 스키! 그러고 보니까 딱 욕하는 소리 같네. 망할 놈의 스키, 빌어먹을 스키, 미친 스키……."

사내는 대단한 농담이라도 발견한 듯 스스로 대견해했지

387

만, 헌제는 같이 서 있다가는 공연히 한 대 얻어맞을지도 모른다는 생각이 들어 슬그머니 몇 걸음 옆으로 떨어져 섰다.

마침내 멀리서 '깜짝 놀랄 만한 선물'이 나타났다. 앙증맞게 생긴 조그만 스키를 신고 유진이가 언덕을 내려오고 있었고, 명신은 유진이 속도에 맞추어 따라오며 뭔가 이것저것 지시를 하고 있었다. 방향 조정이 잘 안 되는 듯 가끔 허청거리기는 했지만 넘어지지는 않았다. 주변의 다른 사람들도 잠시 스키를 멈춘 채 얼음을 지치는 작은 펭귄처럼 깜찍한 유진이 모습을 바라보고 있었다.

헌제는 깜짝 놀란 정도가 아니라 눈물까지 나오려 했다. 그는 곁에 서 있는 사내를 붙잡고 마구 자랑이라도 하고 싶었다. 저기 언덕을 내려오고 있는 저 아이가 바로 제 스키예요. 귀여운 내 스키!


"의지는 좋지만 무리예요."

명신은 허리에 손을 짚은 채 스키 부츠를 신고 있는 헌제를 내려다보고 있었다.

"저도 할 수 있어요. 그런데 이 신발 어떻게 잠그는 거죠?"

"부츠도 못 잠그는 주제에 리프트를 타겠다니, 나 참! 정 스키가 배우고 싶으면 제가 저기 낮은 곳에서 가르쳐드릴게요."

"아뇨. 스키는 배우고 싶지 않아요. 나는 단지 저 리프트가 타고 싶은 것뿐이에요. 이 신발이나 좀 신겨줘요."

그는 미술관에 갈 때마다 유진이가 그랬던 것처럼 고집을 피웠고, 명신은 마지못해 부츠를 신겨주면서도 여전히 쫑알거렸다.

"좋아요. 대신에, 올라갔다가 그냥 리프트를 타고 다시 내려와요. 그리고 누가 왜 싱겁게 다시 내려오느냐고 물으면 화장실에 가고 싶어서 그런다고 말해요. 그래야 조금이라도 덜 창피하지 않겠어요?"

빌려 입은 스키복이 너무 커서 가뜩이나 몸이 둔해진 판에 스키 부츠마저 무겁고 딱딱해서 그는 자리에서 일어설 수가 없었다. 꼭 유진이가 즐겨 보는 어린이 방송에 나오는 '텔레토비'가 된 기분이었다. 그는 넘어진 텔레토비처럼 버둥거리다가 "좀 일으켜주세요." 하고 명신에게 도움을 청했고, 명신은 어이가 없다는 듯이 웃었다.

"뽀뽀 세 번만 해주면 일으켜드릴게요."

"이따가 삼백 번 해줄 테니까, 이왕이면 스키도 좀 신겨주세요."

명신은 그의 손을 잡아 일으키며 유진이를 향해 말했다.

"유진아, 아빠가 너 스키 타는 모습 보고 너무 충격을 받았나 봐. 농담도 다 하잖니?"

유진이가 항의했다.

"우리 아빠 농담 잘해!"

"무슨 농담? 술 먹고 쓰러질 친구들이 줄 서서 기다릴 만큼 많다는 농담?"

"그게 뭐야?"

"그런 게 있어."

스키까지 다 신자 그는 두 여자를 번갈아 바라보며 활짝 웃었다.

"자, 이제 됐다. 가자!"

얼마 뒤, 세 사람은 나란히 리프트에 앉아 있었다. 그가 하고 싶었던 일은, 바로 그렇게 셋이 나란히 앉아 있는 일이었다.

그러나 헌제는 내려갈 때 리프트를 타지 않았다. 막상 올라와 보니 겁이 났는지 리프트를 타고 다시 내려가는 사람들도 더러 있었고, 또 명신의 말처럼 그것이 그리 창피한 일처럼 느껴지지도 않았다. 명신과 유진이는 그가 당연히 리프트를 타고 내려가리라 믿고 언덕 아래로 쏜살같이 미끄러져 내려가 버렸다.

헌제는 마치 시인 프로스트라도 된 듯 자기 앞에 놓인 두 갈래의 길을 오랫동안 바라보았다. 리프트를 타고 내려가는 길과 스키를 타고 내려가는 길. 하나는 쉽고 안전한 길이었고, 다른 하나는 자신이 한 번도 가본 적이 없는 길이었다. 경사가 매우 가팔라 보였고 언덕 아래까지의 거리도 아득하게 느껴졌다. 그러나 그는 그 길로 가리라 마음먹었다. 명신과 유진이가 그 길로 내려갔으므로 자신 또한 그 길로 내려가야 하는 것이다. 그는 비장한 각오로 뒤뚱뒤뚱 언덕 아래를 향해 발걸음을 옮겼다.


숲속에 두 갈래의 길이 나 있었고, 그리고 저는,
저는 인적이 드문 길을 택했습니다.

그리고 그 일이 모든 것을 바꾸어놓았습니다.


그러나 만일 그 길이 어떤 길인지 미리 알았더라면 시인 프로스트는 아마 이렇게 노래했을 것이었다. ……나 같으면 그런 길로는 절대로 가지 않겠습니다!

그는 어떻게든 해볼 요량이었다. 타고 못 가면 최소한 굴러서는 가겠지 싶었는데, 그것도 아니었다. 스키는 너무 미끄러워 양갈래로 제멋대로 벌어졌고, 언덕은 너무 가팔라서 조금도 머뭇거릴 여유가 없었다. 길쭉한 스키를 신고 있다 보니 제대로 일어서기는커녕 제대로 넘어질 수조차 없었고, 무릎으로 길 수도 없고 엉덩이로 미끄러질 수도 없었다. 그가 할 수 있는 일이라고는 기껏해야 이리 넘어뜨리든 저리 자빠뜨리든 그저 스키가 하자는 대로 맡겨두는 일뿐이었다.

그는 앞으로 고꾸라지고 뒤로 엎어졌으며 왼쪽으로 자빠지고 오른쪽으로 뒹굴었다. 그럴 바에는 아예 스키가 바닥에 닿지 않도록 하는 편이 차라리 더 나았다. 그는 길 밖으로 벗어나 철책에 머리를 박기도 했고, 움푹 패인 곳에 빠지기도 했고, 넘어져 있는 사람 엉덩이에 코를 처박기도 했으며, 뒤따라

내려오던 사람들과 연쇄충돌을 일으키기도 했다.

구르고 또 구르다 보니 나중에는 '그래, 죽여라, 죽여.' 하는 오기까지 생겨 언덕 아래로 마음 놓고 몸을 던졌다. 몸을 던져놓고 구르다가 멈춘 듯싶으면 또다시 경사진 쪽으로 엉금엉금 기어가 또 몸을 던졌다.

얼마쯤 뒹굴었는지 그는 힘이 빠지고, 사지가 떨리고, 숨이 가쁘고, 어깨가 결리고, 무릎이 저리고, 손이 시리고, 뺨이 얼얼하고, 관절이 쑤시고…… 마침내 기어갈 기운조차 없게 되었다. 그는 넘어진 자세 그대로 쭉 뻗어버렸다. 언덕 위쪽으로 다리를 두고 있는 자세여서 몹시 불편했지만 손가락 하나 까딱할 수 없었다. 그렇게 한참 동안 누워 있었을 때 구원의 목소리가 들렸다.

"우리 아빠 여기 있네."

"아니, 리프트 타고 내려가지 않았어요? 우리는 내려갔다가 다시 올라온 건데, 겨우 여기 쓰러져 있었어요?"

헌제는 고개만 겨우 들어 명신과 유진이를 향해 임종 직전의 사람처럼 쓸쓸하게 웃어 보였다. 명신은 기가 막혀 말이 안 나온다는 표정으로 입을 쩍 벌리고 있었다.

"쓰러진 게 아니라 누워 있는 거예요."

"기절한 게 아니라 잠자고 있었던 것처럼 말이죠?"

"기절이 뭐야?"

유진이가 묻자, 명신은 "소주 반병 먹고 잠자는 일." 하고 대꾸했다. 헌제는 몸을 일으키려 했지만 온몸의 근육이 마비된 듯 꼼짝도 할 수 없었다.

"계속 여기 누워 계실 거예요? 우리는 그냥 내려갈까요?"

"뽀뽀 세 번 해줄 테니 저 좀 일으켜줘요."

"안 돼요. 여기는 저 아래보다 물가가 비싸서 뽀뽀 정도로는 어림도 없어요."

"그럼, 더 좋은 걸 줄게요."

"뭔데요?"

"나하고 유진이."

명신이 잠시 생각하는 척하더니 말했다.

"유진이는 좀 탐나지만, 아저씨는 별로 값이 안 나갈 것 같은데…… 유진아, 어떻게 할까? 일으켜줄까, 말까?"

"언니 마음대로 해."

"아니, 유진이 너까지……."

헌제는 유진이를 째려보는 척했고, 유진이는 웃으며 명신의 뒤꽁무니에 숨었다.

"이제 따님까지 제 편이 된 듯싶은데…… 뭐, 더 하시고 싶은 말씀 있어요?"

"결혼해줘요."

"그건 최후의 발악이네."

"결혼해줘요. 저는 지금 청혼을 하고 있는 거라구요."

"좋아요. 그럼 삼십 초의 여유를 줄 테니까 저랑 결혼하고 싶은 이유를 딱 세 가지만 대봐요."

"그건 삼십 초도 필요 없어요. 첫째는 당신을 사랑하기 때문이고, 둘째는 당신 곁에 있고 싶기 때문이고, 셋째는…… 그래야 당신이 나를 일으켜줄 것 같기 때문이죠."

그녀는 웃으며 손을 내밀었다.

"세 번째 이유 때문에 봐주는 줄 알아요. 결혼도 하기 전에 얼어 죽게 놔둘 수는 없으니까."


스키장에 다녀온 뒤 헌제는 일주일 이상 앓아누웠다. 운동이라고는 수영장 다섯 번 가본 것밖에 없는 몸으로 몇 시간 동안 언덕을 굴러다녔으니 당연한 결과였다. 파스를 붙인 정도가 아니라 뒤덮다시피 했지만 손가락 하나만 까딱해도 온몸이 욱신욱신 저렸고, 더욱 나쁘게도 몸살마저 겹쳐 체온이 40도를 오르내렸다. 명신은 하루에 한 번꼴로 찾아왔으나, 병문안이 목적이 아니라 주로 약 올리는 게 목적인 듯싶었다. 헌제는 명신이 머리맡에서 재잘거리는 소리를 듣다가 잠이 들곤 했는데, 그 소리는 꿈속까지 계속 이어져 어쩌다 한밤중에 눈을 뜨면 그녀의 목소리가 들리지 않는 게 아주 이상하게 여겨지기도 했다.

몸이 어느 정도 회복되자 그는 아주 길고 먼 여행에서 돌아온 느낌이 들었고, 더 성장할 나이도 아닌데 왠지 훌쩍 커버린 것처럼 스스로에게 서먹서먹한 기분마저 들었다. 거실로 나가자 유진이가 과자 봉지를 든 채 텔레비전을 보고 있었다. 명신과 만난 뒤로 그 애도 왠지 부쩍 커버린 느낌이 들었다.

그는 화장실에 가서 그동안 텁수룩하게 자란 수염을 깎고 깨끗이 샤워를 했으며 머리도 단정하게 매만졌다. 그리고 정장을 차려입고 집을 나섰다. 유진이가 "아빠, 어디 가?" 하고 묻자 그는 짤막하게 "명신 언니네 집에." 하고 대꾸했다.

그는 모험 떠나는 아이처럼 가슴이 두근거렸다. 명신의 이야기를 듣고 있노라면 그녀의 집은 때로 이상한 사람들이 모여 사는 마법의 동굴처럼 느껴지곤 했다. 돌아가신 아버지 양복을 아직까지 옷장에 걸어놓고 사는 어머니가 있었으며, 태엽 감은 장난감 병정처럼 집과 직장 사이만 오락가락하는 큰오빠가 있었고, 눈앞에 고양이만 지나가도 하루 종일 불안에 떠는 작은오빠가 있었다. 마루에는 개 앞발 모양의 다리를 네 개 달고 있는 진공관 전축과 30년 동안 2시 25분만 가리키고 있는 괘종시계가 있고, 마당 어디인가에 그녀의 탯줄이 묻혀 있으며, 언젠가 그녀가 말했듯이 '백만 대군이 덮고 잔 모포처럼 찌들어버린' 추억이 있었다. 손가락을 넣고 돌리는 전화기, 가운데가 푹 꺼져 양변기에 앉는 듯한 기분이 드는 비닐소파, 밑동만 남은 채 버섯 서식지가 된 감나무, 마치 곰팡이를 재배하듯 내버려 둔 된장 항아리…….

마법의 동굴로 마녀를 찾아가 당신의 아리따운 외동딸을 내게 달라 애원하는 왕자처럼, 그는 명신의 어머니를 만나 당신 딸과 결혼하고 싶으니 허락해달라고 간청할 생각이었다.

바지에 오렌지주스를 엎지르는 정도가 아니라, 오렌지주스에 빠지는 한이 있더라도 반드시 설득시키고 말 것이었다. 그는 명신의 어머니 앞에서 할 말들을 머릿속으로 정리했고, 예상할 수 있는 모든 사태에 대해 마음의 준비를 했다.

그러나 막상 명신이 살고 있는 동네 어귀에 들어서자, 그는 전혀 예상치 못한 난관에 부딪쳤다. 골목이 하도 복잡하여 명신의 집을 도저히 찾을 수가 없었던 것이다. 사실 그는 앓아누워 있는 동안 기억을 되살려 명신의 집까지 가는 약도를 머릿속에 자세히 그려놓고 있었다. 그러나 막상 와보니 실제 골목은 머릿속에 있는 약도와 커다란 차이가 있었다. 길은 너무 많았고, 집들은 너무 어슷비슷했다. 세상의 길은 오직 두 갈래만 있는 것이 아니어서 두 갈래 끝에는 또 두 갈래가 있고, 그 각각의 길 끝에는 또 두 갈래의 길이 있기 마련이었다. 헌제는 '세상에 길이 너무 많아 고민'이라던 세진의 심정을 그제야 이해할 수 있을 것 같았다. 그는 미로에 빠진 실험용 생쥐처럼 골목을 헤맸지만, 그럴수록 머릿속 약도는 더욱 뒤엉켜버렸다. 예전에도 이 동네에서 길을 잃어버린 적이 있는 헌제로서는 실로 난감한 사태가 아닐 수 없었다.

하지만 여기서 모험을 중단할 수는 없는 노릇이었다. 동화 속에서도 그러하듯 마녀는 결코 자신의 외동딸을 왕자에게 고분고분 넘겨주는 법이 없어서 가시덤불과 바위 절벽으로 교묘한 미로를 만들어 마지막 시련을 겪게 하기 마련이었다. 헌제는 두 사람 사이를 가로막은 미로를 반드시 통과하고 말리라 결의를 다졌다.

그는 동화 속 왕자들이 어떻게 미로를 통과할 수 있었는지 떠올려보았다. 그 방법은 아주 간단했다. 왕자들은 배고픈 난쟁이를 만나 빵을 주며 길을 묻고, 목마른 노파를 만나 물을 주며 길을 묻는다. 그러하듯, 미로에 빠진 자는 미로에게 길을 묻는 수밖에 없는 것이다.

헌제는 지나가는 사람마다 붙잡아 길을 묻고, 지나가는 사람이 없으면 아무 집이고 문을 두드려 길을 물었다. 묻고 또 물은 끝에 그는 간신히 그 미로를 통과할 수 있었는데, 명신의 집 앞에 도착하니 이미 깜깜한 밤이었다. 그래도 상관없었다.

그는 굉장히 험하고 고된 여정을 거쳐 비로소 목적지에 도달한 모험가처럼 뿌듯한 마음으로 명신의 집을 올려다보았다. 이제 모든 시련은 끝났고, 마지막으로 남은 일은 오직 초인종을 누르는 일뿐이었다.

　그곳까지 오기 위해 그는 일생 동안 헤매고 다닌 기분이 들
었다.

## 책 뒤에

지난 10년 내내 붙잡고 있던 소설을 이제야 출간한다. 별 대단한 얘기도 아닌데, 무엇 때문에 그리 오랫동안 붙잡고 있었는지 스스로 생각하기에도 어이가 없다. 뜨거운 감자처럼 삼키지도 뱉지도 못한 채, 세월아 네월아 하며 쉬엄쉬엄 썼다. 그럭저럭 쓰고 나니, 문자 그대로 '10년 묵은' 체증이 쑥 내려간 기분이다.

이 글을 처음 쓰기 시작할 무렵에는, 나와 비슷한 성격의 인물을 하나 설정해놓고 이 작자가 세상을 어떻게 살아나가는지 추적해볼 작정이었다. 대인 기피증, 피해 의식, 자폐증, 자기혐오감 따위에 사로잡힌 인물. 말하자면 나 자신을 객관화시켜보고 싶었던 것이다. 지금은 그럭저럭 많이 나아졌지만, 그 무렵에는 좀 그랬다.

그런데 소설을 쓰며 관찰하다 보니, 비단 나뿐만이 아니라 우리 주변에는 이런 고슴도치 같은 인물들이 뜻밖에도 많았다. 가시를 곤두세운 채 자신만의 울타리 안에서 음침하게 살아가는 인물들. 그들은 때로 사교적으로 보이기도 하고 심지어 외향적으로 보이기까지 하지만, 자세히 들여다보면 그 사교성과 외향성 또한 교묘하게 위장된 가시임을 느낄 수 있었다. 어쩌면 오늘

날을 살아가는 사람들 누구에게나 이런 고슴도치 같은 속성이
어느 정도 잠재되어 있는 것은 아닐까 생각해본다. 세상이 아무
리 물질적으로 풍요롭고 기술적으로 발전해도(아니, 그럴수록 더),
개인으로는 무력하기 짝이 없는 시대이니까.

소설이랍시고 썼으니까, 형식 얘기도 좀 하는 게 좋겠다. 잘
되었다고 장담은 못하겠지만, 어쨌든 글을 쓰며 가장 중점을 둔
부분은 인물들의 개성을 살리고, 우리가 살아가는 모습과 비슷
하도록 묘사하는 일이었다. 100명이 등장해도 죄다 작가의 체세
포에서 떼어낸 복제 인간들처럼 느껴지는, 그런 소설이 되지 않
도록 나름대로 애를 썼다. 몇 분의 명상가들께서 입장하셔서 뜬
구름 잡는 소리나 잔뜩 늘어놓는, 그런 회색 소설이 되지 않도
록 나름대로 잔머리도 많이 굴렸다.

사적인 얘기라서 죄송하지만, 책에 삽화를 그려준 아내에게
고맙다는 인사 한마디 하는 걸 양해해주시길. 삽화 그리는 일을
그리 달갑게 여기지 않으면서도, 남편의 책이랍시고 꼬박꼬박 그
림을 그려준다. 고마운 마누라……. 아내의 은공을 생각해서라
도 다음번엔 좀 더 잘 써야지!

2000년 초겨울

위기철